风情几许

——六游欧洲故事多

应齐民 ◎ 著

中国文联出版社

图书在版编目（CIP）数据

风情几许 ：六游欧洲故事多 / 应齐民著 . -- 北京 ：
中国文联出版社，2025. 4. -- ISBN 978-7-5190-5825-8

Ⅰ . I267.1

中国国家版本馆 CIP 数据核字第 2025UK6820 号

著　　者　应齐民
责任编辑　阴奕璇
责任校对　吉雅欣
装帧设计　唐新红

出版发行　中国文联出版社有限公司
社　　址　北京市朝阳区农展馆南里 10 号　　　邮编　100125
电　　话　010-85923025（发行部）　　　　　010-85923091（总编室）
经　　销　全国新华书店等
印　　刷　江西骁翰科技有限公司

开　　本　710 毫米 ×1000 毫米　　1/16
印　　张　18.5
字　　数　246 千字
版　　次　2025 年 4 月第 1 版第 1 次印刷
定　　价　88.00 元

自　序

在修订第一部长篇小说《浮云里》时，我时常想起出境旅游的情景。《浮云里》出版后，我一则喜上眉梢，二则意犹未尽，想写一部旅游小说的愿望更强烈了。

1998 年我动过特大手术，在与医生沟通之后，我克服了身体欠佳的困难，开始了出境旅游。这一游便一发不可收，先后游历 40 多个国家。有时旅游结束刚回到家，没过几天，我又想出去旅游。当飞机从我居住的小区上空飞过时，我竟想象着如果我现在坐在这架飞机上那该多好，对于旅游，我简直达到了"痴迷"的程度。

特别是读了清代文学家、诗人袁枚的《老行》后，我更增加了对旅游的兴趣，这首诗写道："老行千里全凭胆，吟向千峰屡掉头。总觉名山似名士，不蒙一见不甘休。"

关于我的旅游情况，有省市两家电视台和两家主要报纸都采访报道过。《武汉晚报》曾专门邀请我到报社给读者讲一讲旅游的心得体会。

几年来，许多珍贵的旅游经历时常让我魂牵梦萦，我不能将它们埋没。经过反复考虑，我打算写一部欧洲游记小说。

为什么写欧洲呢？

首先，欧洲是一个地理条件优越的大陆。有人说："上帝把这个星球上最好的那块土地给了欧洲人。"欧洲平原面积在各大洲中首屈一指，海拔 2000 米以上的高山，仅占全洲总面积的 2%。

其次，欧洲的历史文化、科学技术、经济贸易均走在世界前列，大部分国家都比较富裕。当提到欧洲时，人们脑海中会涌现出亚里士多德、牛顿、爱因斯坦、肖邦、贝多芬、达·芬奇等一大批世界历史名人，他们在各个领域为欧洲、为世界、为全人类做了巨大贡献。

最后，我曾经游历过欧洲 6 次，对它有一定的了解。虽然我也多次游历过亚洲，但一次游历多个国家的旅游路线根本没有，顶多把两三个国家作为一次旅游的路线。一次游历多个国家，虽然有些走马观花的意味，但每次都游览了各国重要景点，仍不失为一种较好的旅游方式。

基于以上几点，我最终决定写欧洲。

虽然我较长时间讲授"写作""中国现代文学""中国当代文学"等课程，并有一定的写作基础，但为了写好欧洲游记小说，我反复阅读了康有为、梁启超、徐志摩、朱自清、郑振铎、王统照、邹韬奋等近代文学大家的游记作品。为了提高自己的写作动力，我仔细研读了纪昀的《阅微草堂笔记》、陈寅恪的《柳如是别传》、詹姆斯·乔伊斯的《尤利西斯》、帕斯捷尔纳克的《日瓦戈医生》、温斯顿·丘吉尔的《第二次世界大战回忆录》、毛姆的《月亮与六便士》等中外名著。为了紧跟当代文学动态不掉队，我持续多年订阅《人民文学》《当代》《收获》等文学杂志。闲暇之余，我也观赏京剧、汉剧、楚剧、黄梅戏等剧种的优秀剧目，为创作汲取养分。总之，为写这部小说，我是做了长期且比较充分的准备的。

我的父亲是一位老知识分子，仅私塾就读了 12 年，对古典文学有一定造诣。他一辈子从事文字工作。在我读初中时，经常看见父亲创作古体诗歌，并与老友唱和。有时他老人家还吟诗给我听，所以我从小就受到一些熏陶。我也曾多次看见父亲写文章，他往往未打草稿，思考之后一气呵成，并无涂改，我十分佩服。这些对我从小产生写作兴趣有良好影响。

我对这部小说的定位是：它不仅仅是游记，也不仅仅是小说，更不仅仅是旅游攻略，我希望把它写成一部有人物、有故事并且比较好看的游记小说。

这部小说中的故事，分别发生在我6次游历欧洲期间，多数有人物原型，不是凭空捏造和闭门杜撰而来。当然，艺术加工是有必要的。

我反对根本没有去过某些国家却大写这些国家的游记。我认为这是不可取的，也是对读者的不负责任。

在写作中，我不搞纯技术性的枯燥介绍，而是一直秉承"真情实感最动人"的创作原则。我将自己的真实经历，融入故事中，精心刻画游记中的人物在旅途中的思想感悟。

旅游是一件美好而奇妙的事，爱是"忍不住靠近"的心动。旅游团中的男女团员从一般的团友关系，发展成爱慕甚至恋爱对象，这些巧遇是值得记录和思考的。

正如希腊谚语所言："美的东西，就意味着难。"写作毕竟是心灵之业，我在落笔时努力做到形象鲜明，节奏适宜，尽我所能地使读者乐意读下去，如果能与读者心照神交，让读者产生清甜喜感，则善莫大焉，功德圆满。

应齐民

2024 年 12 月 2 日

目 录
CONTENTS

第一章　东欧风情画

本书中提及的"东欧"实际上是根据旅行行程而划分的，涵盖了德国、捷克、斯洛伐克、匈牙利、奥地利及俄罗斯。该旅行行程涵盖了中欧（德国和奥地利）和东欧（捷克、斯洛伐克、匈牙利、俄罗斯，其中俄罗斯地跨东欧和北亚）。

一、德　国

2012 年 6 月 4 日晚上，曹齐与朋友昌剑从武昌火车站登上即将北去的列车。很幸运，他们买的卧铺票不仅是下铺，而且位置不错。放好行李后，两人愉快地坐下。旅客们也陆续上了车。这次旅游，对两人都有很重要的意义。拿曹齐来说，退休后他虽然先后去过泰国、马来西亚、新加坡、日本、韩国等亚洲国家，但去欧洲却是生平第一次。

对于很多旅游者来说，欧洲是令人向往的地方。这里，无论是历史文化、科学技术，还是经济贸易，均走在世界前列。一提到欧洲，很多人脑海中会涌现出亚里士多德、牛顿、爱因斯坦、肖邦、贝多芬、达·芬奇、马克思等一大批世界历史名人，他们在各个领域为欧洲、为世界、为全人类做出了巨大的贡献。

时至今日，欧洲经济发展水平依然居各大洲之首，工业、交通、商业、贸易、金融等产业在世界经济中占据着重要的地位。

欧洲是一个美丽的地方，有其独特的魅力。欧洲的许多城市都有世界标志性景观，欧洲的乡村也安逸恬静，环境幽雅，风光旖旎。很多旅游者都是在游玩了亚洲一些国家，特别是东南亚以后，才去的欧洲。在以前，有些先去欧洲的人，谈论起自己的旅游情况，都有一丝骄傲，而还未去过的人则心有不甘，巴不得快点去，迅速赶上。现在，游欧洲是家常便饭，早去晚去都会去。当然，从费用上讲，去欧洲还是比去东南亚贵许多的。

1958 年，曹齐还在读初一。当时，他被家中一本精装黑皮封面、邹韬奋著的《萍踪寄语》吸引。邹韬奋是民国时期著名的新闻记者，1933 年 7 月 14 日，因经常揭露政坛黑暗，他乘坐意大利轮船佛尔第号出走欧洲，暂别祖国，开始他生平第一次流亡生涯。这次出国，他着重考察了各国的政治经济和社会状况，并努力把在国外的所见所感寄回到国内发表，很受读者欢迎，也深受刚读初中的曹齐喜欢。小小年纪的曹齐，当时就产生一种幻想，什么时候他自己也能游游欧洲，写写游记呢？从 1958 年到 2012 年，54 年过去了，曹齐梦想成真，他真的要游欧洲了。又过了 9 年，到 2021 年，他也真的写起欧洲游记了。

朱自清曾在《欧游杂记》中说过，德国女人"不像巴黎女人的苗条，也不像伦敦女人的拘谨"。游过欧洲后，曹齐认为朱氏的话也不见得准确。

曹齐退休前是大学中文系老师，他中等个子，脸色白净，面无皱纹，头发花白，戴着一副金属镜框的眼镜。昌剑的个子比曹齐略矮，长得憨厚敦实，声音洪亮，头发茂密，他喜欢染发，头发总是梳得整整齐齐，油光黑亮。虽然昌剑只比曹齐小一岁，但看起来好像比曹齐年轻好几岁，一副眼镜则使其看起来更富书卷气息。

昌剑勤劳聪颖，原本是泥瓦匠出身，但水电、木工、油漆等手艺也精通。特别是自学了服装裁剪以后，他老伴、孩子的衣服，基本上都被他包了。他的一双手，既可以拿厚重的砖块砌墙，也可以拿小巧的钢针绣花。可以说，他既是技艺娴熟的泥瓦工，也是心灵手巧的裁剪师。有时候，他和老伴一起逛街，老伴看中了一件衣服，他就取下那件衣服上下内外看上几分钟，然后归还原处。回去之后，扯好布匹，忙上几天，一件与服装店那件相差无几的衣服便做好了。这份手艺，令人叹为观止，难怪他的女性朋友们都对他老伴投来羡慕的目光，纷纷感叹能嫁得如此能工巧匠，真是前世修来的福气，四季更迭，总有新潮衣物相伴。而他制作的木质沙发、双人床和板凳，无论是款式设计，还是木工与油漆的手艺，都丝毫不逊色于家具店的样品。尤为令人称奇的是，他制作的木制家具，全程未用一根铁钉，全凭一凸一凹的巧妙设计，一榫一卯的精湛技艺，将器物稳稳地固定，展现出他对木工艺术的深刻理解与高超技艺。朋友们都赞美他技术精湛，称他为"大国工匠"。

列车运行一晚上后，第二天清早就到达北京西站。由于曹齐和昌剑以前多次来过北京，因此他们并没有在北京游玩，只是逛了一下商店。曹齐买了一件羊毛衫，昌剑买了一副墨镜。到晚上7点半，团队在首都机场T3航站楼集合，准备搭乘俄罗斯洲际航空公司客机飞往莫斯科，再转机到柏林。

领队小周，一位年约30、充满活力的青年，以他那无比的热情感染着每一个人。在仔细点名确认无误后，他组织了一场简短而高效的团员会议，会议着重强调了登机前各项重要注意事项，确保每位成员都心中有数。随着夜幕低垂，时钟悄然指向了晚上8点，所有团员均顺利完成了登机手续。随后，飞机准时腾空而起，伴随着引擎的轰鸣，大家的脸上洋溢着按捺不住的喜悦与对即将展开的东欧之旅的无限憧憬。

这个旅游团由24名成员组成，其中14位成员来自首都北京，两位来自古都西安，三位来自繁华的上海，两位来自天府之国成都，一位独自代表山西晋城，而来自湖北武汉的则是曹齐与昌剑。

在北京的 14 位成员中，尤为引人注目的是 12 位曾经在同一部队并肩作战的女战友。她们在转业后虽然各奔东西，在各自的岗位上发光发热，但情谊不减，相约每年共赴一场旅行之约。此番，除了其中一位年约 35 岁外，其余皆已步入不惑之年。她们精心挑选了东欧作为此次旅行的目的地，怀揣着对过往岁月的怀念与对未知风景的向往，共同踏上了这段意义非凡的旅程。

通过她们的交谈，曹齐发现，她们有一个"头头"，名叫魏荷，大家都叫她"魏局"。她容貌端庄，举止稳重，系北京市某单位领导。

坐在魏荷旁边的一位女子，皮肤白腻润泽，五官精致可人，据称是 12 人中最年轻、最漂亮的一位，名叫凡凡。

另有一位坐在魏荷的前排，转业后继续深造，获得哲学博士学位，论形象也属身姿高挑、倩影迷人之辈，名叫贾一如，人称贾博士、贾老师。

还有一位也值得一提，她比魏荷年龄略大，要前有前，要后有后，要曲线有曲线，她叫潘银年。她出生时，大雪纷飞，银装素裹，她的父亲说"瑞雪兆丰年"，便给她取名潘银年。据说她一直要改名字，但尚未落实。平常大家开玩笑叫她"潘金莲"，开始她听了心里不大舒服，但并不生气，后来也就习惯了。她快人快语，常讲一些笑话，使人愉悦。

不知从何时起，有好事者把她们称为"京城十二钗"。对此称呼，她们并不反感。

来自北京的还有两人，是一对年过 70 的老夫妻，男的叫冯天相，女的叫叶子雅，退休前都是工程师。

来自西安的两位，一位叫李步，年方 35，系西安某大学经济系副教授；另一位叫赵本真，年过 50，系同校机械系副教授。李步身高面白，眉宇英挺，体格健壮，然而至今未婚。比起李步，赵本真个子较矮，相貌平平。李步与赵本真原先并不认识，到旅行社报名时，才知道两人在同一学校。旅行社工作人员说："正好，你们可以结伴旅行！"

来自上海的是一家人，父亲刘牧乎，母亲安慰，都不过50岁，女儿刘裳，刚刚大学毕业一年，这次她利用休假陪父母出来玩，也可说是父母休假陪她出来玩。

来自成都的是两位女医生，一位叫仇秀秀，刚满46周岁，系内科医生；另一位是年轻的妇产科医生，25岁的朱也微。她们是休假出来旅行的。朱也微身材一流，脸蛋细嫩，光彩四溢。更重要的是，她仪态温婉，举止优雅，说话态度诚恳、亲切，她手拿平板电脑，遇见满意的景色就拍下来。她们俩同在成都某大医院工作，算是忘年闺密。

来自晋城的是一位男士，名叫胡述之，已年逾半百，搞副食批发业务。

之后大家陆续登机。机舱内，人们心情大好，相顾莞尔，满场粲然。经过十多个小时的飞行，当地时间早上7点多到达莫斯科谢列梅捷沃国际机场。候机楼人很多，团友们不能出机场，要在这里等6个小时，才能转机飞往柏林。

曹齐，年届67，他和昌剑在较拥挤的候机楼寻找座位时，一对年轻的男女（或是夫妻）主动让座。不知他们是俄罗斯人还是其他国家人，曹齐用简短的英语表示感谢。

这次旅游团的行程所涉及的国家有德国、捷克、斯洛伐克、匈牙利、奥地利，最后到达俄罗斯首都莫斯科。

曹齐的心情是激动的，这是他第一次到莫斯科。年纪较大的中国人都知道中苏友好的历史，当时国内有一条口号是："中苏两国牢不可破的友谊万岁！"曹齐在高中、大学时学的是俄语。然而早已忘光了，只能讲几句简短的日常用语，根本不能与俄国人交谈。

下午2点多，大家终于上了飞机。经过一个小时的飞行，旅游团才到达真正意义上的第一站：德国首都柏林。一出机场，曹齐不禁心潮难平。这个城市是德国的首都，而德国曾被希特勒独裁统治了12年。二战后，盟军对柏林进行了13次大规模空袭，市区大部分的建筑被摧毁，工厂被炸成废墟，平民死伤无数，150万人无家可归。

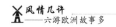

1945年4月30日，在苏军猛烈的炮火下，柏林被攻克。希特勒和新婚妻子爱娃双双自杀。曹齐记得以前曾看过苏联电影《攻克柏林》（上、下集），影片中希特勒傲慢、疯狂、歇斯底里的表现，给观众留下了深刻的印象。而现在，曹齐已经踏上这片土地。"不是改革开放，我这个普通的退休老人根本没有条件来到这里。"曹齐心里想。

从柏林开始，曹齐和李步慢慢熟悉起来，互相做了自我介绍。

导游施继烈45岁左右，是一位颇有才华的中年人。他口才甚佳，语言有感染力，对欧洲各国的历史和现状比较熟悉。他于20世纪70年代随长兄移民匈牙利，现已在布达佩斯安了家。据介绍，前两年中国一位副总理访问东欧，就是他负责主要景点的讲解，受到来访者的好评。有趣的是，他手中的导游旗是他自制的，此旗一面是中国国旗，另一面是欧盟旗帜。他说这面旗帜表明他带的团来自中国，又在欧盟各国旅游，表明了他带的团来自哪里，又到哪里旅游，别人一看便知，对于他带团非常方便。他开玩笑说，他有这面旗帜的知识产权。

在导游的带领下，团员们首先参观了勃兰登堡门。

导游讲道："勃兰登堡门位于柏林的市中心，最初是柏林城墙的一道城门，因通往勃兰登堡而得名，该门素有'德国凯旋门'和'德意志第一门'之称，见证了德意志民族的兴衰史。勃兰登堡门是一座有着新古典主义风格的砂岩建筑，于1788年至1791年间建造，以纪念普鲁士在7年战争取得的胜利，现在是柏林地标之一。该建筑高26米，宽65.5米，深11米，由12根各15米高、底部直径1.75米的立柱支撑着平顶。门楼有5个大门，正中间的通道略宽，是为王室成员通行设计的。门顶上是张开翅膀的胜利女神驾驶四轮马车的铜像，该神像在1807年被拿破仑当作胜利品带走，但7年后便又被德国的队伍带了回来。"

听完施导的讲解，团员们便开始在该门前照相。"京城十二钗"很活跃，她们手拿各色纱巾，或单人，或三五人结伴在大门前摆弄着各种姿势拍照。纱巾是中年妇女旅游的一种小道具，它柔软，可以围在脖子上，披在身上；它色泽鲜艳，与衣服搭配，拍照时能增添动感和活泼气息，是给自己增加魅力的小宝贝。"京城十二钗"年龄不算大，属于年轻的中年人。她们戴纱巾也只是一种从众的习惯。不用纱巾，她们魅力尚存，她们中有些人美貌与气质兼备，完全不输年轻人。

随后，团员们参观国会大厦。国会大厦位于柏林市中心的蒂尔加藤区，是柏林的重要地标。1960年，该建筑进行局部翻修。并于1990年两德统一后进行了全面的修复和扩建。它是一座有着哥特式、文艺复兴式和巴洛克式多种建筑风格的建筑，是德国统一的象征。国会大厦现在不仅是联邦议会的所在地，其屋顶穹形圆顶也是最受欢迎的游览胜地，登上这里，可以俯瞰柏林市全景。

之后，团队来到柏林墙遗址参观。柏林墙是原东德政府环绕西柏林边境建立的边防系统，其目的是阻止东德居民逃往西柏林。它始建于1961年8月13日，是德国分裂的象征。柏林墙及其防御系统全长169.5千米，由混凝土墙、铁丝网组成，最早只是一道铁丝网，后来才改造成混凝土墙，沿墙修建了大量的瞭望塔、碉堡和壕沟。1990年6月，东德政府决定拆除柏林墙，只有几段作为历史遗迹被保留下来。1990年10月3日，东德和西德最终实现和平统一。柏林墙遗址见证了德国的分裂和统一。团友们参观了残存的一段柏林墙，墙上有许多图画。而查理检查站则是东柏林和西柏林之间当年唯一通关的地方。

此刻，这里还站着两个"美国大兵"，这是德国人穿着当年美军制服"化装"的，游客们经常与他们拍照、嬉笑，两位"大兵"也很随和，对求照者无一拒绝。

潘银年十分活跃，不断招呼同伴与"美国大兵"一起照相，有的人不一定想照，她却热情动员别人，声称照些相很有意义。她的过度热情，让"美国大兵"都忍俊不禁。

李步正在参观查理检查站，朱医生主动提出帮他照一张相。看着朱医生诚恳而不乏热情的神态，李老师不好拒绝，于是朱医生给他照了一张相，

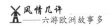
这是他参团以来第一次照相。

曹齐的"专职摄影师"昌剑也给曹齐照了一张相。昌剑很少让曹齐帮他照相，他认为曹齐的技术不行，选景不会选，拍照手又有些抖。

随后，团队到了柏林大学。柏林大学是蜚声中外的高等学府，培养了众多诺贝尔奖获得者，爱因斯坦、黑格尔、叔本华等一大批学界大师都曾在该校任教。马克思、恩格斯曾就读该校。

曹齐发现他们所参观的柏林大学这幢大楼周边没有围墙，也没有院子，就在马路边。大门就是大楼的大门，并不算大。无人守门，人们可以自由出入，并且可以直接上楼。曹齐靠着楼梯栏杆，昌剑给他照了一张相。曹齐有个习惯，到了外国某城市，只要有机会，一定争取看看当地的大学。而且在游览某大学时，他总有一种梦想——我要是在这所大学读过书该多好！他很羡慕这里的大学生，但没有嫉妒，更没有恨，他的想法不是为了名利，仅仅是一种希冀。此时，他又产生了这个想法，这个梦想虽然美好，可是不能实现。

曹齐和昌剑刚离开柏林大学，成都的两位女士和李步也来到这里。两位毕业于医学院校的女医生以及一位大学副教授来参观柏林大学，太正常不过了。

李步从小学到高中一直品学兼优，高中毕业后考取复旦大学经济系，毕业后曾赴英国留学，回国后在西安某大学教书，33岁就被聘为副教授，可谓少年得志。他本来有一个女朋友，年轻貌美，清丽柔婉。第一次见面，女孩就顾盼神飞，颇有眉目传情的意思。在恋爱期间，他们顶多只牵牵手，从未越雷池一步，可说是未食禁果，干净纯真。然而造化弄人，就在婚期的前一年，女孩因癌症去世。李步悲痛万分，心灰意冷，从此未找女朋友，直到现在。这次参加旅游团，李步忽然发现朱也微外貌神态很像他原来的她，这使他惊奇，引起他极大的兴趣。自从朱也微为李步拍照之后，两人逐渐熟络起来，自然而然地交换了彼此的籍贯、姓氏和职业，而对于年龄，他们默契地选择了避而不谈。

　　旅游团有一个最大的好处，就是来自全国各地的团友，只要愿意，可以很快相识。一般来说，在这种环境和氛围中，人们都很热情、主动、友好。俗话说："同船过渡，五百年修！"现在一个团里的人，一起坐飞机，一起坐汽车，一起坐轮船，还不知要多少年才修得到呢。

　　不一会儿，团队来到马恩广场，这是今天最后一个景点。该广场位于柏林市中心施普雷河东岸的公园内。广场的马恩雕塑铜像，马克思是坐着的，恩格斯站在他的左侧，两位伟人都神情肃穆地目视远方。该雕像在两德统一后仍然保留，表明德国是一个尊重历史和民意的国家。铜像后面是一面白色的展示德国社会主义运动历史的浮雕墙，铜像前是两块黑色的双面浮雕板，浮雕图像反映的是工人运动的场景。

　　马恩广场入口处，有8面高大的金属宣传墙，上面印有很多照片，描述了国际工人运动史。其中有两幅金属宣传墙的内容是反映中国革命的，一幅是人们高举镰刀斧头和镢头，另一幅是青年们在慷慨激昂地宣讲抗日救国。

　　在马恩广场，魏荷显示出她的权威，只见她"集合"的号令一发出，"十一金钗"都整齐地站成一排，她左右看了一下，随即命令大家分成两排站在马恩塑像前，她也归队，站在前排最左边。她客气地请昌剑给她们照相。昌剑接此任务，十分乐意，他使出浑身解数，给她们照了三张相，大家都表示感谢。中国女兵转业后在两位伟人塑像面前照相，非常有意义。

　　据称，中国游客来此游览都比较仔细、认真，也喜欢在塑像前照相，这大概与中国国情有关。由于各国游客喜欢坐在马克思的膝盖上照相，此处已露出黄铜的本色。

　　晚餐后，大家回酒店休息。躺在床上，朱也微有点失眠。朱也微从首都机场集合时，就发现李步不同凡响，他给她的感觉是沉毅坚定、英气逼人。一听他的口音，十分亲切，好像是老乡，因为他说话的腔调颇像她的父亲。朱也微的父母亲都是苏州人，父亲大学毕业后分配到成都某厂当技术员。结婚后，母亲从苏州调往成都当中学教师。朱也微是家中的老幺，父母亲和比她大几岁的哥哥都宠爱她，而她却没有骄娇二气，从一个温婉乖巧的女孩平平和和地长大。从重点小学到重点初中，再到重点高中乃至到重点大学，她一直是"重点"，是不折不扣的"学霸"。在大学同学中，谈朋友的不在少数，她却一直没有谈，虽然有追求者，却一一错过。有人说她孤傲、高冷，她也不在意。父母虽然比较着急，但非常开明，从不露一点声色，从不"逼"她，她也感到轻松自由。

第二天早餐后，大家从柏林出发，前往德累斯顿。凡参加过团队旅游的同志们都知道，早餐后集合上大巴是大家最愉快的时刻，经过一夜休息，昨天的疲劳基本消除，精神焕发，头脑清醒，个个面带喜悦。汽车开动前，领队小周先向大家问好，然后清点人数。为了提醒大家避免把贵重物品遗忘在酒店，他幽默地请大家先摸摸脸，看戴眼镜、有假牙的团员是否都戴上了，然后又请大家摸摸耳朵、脖子，看耳环、项链是否都戴上了，最后又请大家摸摸手指、手腕，看戒指、手镯、手链、手表等是否都在。有趣的是，小周提醒大家时，是用唱小调的方式进行的，他唱一句，大家跟着唱一句，如摸摸你的小脸蛋（看眼镜、假牙等）；摸摸你的小耳朵（看耳环）……大家跟着他唱，颇有趣味。

德累斯顿位于德国东部，距柏林 180 余千米，是萨克森州的首府，拥有繁荣灿烂的文化艺术和精美的巴洛克建筑，有"巴洛克明珠"和"易北河上的佛罗伦萨"等美誉。英国著名演员、编剧苏菲·温克曼说过："谁没见过德累斯顿，谁就没有见过美。"此地二战时期被夷为平地，留下战火的痕迹，战后经过多年的重建，如今渐渐恢复了旧时风貌。浴火重生后，此地已成为德国著名的旅游胜地，被誉为"德国最美的城市之一"。

在德累斯顿老城区，有一幅长达 100 多米、高十几米的瓷器壁画《王侯出征图》，它是世界上最长的瓷器壁画，由 27000 片迈森瓷砖精心拼凑而成。它栩栩如生地展示了萨克森王国韦廷王朝的历代君主，再现了从 1123 年到 1904 年间萨克森王侯的骑马雕像图，以及当时的艺术家们，壁画中人物共 93 人。德累斯顿在 1945 年 2 月遭到英国和美国空军联合发动的大规模空袭，整个德累斯顿几乎被夷为废墟，然而大型壁画《王侯出征图》却几乎没有遭到严重破坏，这真是个奇迹！

在"十二金钗"中，贾博士看得最认真，直到要集合了，她还站在那里看。潘银年大声喊她："贾老师，你还在发思古之幽情呀？集合了！"贾一如这才回过神来，赶上队伍。

随后导游带大家参观茨温格尔宫。茨温格尔宫位于易北河畔，建于 1709 年至 1732 年间，是德国巴洛克风格中最伟大的杰作之一，也是德累斯顿的象征，这座宫殿是皇帝举办晚宴的地方。这座巴洛克式宫殿重曲线、重装饰，金碧辉煌，华丽夺目，令人惊叹。该宫众多巴洛克建筑要归功于被人们称为"强力王"的奥古斯特二世，他有一句名言："君王通过他的建筑而使自己不朽。"几百年过去了，这一名言被历史证实。奥古斯特二世十分欣赏意大利佛罗伦萨的精美雕塑和巴黎的凡尔赛宫，于是决定为自己建造一座同样壮观的宫殿。茨温格尔宫有一个很亮丽的花园，占地约一万平方米。花园四周是极其华丽、魅力四射的宫廷建筑，设计、布局不拘一格，新颖别致。屋顶和石栏上装饰着数量众多、精美绝伦的雕塑。尤为引人注目的是大喷水池周围的出浴仙女塑像，无论从哪个角度欣赏，她们的姿态和神情都各不相同，栩栩如生。另外，宫殿的正门，因顶似王冠，所以也叫王冠门。它高大、华丽，十分引人入胜。值得一提的是，茨温格尔宫还开辟了几间美术馆和博物馆，珍藏着众多艺术瑰宝，吸引了大量观众前来参观。

从茨温格尔宫出来以后，导游又带大家逛了一下剧院广场。剧院广场是德累斯顿一个古老的广场，位于老城以西，著名的萨克森州立歌剧院前面，广场上每个建筑物都是一个杰作。广场西侧有世界著名的森珀歌剧院、茨温格尔宫、豪夫教堂等。广场中心是国王约翰骑在高大的马上的青铜雕塑，英姿飒爽，非常壮观。

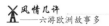

二、捷　克

　　早餐后，团员们集合上了大巴。团队即将离开德累斯顿，前往捷克。

　　旅游大巴在平坦的公路上行驶，公路两侧树木葱茏，绿草如茵，天上飘着悠悠的白云，草场上偶见悠闲的奶牛。面对如此美好的田园风光，团员们都被吸引了。有的拿出手机、相机拍照，有的与他人指指点点，兴致颇高。此时，窗外公路两边时而出现大片金灿灿的油菜花地，时而出现大片绿油油的麦田，山丘、河流、森林、小镇、村庄、尖顶教堂、红色屋顶依次在眼前流淌，简直像一幅幅移动的油画，令人赏心悦目。

　　在国外旅游的大巴上，除非很疲劳，曹齐很少睡觉。在导游讲解时，他认真听。导游讲完告一段落，团员们休息时，他总是全神贯注地观看窗外的风景，时常自问："我现在是在哪里？"有时还设想："我现在如果下车，一人在此地游玩，那会发生什么情况？又有什么际遇？可惜我只初通一点俄语，无法与此地居民交流。"

　　车上邻座的团员，在导游讲完话以后，开始小声交谈。朱也微与仇秀秀坐在一起，隔着走道，她们与李步、赵本真相邻，而朱也微与李步正好坐在走道两边，这样他们就方便交谈了。通过几天的接触，他们已经相当熟悉，互相都知道对方的姓名、年龄、所在城市、工作单位、从事职业，等等。

　　团友们对于将要到达的城市——捷克首都布拉格充满期待。团友们都是第一次来捷克。来之前，有些团友做过功课，知道布拉格是一座梦幻般的城市，是歌德笔下"欧洲最美的城市"。作为欧洲排名第二的浪漫之都（第一是巴黎），它的神秘与梦幻，就在于它的原汁原味，在于它的不曾"被破坏"。

布拉格是一座完整的中世纪露天博物馆，是全球第一个整座城市被认定为世界文化遗产的城市，被誉为"千塔之城""金色城市"。尼采说："当我想以一个词来表达音乐时，我找到了维也纳；而当我想以一个词来表达神秘时，我只想到了布拉格。"

在导游的带领下，大家首先来到布拉格城堡区最著名的景点之一——圣维特大教堂。它始建于1344年，直到1929年才正式完工，是著名的哥特式建筑，也是布拉格城堡王室加冕与辞世后长眠之所，是捷克最大、最重要的一座教堂。教堂前面的玫瑰窗，是用27000块花色玻璃片组成的"创世纪"主题的作品，从教堂内外都可以看到，外部是高耸入云的尖塔。进入教堂，高挑空旷的大厅，尽显皇家气派。左侧色彩鲜丽的彩色玻璃就是布拉格著名画家穆夏的作品，于1930年完成，为教堂增添了不少现代感。

这个团队很幸运，今天天气非常好。进入教堂，满眼望去都是奇幻的色彩。凡凡惊叫一声："好美呀！"其他团员都有同感。

可能是出于习惯，李步总是与朱也微、仇秀秀走在一起，赵本真反而很少与李步走在一起了，可能是老赵见李步总是与朱也微她们在一起，也就没有和李步一起走了。

布拉格的建筑顶部变化特别丰富，红瓦黄墙，色彩绚丽夺目。

现在团队来到了黄金巷。黄金巷在布拉格城堡北边，是一条很不错的小巷。它大约200米长，2米宽。巷内有五彩斑斓的"迷你"版小房子，门面布置得挺可爱、讨喜。房子的面积和入口都很小，甚至需要侧身低头进入，与大气磅礴的城堡和教堂形成鲜明的对比。它是布拉格最著名的景点之一，也是最诗情画意的小巷。黄金巷出现于15世纪，当时城堡护卫、金匠都居住在这里。由于房屋保持着原有的风格，成为具有历史年代感及童话色彩的游览地。小巷游人虽多，但很少喧哗，显得比较恬静。

值得一提的是 22 号房，著名作家弗兰兹·卡夫卡于 1916—1917 年曾住在这里，并完成了以布拉格城堡为背景的文学作品《城堡》。现在这里成为一家小巧的书店，摆着不少卡夫卡的文集。

不知仇秀秀看出了什么名堂，她提议由她给李步和朱也微在卡夫卡故居前照一张合影，结果两人异口同声婉拒，最后朱也微请昌剑给他们三人照了一张合影。学文出身的曹齐也请昌剑给他照了一张相。

随后，大家来到卡夫卡博物馆。门前的小广场上，矗立着一组雕像，其暴露程度令人大跌眼镜。只见两个身高 1.8 米的青铜裸男，面对面站立在以捷克地图为造型的水池里撒尿，脸上带着一丝戏谑和满不在乎的神情。裸男臀部可以转动，胯间喷出的水画成一个圆形，又落回到池子里，真是"肥水不流外人田"。

据说，这组雕像寓意卡夫卡小说里那些超现实的荒诞世界，让人忍俊不禁。它展示着布拉格视艺术为生命的古老城市风格，也体现出布拉格对艺术的包容性。

团员中对这组小便雕像有两种观点，一种认为不雅，另一种认为这是艺术。持前一种观点的是潘银年，持后一种观点的是凡凡。两人争得面红耳赤，请教魏荷，魏荷说："让我考虑考虑吧，我觉得你们都有道理。"

"你好狡猾，就是不表态！"潘银年笑道。

博物馆内部，较靠前是光影室。最后一部分是书中的世界，通过灯光和氛围音乐表现作者在书中构建的情景。

捷克还有另外一位著名小说家米兰·昆德拉，他的长篇小说《不能承受的生命之轻》影响也很大。

笔者记得在这部小说中，作者说："人们一思索，上帝就发笑。小说艺术就是上帝笑声的回响。"

现在，导游把大家带到查理大桥。查理大桥是修建在伏尔塔瓦河上的第一座桥梁，始建于 1357 年，1400 年竣工，距今已有 600 多年历史。此桥是遵照捷克国王查理四世之命修建，因此取名查理大桥。它长520米，宽10米，有16座桥墩。此桥连接布拉格城堡和旧城区，是欧洲最古老、最长、最漂亮的桥之一，桥上有30尊圣者雕像，为天主教圣徒和保护神。

团员们看到，这些雕像有女神、武士、人面兽身和兽面人身像等。李步对周围的团员介绍："这些雕像都是出自捷克17世纪至18世纪巴洛克艺术大师的杰作。"

朱也微补充道："这里被称为欧洲的露天巴洛克雕像美术馆。现在原件已经在博物馆内保存，大部分已经换成复制品。据称只要用心触摸石雕像，便会带给你好运。"

接着，导游继续介绍了桥右侧第八尊圣约翰雕像："圣约翰是一位著名的红衣大主教，因为拒绝向国王透露王后在忏悔中说出的秘语，被从查理大桥上扔进了波浪滔滔的伏尔塔瓦河，成为第一位为保护宗教里忏悔隐私权的殉道者。后来，他的弟子们从河里将他捞起来时，发现他头上出现五颗星星，之后被教廷封为'圣人'。"

站在雕像前，导游继续说："圣约翰用生命保住了皇后的清白，因此备受人们，特别是女人们的爱戴，布拉格人把他奉为圣人。每每经过他的雕像，人们都会抚摸墩座上的圣约翰浮雕，为自己祈福。"

团员们看到，雕像中的圣约翰留着胡子，站在一个三角的底座上，手持棕榈叶，背后有一个五星的光环。雕像的底座有两块铜浮雕，左为"王后忏悔图"，右为"主教被扔下河的情景图"，这两块浮雕已被人摸得锃亮。在此雕像东侧不远的桥栏杆上有个十字架，标明了主教被扔下桥的具体位置，十字架下的浮雕也被摸得闪闪发光。曹齐所在团队每人都去摸了一下，人同此心，祈福的心理大家都有。

听了这尊雕塑的介绍后，团员们漫步在大桥上。为了保护大桥，该桥已禁止一切车辆通行，只供游人行走游览。今天大桥上热闹非凡，街头艺术家在此吹拉弹唱，载歌载舞。团友们边走边看，有时短暂停留，有时还投上一两枚硬币，演奏者微笑致谢。

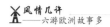
1924 年 5 月，卡夫卡让守候在他身旁的朋友雅努斯记下他生命中的最后一句话："我的生命和灵感全部来自查理大桥。"

1992 年，联合国已将查理大桥列入《世界遗产名录》。人们流行一种说法："不去查理大桥，等于没去过布拉格，只有把这座大桥走 9 遍，才算真正来过布拉格。"

凡凡本来想以大桥为背景，请人画张像，但因时间紧，只好作罢。魏荷和贾老师各买了两个身着传统捷克服装和宫廷服装的木偶。有些团员买了一些展现查理大桥的水彩画。有趣的是，李步和朱也微在桥上也是并肩走着，李步不时指指点点，朱也微面带微笑频频点头，颇像一对情侣。

游览中，曹齐大脑一直在思索。进入布拉格，当伏尔塔瓦河这一名字轻拂过耳畔，他不禁愕然。虽是初次邂逅，却总感觉似曾相识，且只听一遍，就牢记于心，莫非自己与这条河在精神上有什么联系吗？曹齐虽然只懂一点俄语，但他有个非凡的才能，不论是哪国语言，人名、地名翻译成汉语后，他都能流利地、准确地念完。

说来也是笑话，当孙子出生后他去中介中心请保姆时，中介中心的女经理惊奇地问："你是不是欧洲人？你好像俄国人呀！"

曹齐笑着说："我是武汉人。"女经理将信将疑，又说："你这么白，像白种人，而且鼻子这么高！"曹齐无奈地笑了笑。

像这样被别人误以为是欧洲人的事，曹齐碰见过几次，他简直哭笑不得。曹齐从小就喜欢看外国电影，参加工作后，经济自立，只要有外国电影，自己又有时间，他一定会看。这个习惯一直保留到他 70 多岁。前几年曹齐在武汉三家著名电影院都买了卡，有时与老伴去看电影，常常是整个影院只有他们二老是白头发。有一次在电影放映前，一个美女跑到座位前说："真羡慕你们，这么大年纪还看电影，我给你们照一张相，给我爸妈看，也动员他们看电影！"没等曹齐同意，她就把相给照了，搞得曹齐哭笑不得。

对于捷克，曹齐知之甚少，只是读过捷克作家卡夫卡的《变形记》，尤利乌斯·伏契克的名作《绞刑架下的报告》等，看过根据讽刺作家哈谢克著名小说《好兵帅克》改编的同名电影。来东欧前，曹齐已经报名参加了去西欧的旅游团。那天早上他见报纸有一则广告，是德、捷、斯、匈、奥五国外加莫斯科游。他非常高兴，马上报名参加这个东欧旅游团，随即退掉西欧旅游团，并动员昌剑参加。由于曹、昌二人的老伴都有事，他们没有参团旅游。曹齐第一次游欧洲就游东欧，是否与他对东欧有点了解、心灵深处有东欧情结有关呢？

游完查理大桥后，团队直奔老城区，最终于当地时间中午 11 时 42 分来到老城广场。此时，钟楼前已聚集很多人。他们有的是各国来的游客，有的可能就是捷克人甚至是布拉格人。他们凝望着钟楼，小声与同伴议论，时而看看手表。施导小声对几位站在他身边的团员讲解这座著名的天文钟，包括它的历史、基本构造、怎么欣赏，等等。

天文钟是一座精美别致的自鸣钟，根据当年的地球中心说原理设计，上面的钟一年绕一周，下面的钟一天绕一圈。每天整点，12 尊耶稣门徒木偶从钟里面开设的两个小窗口旁依次现身，6 个向左转，6 个向右转。随着雄鸡的一声鸣叫，窗子关闭，报钟声响起。

当钟声响毕，人们热烈鼓掌、欢呼。团友们都面露兴奋的神色，凡凡和贾博士都对该钟赞叹不已，谈论中，李步说："施瓦辛格的《魔鬼末日》就是在这里取景的。"朱也微接着说："据说为了保证世上没有同样的钟出现，建造这座钟的工匠被刺瞎了双眼。""真残酷！"潘银年说。

吃过中饭，团员们坐大巴直奔卡罗维发利。卡罗维发利离布拉格 130 千米，是捷克著名的温泉小镇，也是欧洲历史最悠久的温泉疗养区，建于 1349 年。这里山清水秀，夏无酷暑，冬无严寒。团员们一进小镇，顿觉神清气爽，犹如进入童话世界。泰普拉河从小镇穿过，河上的几座小桥把两岸的城市连成一体。河两岸的房屋色彩绚丽，造型优雅，充满维多利亚时代的风格。小镇充满灵气与诗意，简直像微缩了的丹麦首都哥本哈根的风貌。

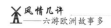

卡罗维发利最著名的就是温泉，小镇共有17处温泉，每分钟可喷出2000多升泉水。其中以弗热德洛的温泉最为有名，它喷出地面高达11米，水温达72摄氏度。泉水中含有大量矿物质，既可以沐浴，也能直接饮用。小镇温泉处都有水龙头。

团友们自由游览，"京城十二钗"谈笑风生。她们首先参观了磨坊温泉回廊，并分别照了相。磨坊温泉回廊由布拉格国家剧院设计师约瑟夫·季迪克设计，建造则花费了十年时间，于1881年完成。磨坊温泉回廊由中殿、侧廊和124根立柱共同组成，廊柱上有12个古典雕像，分别代表12个月，整个建筑风格是巴洛克式的，具有皇家气派。漫步此地，恍如身处希腊神殿。

李步、朱也微等人，首先参观了沙多瓦温泉回廊，两个青铜圆顶凉亭连接着长长的走廊，凉亭中间一头是希腊女神雕像，另一头是长吐蛇芯的温泉座，泉口流淌着40摄氏度的热温泉水。该温泉回廊也曾是美丽的巴伐利亚茜茜公主的最爱。

小镇有专门的饮水杯出售，其大小、造型、色彩、图案等多种多样，价格也不同。与一般水杯不同的是，在杯的把手上方有一个吸管口，用来吸水喝。团员中有七八位买了水杯。

多数团员都喝过温泉水，感觉略带咸味，比较清醇。也有人认为有点苦涩。

曾经有很多名人来过该镇，自19世纪起，沙俄彼得大帝、贝多芬、肖邦、莫扎特、歌德、普希金、果戈理、屠格涅夫、席勒等都曾在此度假。据说马克思于1864年、1865年曾在此治过病，他在此完成了《资本论》的初稿；托尔斯泰的《战争与和平》中一些篇章，也在这里写就。从1950年起，国际电影节每年在此举办一次。1988年，国产影片《芙蓉镇》在第26届卡罗维发利国际电影节上获得最高奖——水晶球奖。

进入小镇后，李步与朱也微又走到一起了。朱也微说："多美的景色呀，住在这里真幸福！"

李步笑了笑说："短时间住可以坚持，待久了恐怕不习惯！""有什么不习惯的？"朱也微反问。

"语言不通，饮食品种、生活环境都不同，怎么能习惯？"

"要是两人一起在这里住，可以互相帮助，慢慢就习惯了。"朱也微说。"那也习惯不了，不信你试试！"李步肯定地说。

朱也微说的"两人"，肯定不是指同性，一定指的是异性，是恋人甚至是夫妻。对此，李步没有点破。

"你两人谈得好亲热呀！"不远处仇秀秀喊道，便向他们走来。朱也微一听，脸不觉红了。

李步倒没有什么异样的感觉，小声说了一句："亲热有什么不好？""莫胡说！"朱也微连忙制止。

初夏的阳光照耀着小镇，鹅黄、翠绿、粉红的房屋发出艳丽的光彩，充满着童话色彩。

随后他们三人一起慢慢走向集合地点。到了该处，已有不少团员在那里。团员到齐上车后，大巴便朝返程目的地布拉格驶去。一路上，车内很热闹，大家都在谈论卡罗维发利的美景、温泉。

晚餐一开始，导游兴奋地对团友们说："告诉大家一个好消息，今天是李步教授的生日，为此我和小周一起给他买了一个蛋糕。为了表示祝贺，餐馆老板给每桌加了两样大菜，红烧蹄髈和烧全鹅。"

大家一听，起初有些愣怔，待导游的话语落下，随即爆发出热烈的掌声。这时领队小周又说："为表示庆贺，朱医生买了两瓶高档葡萄酒，每桌一瓶。"此言一出，又是一阵热烈的掌声。接着小周为李步戴上了生日帽。这个生日帽是随蛋糕一起赠送的寿星帽，是一彩色硬纸做的圈圈，有点像皇冠。

接着，在朱也微的带领下，大家唱起了生日歌："祝你生日快乐！祝你生日快乐！……"男女团友美妙的歌声在餐厅回荡。歌声一结束，李步便站起来致答词。他说："我没有想到，在这遥远的异国他乡，在这梦幻般的城市布拉格，在旅途中能庆祝自己 35 岁的生日。我更没有想到领队、导游知道我的生日。"他感谢工作细致入微的领队、导游购买蛋糕，感谢热情优雅的朱医生购买葡萄酒，感谢善解人意的餐馆老板增加两道大菜，更感谢全体团友的热情祝贺！让他度过了一次难忘的、愉快的生日！

随后大家纷纷向李步敬酒，邻桌的女博士贾老师首先代表她的女战友们——"十二金钗"向李步祝酒。

不一会儿，朱也微开始切蛋糕。她先请仇秀秀传递到邻桌，接着再分发给本桌团友。领队、导游买的蛋糕又大又漂亮，色彩艳丽，上面铺满葡萄、草莓等水果，估计价格不菲。朱也微技术娴熟，刀工很好，切的蛋糕做到了领队、导游、团友每人有一份，而且大小差不多。现场气氛热烈、友好，餐厅欢声笑语不断。

李步喝得红光满面，对于这种"惊喜"，他太激动了。前几天才知道"消息"的朱医生，首先发起请他唱一段京剧。李步也不推辞，为了答谢大家的美意，便唱了《智取威虎山》中的一段："今日痛饮庆功酒，壮志未酬誓不休；来日方长显身手，甘洒热血写春秋。"他的清唱字正腔圆，颇有余派韵味，博得满堂彩。

紧接着，一位"金钗"提议让潘银年为大家献唱黄梅戏《天仙配》的经典选段，而李步则推荐赵本真演绎《莫斯科郊外的晚上》这一经典曲目。两位的表演均赢得了大家热烈的掌声与喝彩，生日聚餐在一片愉悦而温馨的氛围中圆满落幕。

至于领队和导游为何会知道李步的生日，那是因为团友们在报名时，曾交过身份证给旅行社。领队便把这次旅游中，有团员在旅游期间出生的人找了出来，发现李步的生日就在今天，由于领队与导游都是热情的"有心人"，于是便有了这次热闹的生日聚会。

曹齐参加过很多旅游团，这种事他还是第一次遇见，以后他也再未遇见过。可见，这个团队的领队和导游的确是"有心人"、热心人。待人到了这份儿上，谁还不打算下次再参加他们的旅游团呢？别的旅游团导游动员自费项目时，往往讲得口干舌燥也未见得有几人报名。而本旅游团的自费项目，导游只点了一下，寥寥数语，全体团员都踊跃报名参加。可见，导游很得人心，很有带团水平。

晚餐后，回到酒店时，李步和朱也微有些意犹未尽，他们同房住的赵本真和仇秀秀，也很识趣，先各自回房休息去了。酒店门前的小花园花香阵阵，使人愉悦。花坛内五颜六色的郁金香在路灯的照耀下，对着他们微笑。他们坐在一张双人靠椅上，酒后微红的脸，露出自得、友善的表情。

"真没想到呀，我在国外过了一个这么美好、这么难忘的生日！"李步有点激动，"朱医生，我要感谢你的葡萄酒，它为生日宴增色不少，更要感谢你帮忙张罗，促成良好的气氛。"

"这有什么！同船过渡，五百年修嘛，我们同一个旅游团，这得修多少年呀？"

夜色深沉，颇有凉意，随后他们有点不舍地互道晚安，各自回到房间。

第二天早上，大巴载着团友向克鲁姆洛夫行进。克鲁姆洛夫被誉为世界上最美丽的小镇，它坐落于捷克南部波希米亚地区，距布拉格约160千米。

捷克的母亲河伏尔塔瓦河从小镇流过时，竟在小镇中央盘旋了两个"S"形，似乎眷恋地将小镇两次环抱在她的怀里。小镇的惊艳，在于它的地理。这条河不宽不窄也不环绕着，既让它与喧嚣隔绝距离，又不让它与人间隔绝太远，它不惊扰小镇，而是柔情地为小镇大大增色。1992年，联合国教科文组织将该镇列为世界自然与文化双重遗产。事实证明，它名不虚传。

进入小镇后，高大巍峨的城堡首先映入眼帘。虽然历经700多年，这座修建在山坡上的城堡依然以其亮丽的外表吸引着游客。它是捷克第二大城堡，仅次于布拉格城堡，也是小镇悠远历史的标志。

在导游的带领下，团友们登上城堡。

"啊，真美呀！"不少团友发出赞叹，世界上竟有如此美妙的小镇。

从城堡往下看，那风采各异的一幢幢小楼，楼顶上竟全部铺着橙红色的瓦。虽然颜色一样，但并不显得呆板，因为楼顶高低起伏，式样各异，中间便是高耸的圣约施塔教堂。人们都知道，城堡和教堂是小镇两个标志性建筑。

大家看着小镇全景，竟有一种置身童话世界的感觉，有一种梦幻般的浪漫与热情在心中产生。

离开城堡后，大家在小镇游览。小镇的路面是由方形的石砖铺成的，走在上面并没有硌脚的感觉。早已磨得发亮的石头马路仍旧原汁原味，每一块都不知走过了多少代人。街面建筑尽管不算奢华、不算雄伟，但随处可见的曲线之美，更让人觉得有安全感和流畅感。

小镇深处的无名街道非常静谧和冷清，巷子两边的墙上都是鲜花和藤蔓。这里时光似乎静止，与巷外热闹的游人世界完全是两种氛围，这种反差和撞击为小镇带来了戏剧性的张力。

三、斯洛伐克

早餐后，全体团员乘大巴向斯洛伐克首都布拉迪斯拉发行进。

在大巴上，凡凡始终愁眉不展。她今年 35 岁，身材一流，脸蛋细嫩，光彩四溢，看起来比实际年龄年轻很多。她的丈夫谈话优雅，生气勃勃，在北京某大学教法律课程。

然而近两年来，凡凡发现丈夫出轨了，为了家庭和孩子，她隐忍了。其丈夫也一再表示痛改前非。时间顺流而下，生活逆水行舟。她将信将疑。果然，收手了一段时间后，她发现他贼心不死，她感觉"包容"并不能了却人间麻烦事。

这次战友们邀约出游，她很赞成，也想出来散散心。在旅游团队，她发现李步确实是一表人才。他那潇洒的神态、彬彬有礼的言谈，无不触动着她的芳心。

然而她认为不能再往前迈进一步。她憎恨丈夫出轨，难道自己也步其后尘？何况"出轨"是要有环境、条件的，即使自己想投怀送抱，别人未必肯欣然接受。后来她发现李步与朱也微交往比较密切，也就不再多想了。

布拉迪斯拉发位于多瑙河畔，是斯洛伐克首都和经济、文化中心。说实话，这个城市是一个不太引人注目的地方。很多团友都是第一次听说。1993 年斯洛伐克独立后，它才成为首都。布拉迪斯拉发上有捷克布拉格，左有奥地利维也纳，下有匈牙利布达佩斯，每一个都比它多彩夺目，都比它高调华丽，然而它有它的特点和风貌，一样能吸引游客。其主要特点是低调静谧，它是世界上唯一一个地处两国（奥地利、匈牙利）边境的首都。

现在团友们正在城堡参观。城堡坐落在城市中心，高居老城旁的山上，四四方方，红瓦白墙，四角矗立着角楼，像一张倒扣的"八仙桌"。土耳其人占领布达佩斯期间，这里曾经是匈牙利王族的避难所。

斯洛伐克被称为"城堡之国"，是世界上城堡数量最多的国家之一。如今它一半的建筑被辟为斯洛伐克国家博物馆。站在城堡山上，可以俯瞰该市的市容，蓝色多瑙河穿过整个城市。

在游览中，曹齐时常涌现出一种"思古之幽情"。如今他行走在东欧大地，有关东欧各种令人沉醉的梦，随着教堂的钟声在脑海迭现。他很早的时候就知道，欧洲有一条著名的多瑙河。它是仅次于伏尔加河的欧洲第二长河。它发源于德国西南部，自西向东流经奥地利、斯洛伐克、匈牙利等九个国家，是世界上干流流经国家最多的河流。20 世纪 60 年代他曾看过罗马尼亚电影《多瑙河之波》，这是一部反法西斯影片，情节动人，感染力强，该片曾获 1960 年卡罗维发利电影节大奖。通过这部电影，多瑙河在中国观众心中的印象加深了，当时在中国观众中引起很大反响。

现在，团友们正在老城区参观。不怎么修饰的街道广场，给人一种质朴的感觉。住户在楼上挂着奇形怪状的玩偶，吸引人们的目光。街头有一些雕像，最著名的当数一位下水道维修工雕像——路面井口盖板打开，一个身着工作服的下水道维修工，刚从下水道修理完故障钻出地面，趴在地面休息吐气，头盔上还带着泥水，手上有些脏污，可从他嘴边的一抹笑容来看，一定是为刚完成任务而感到高兴。

团友们，尤其是"十二金钗"，对这尊雕像赞不绝口，纷纷驻足拍照，留下难忘的回忆。

还有一座雕像也很让人喜欢。雕像是一位老先生。其祖父是一位非常有名的小丑。受祖父的影响，他希望能够为这座城市带来快乐和欢笑。于是他每天穿着燕尾服，戴着高礼帽来到老城中，与女士们打招呼，给人们逗趣。雕像中他一手高举着帽子，满面微笑地看着路人，仿佛向每个人送上最诚挚的欢迎。团友中有不少人与这座雕像合影。

人们喜爱这些生动、幽默、有趣的雕像。雕像充满生活气息，使人产生很多遐想。难怪街头随处可见各种雕塑及扮成雕像的形形色色的街头艺术家。

在老城区广场有一个著名的罗兰喷泉，约建于 1527 年。喷泉中央顶端的雕像为一个手持宝剑、身穿盔甲的骑士，传说是当地城市的守护神罗兰。这个雕塑喷泉被认为是老城区的地标，也是当地居民最喜欢的聚集场所。因为喷泉顶端的英武骑士塑像，貌似匈牙利国王马克西米连二世，所以也叫马克西米连喷泉。

四、匈牙利

第二天早餐后，团队乘大巴前往布达佩斯，开始匈牙利之旅。

曹齐很早就知道匈牙利这个国家，这与他从小就关心国内国际时事有关。曹齐读初一时，听说过匈牙利事件。事件的内容他不清楚，但他知道欧洲有个国家叫匈牙利。同时，苏联有几个加盟共和国，社会主义阵营有几个国家，各大洲重要国家及其首都，经常在报纸上出现的世界各国领导人的名字，他都知道。国内方面，中共中央政治局委员，国务院总理、副总理，各部部长，开国十大元帅、十位大将，各省、自治区、直辖市负责人，他都知道。为什么他记得清楚，因为他对这些知识很感兴趣，经常看报，也曾在笔记本上做过笔记。

在车上导游讲："匈牙利是一个中欧内陆国，首都是布达佩斯。布达佩斯是欧洲著名古城，坐落在多瑙河中游两岸，以前是遥遥相对的两座城市，1873 年，由位于多瑙河右岸的布达及左岸的佩斯合并而成。布达多山，佩斯地势平坦。布达佩斯有'东方巴黎'和'多瑙河明珠'的美誉，被联合国教科文组织列入《世界遗产名录》。"

导游刚讲到这里，贾一如插话："我补充一点，1950 年，电影表演艺术家陈强随中国青年艺术代表团到匈牙利首都布达佩斯访问演出。正逢其长子出生，为了纪念这一时刻，陈强将大儿子取名为陈布达，而数年后二儿子出生，则取名佩斯。"

此言一出，团友们都被这个趣闻逗乐了，整个车厢里笑声连连。

导游说："有这回事，我正准备讲呢！贾博士代我讲了！"

"今天有些讲解，由贾老师担任。"导游宣布。据说昨晚导游与贾老师商量过。

之后，贾老师开启了她的精彩讲解：

"英雄广场是布达佩斯的中心广场，是一个融合了历史、艺术和政治的胜迹，位于佩斯。广场是1896年为纪念匈牙利民族在欧洲定居1000年而兴建。每当重大节日或外国元首来访时，都要在该广场举行盛大的仪式。

"英雄广场的中心是千年纪念柱，它也是该市的地标。纪念柱始建于1896年，完成于1929年。这座新巴洛克式的圆柱形石碑，高36米，顶端是一尊展翅的大加百利天使雕像，她一手高举十字架，一手高举加冕王冠，威风凛凛。纪念碑底座上有9世纪创建7个部落的匈牙利祖先马扎尔民族部落首领的雕像。

"在纪念碑后面，有两座高达16米的弧形柱廊，形成一个巨大的凯旋门。柱廊中矗立着14位匈牙利历代著名统治者的雕像，每个雕像基座上都刻有名字和在位年代，下面还有一幅反映其主要功绩的浮雕。英雄广场好像一本历史教科书，在这里参观，能了解不少关于匈牙利的历史文化。"

贾一如讲解时，大家听得很认真。讲解刚告一段落，魏荷就称赞："贾博士讲得好！"

导游施继烈对她竖起大拇指。

仇秀秀此时观察到："哈尔滨防洪纪念塔与这个广场的纪念柱多么相像呀！"

此论一出，其他团友也认为的确相像。这说明很多团友去过哈尔滨。这也难怪，很多出国旅游者，先前在国内也去过不少地方。拿曹齐来说，以国内为例，除了青海、宁夏、西藏、贵州等省、自治区外，其他省、自治区、直辖市都去过。

接着，大巴经过安德拉什大街。

贾一如继续介绍："大家请看，这是一条林荫大道，始建于 1872 年，到 1876 年 8 月 20 日完工。它以当时支持修建这条大街的首相安德拉什命名。大街两边是美丽的新文艺复兴风格的宫殿和房屋，2002 年被列入世界文化遗产名录。这条街是布达佩斯最主要的购物街之一，大街两旁有各式咖啡厅、饭店、剧院、精品店等。"

现在，团友们已抵达国会大厦前。施导体贴地让贾老师稍事休息，自己则继续为大家讲解："国会大厦始建于 1896 年，到 1904 年完工并正式使用，是匈牙利国内最大的建筑，也是该国的最显著的地标之一和最著名的旅游景观，与英国国会大厦是同一个设计师。大厦有着典型的哥特式风格，尖顶、雕塑、浮雕、纹饰。大厦内部有 27 道门、691 间厅堂，10 个庭院，13 个客梯、货梯。其建筑之精美，装饰之华丽在匈牙利建筑史上是不朽的篇章。它与圣·伊斯特万大教堂一起构成布达佩斯两座最高的建筑。"

团友们听得如痴如醉，对导游那绘声绘色的讲解以及惊人的记忆力深感佩服，纷纷投以钦佩的目光。

大巴缓缓驶过著名的链子桥，导游再次为大家介绍道："链子桥于 1839 年开始兴建，1849 年完成，是连接布达与佩斯九座大桥中最古老、最壮美的桥梁。多年来一直是布达佩斯的象征。在桥的两头各有一对狮子雕塑，狮子紧紧抓住两岸，象征着布达和佩斯紧紧相连。桥墩的设计类似凯旋门。"

经过链子桥，大家来到城堡山脚下。城堡山始建于 13 世纪，这座狭长的古城长 1500 米，最宽处不超过 500 米。只设有三个城门可以通行。

著名的马加什教堂就在这里。导游讲："此教堂得名于在此举行过婚礼的匈牙利国王马加什。它是历代国王的加冕处。教堂里设有一个小型博物馆，有皇冠等藏品，还有一尊茜茜公主的半身雕像。茜茜公主和弗兰茨·约瑟夫一世也在这里加冕。这座教堂始建于 1015 年，属于非常经典的哥特式建筑，白色尖塔和彩色鱼鳞状屋顶显得与众不同。在马加什教堂与渔人堡之间的广场上，耸立着伊斯特万一世国王的骑马铜像。"

此时贾一如介绍："伊斯特万一世头戴王冠，身子笔挺，面色庄重，右手举着双十字架。他是匈牙利第一位天主教国王，在他的统治下，匈牙利完成了从游牧部落向封建国家的转变。雕像建于1906年，基座上的浮雕述说了国王的生平。下面大家将游览今天白天最后一个景点——渔人堡。渔人堡建于1905年，最早这里曾是个鱼市，后来渔民们为了保护自己的利益而修建了此堡，作为防御之用。它由7座塔以及连接7座塔的回廊组成，7座塔（南三座，北四座）代表7个马扎尔人部落。渔人堡的建筑造型别致，具有古罗马风格。它风格独特、魅力四射。四周环境优美，景色十分秀丽。站在这里可以鸟瞰布达佩斯全城秀美风光，是市民悠闲散步的重要场所。"

团友们运气很好，今天晴空万里，在蓝天衬托下，白色花岗岩建成的渔人堡分外美丽，塔楼如童话般梦幻迷人，回廊里有绝佳的观景角度。

曹齐站在城堡边观赏多瑙河两岸风光，心潮难平，他突然想到，在这里观景，与站在黄鹤楼上观长江两岸美景，何其相似乃尔！

团友们三三两两边欣赏边拍照，周围洋溢着欢笑声。"十二金钗"忙得不得了，各人摆着自认为最好的姿势，互相帮忙照相。

贾一如对朱也微、仇秀秀说："布达佩斯的年轻人最喜欢来这里谈情说爱，还将初吻留在这里，许多年轻人将这里作为婚纱照的拍摄地。"

仇秀秀听了没有感觉什么，朱也微却有一种说不出的味道："初吻，多么美好的爱情之花呀！"

晚餐快结束时，领队小周又告诉大家一个好消息："今天是我们团里两位长者冯天相先生和叶子雅女士金婚纪念日。为此，我们将利用夜游多瑙河的美好时光，为两位长者举行庆祝会。"他的话一讲完，大家不约而同地热烈鼓掌，两位老人也微笑向大家点头致谢。

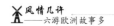

冯天相今年 73 岁，头发略微花白，红光满面，一副儒雅的学者形象。夫人叶子雅，小他一岁，端庄、文静，其神态颇有杨绛之风。他们是学理工的，两人在高级工程师岗位上退休。

前几天，同是从北京参加此旅游团的贾一如与叶老太闲聊，得知冯、叶二老今年已经结婚 50 年，而且金婚纪念日正在这次旅游期间。于是，她便向领队汇报了。这样就促成了这个金婚庆祝会。

不少团友都说领队和导游是有心人，他们不仅记住了旅游期间李步教授的生日，而一旦得知两位长者的金婚纪念日，便立即开会祝贺。如果不是对团友的关心和人性化管理，怎能有此举措呢？团友们没有一个在其他旅游团中经历过这种事，这更反映了领队和导游工作的细心，对团友的体贴入微。

夜游多瑙河本来是一个自费项目，大家热情很高，全体报名参加。今晚又有这样一个"节目"，实在令人兴奋。

晚饭后，在导游的带领下，大家步行来到游船码头。

上海来的安慰说："我们真是结天缘，今天白天、晚上天气都好！"

上了游船后，大家一起上到顶层甲板，这里更方便观景。甲板上摆放了几张桌子，每张桌子边放了四把靠椅。夜空朗朗，凉风习习，大家都沉浸在一种愉快、美好的氛围中。曹齐有一种神清气爽的感觉，眼前的情景似乎如上海的浦江夜游和武汉的长江夜游一样，五彩缤纷，灿烂夺目。

游船上播放《蓝色多瑙河》圆舞曲，它是奥地利著名作曲家、指挥家、小提琴家小约翰·施特劳斯最负盛名的作品。正如有人所说："音乐，不是给现实留影或化妆，而是给现实一把梦想的梯子！"

不一会儿，船开了。根据安排，游船驶向多瑙河下游，先后穿越玛格丽特桥、链子桥、伊丽莎白桥、自由桥和裴多菲桥五座大桥，然后掉头折返驶回游船码头。

团友们在甲板上观赏两岸建筑、灯光，美景灿烂绚丽，加上多瑙河的倒影，真是如梦如幻。船上配备了专业的中文解说服务，聆听之后，让人收获颇丰，增长了许多见识。

经过的第一座大桥是玛格丽特大桥，这是布达佩斯第二座桥，它以公主的名字命名。

游船行驶中，佩斯一侧，宏伟壮丽的国会大厦在景观灯下光彩夺目，非常迷人。大家再把目光转向布达一侧，一座座教堂映入眼帘。山上那个尖顶建筑是马加什教堂，教堂前是渔人堡。前方是链子桥，在灯光辉映下，桥上钢索晶莹闪亮，远望似一条巨链悬挂在沉沉夜色中。链子桥布达一侧是城堡山王宫，在佩斯一侧有匈牙利科学院。值得一提的是，从1904年到2002年之间一共有13位匈牙利或匈牙利裔的科学家和文学家获得过诺贝尔奖。

再往前走，是伊丽莎白桥，简称"白桥"，这是布达佩斯唯一一座在河中没有桥墩的桥。这座桥以奥匈帝国王后茜茜公主的大名伊丽莎白命名。茜茜公主一生钟爱匈牙利，赢得了人民对她的爱戴与敬仰，所以才有此桥的命名。

继续往前走，是国王大桥，人们根据其颜色，简称"绿桥"，又叫自由桥。国王大桥和伊丽莎白桥遥遥相望，鹣鲽情深，是国王和王后永恒爱情的象征。

裴多菲桥以匈牙利著名爱国诗人裴多菲的名字命名。团友们纷纷从不同角度拍摄夜景，忙得不可开交。过了半个多小时，领队小周就把一盒大蛋糕打开，他请凡凡帮忙切蛋糕，凡凡欣然同意。随后船上工作人员把倒入大玻璃杯的橙汁分别放在小桌上。大家围桌而坐，吃着蛋糕，喝着橙汁，看两岸美景和各具特色的大桥，不亦乐乎。

此时，小周请大家安静下来，他说："在这6月美好的日子中，恰逢我们团最年长的两位团友冯天相先生和叶子雅女士金婚纪念日。作为团友，我们今天在美丽的布达佩斯，在夜色迷人的多瑙河游船上，为两位团友举行金婚纪念日庆祝活动！"

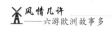

他说到这里，现场响起热烈的掌声。"下面请施导讲话！"小周补了一句。

"各位团友，作为同胞，作为晚辈，作为布达佩斯市民，我衷心祝福冯天相先生和叶子雅女士金婚快乐！祝他们二老健康长寿，全家幸福！"施导的讲话又博得热烈掌声。

此刻，冯天相与叶子雅夫妇携手起立，向大家深深鞠躬，以表达他们由衷的感激之情。随后，领队小周说道："接下来，让我们请冯老先生分享他的感言！"

冯老先生刚欲站起，又被大家热情地邀请坐着讲。他微笑着摇了摇头，坚持要站着发表感言，那份坚持与尊重，让在场的每一个人都为之动容。他说："今夜星光灿烂，多瑙河美景令人如醉如痴，在这美好的时刻，施导、周领队和全体团友，为我们举行这么热烈、友好的金婚庆祝会，我和老伴感到无比荣幸，并对大家表示衷心感谢！我们永远不会忘记今晚，永远不会忘记团友的热情和友谊！再次谢谢大家！"掌声响起。

接着，叶子雅女士也起身致谢，赢得了满堂掌声。随后，小周邀请"十二金钗"的领头人魏荷局长发言。魏荷代表全体女战友，向二老致以金婚的热烈祝贺，并祈愿他们健康长寿。魏荷发言完毕，小周转而邀请曹齐分享。曹齐透露，他特地为二老创作了一首打油诗以表祝贺。在大家的掌声中，曹齐谦逊地念出了他的诗作："冯天相、叶子雅金婚志喜，特赋小诗以贺之！"随即，他深情地背诵起来："多瑙河上庆金婚，二老笑得多开心。全体团员齐祝贺，感谢领导一片情！"

曹齐背完后，团友们又鼓掌又称赞。两位老人微笑表示感谢。

接着，小周请大家自由发言。三位团友发言后，小周说："时间很紧，马上要下船了，请大家表演小节目。"

熟悉内情的潘银年首先提议，请凡凡唱一段黄梅戏，她说凡凡比她唱得好多了。

　　凡凡也很大方，问唱哪一段？大家一致说：《树上的鸟儿成双对》！

　　凡凡说那差一位男士，此时安静了约 20 秒。不一会儿，上海来的刘牧乎自告奋勇，毛遂自荐。他俩唱得非常投入，腔调正宗，配合很好，特别是凡凡大有马兰的韵味。大家报以热烈的掌声。

　　最后大家请二老唱一段。曾在苏联留过学的叶子雅女士代表二人唱了《红莓花儿开》。当她唱到"有一位少年真使我心爱，可是我不能对他表白"时，掌声又响了起来。

　　轮船即将回到码头。团友们满面春风，意趣盎然，在美丽的多瑙河度过了一生难忘的美好之夜。

五、奥地利

早餐过后，团友们满怀期待地踏上了前往维也纳的旅程。车厢内，施导再次邀请贾老师为大家进行讲解，贾老师微笑着点头应允，随后便开启了她的精彩讲述：

"奥地利地处中欧心脏，山川秀丽，风景如画。国土 70% 是山地，森林覆盖率达 46% 以上。大家看窗外，一踏上奥地利，漫山遍野都是青松绿杉，成片的牧场草地和大块的葡萄园，整个国家像一座美丽的大公园。

"维也纳位于多瑙河畔，森林环抱市区，是奥地利首都和最大的城市，也是欧洲主要的文化中心，被誉为'世界音乐之都'。

"维也纳是多个国际组织和机构的所在地，联合国和石油输出国组织都在此设有办公机构，它是全球宜居城市冠军。"

大巴行进在环城大道上。

施导接着讲："环城大道是维也纳有名的观光大道，长 4 千米，宽 60 米。大家看，大道两侧绿树成荫，云集了各种风格的建筑。最著名的有维也纳国家歌剧院，市政厅，议会大厦等。"

现在团友们在车上外观国家歌剧院。

施导继续讲："国家歌剧院外貌古色古香，为罗马式雄伟建筑。它素有'世界歌剧中心'之称，是世界上最著名的四大歌剧院之一。始建于 1861 年，由奥地利著名建筑师西克斯鲍和谬尔设计完成。1869 年 5 月 15 日建成开幕，首场演出的是莫扎特的歌剧《唐璜》，极受人们欢迎。歌剧院从那时起开始声名鹊起。"

说到这里，施导停顿了一下，问大家是哪四个世界著名的歌剧院。大家沉默了一下后，凡凡回答："是米兰斯卡拉歌剧院，伦敦皇家歌剧院，纽约大都会歌剧院及这个歌剧院。"

"正确！"施导满意地说。他接着往下讲：

"进入舞台区，可见6层的观众席，有1600个座席。全世界最著名的作曲家、指挥家、演奏家、歌唱家和舞蹈家，都以在这里演出而感到荣幸。剧院每年演出300次晚场，节目提前排定，而且每晚必换。剧作以莫扎特和威尔第的作品为主。

"每年除夕，歌剧院还将举行一年一度的盛大舞会，以其奢华典雅而成为世界各地政要名流、富商大贾云集的盛会，届时奥地利总统也将出席。"

随后，施导指着霍夫堡皇宫对团友说：

"霍夫堡皇宫曾经是哈布斯堡王朝奥匈帝国皇帝冬宫（夏宫是美泉宫），坐落在维也纳市中心，自1275年至1913年间，经过多次修建、重建，最终才形成今天这么庞大的建筑群。它由18个翼、19个庭院和2500个房间构成。走进去，仿佛进入一个大迷宫。

"皇宫分上宅、下宅两部分。上下两宅各有一个花园。上宅是帝王办公、迎宾和举行盛大活动的地方，下宅作为起居借宿用。现在这里是总统官邸。

"宫殿里的看点非常多，比较著名的有'奥地利画廊'，那里珍藏着中世纪到现代的绘画和雕塑名作。2004年4月24日，茜茜公主博物馆在这里开放。有着400年历史的西班牙皇家马术学校也在该宫中。"

"英雄广场是霍夫堡皇宫的外部广场。现在我们已到达这里。"施导指了指窗外，又讲了起来，"1938年希特勒曾在此宣告德奥合并。漫步广场，可见打败拿破仑一世的人民挚爱的统帅卡尔大公爵与奥地利欧根亲王雕像矗立两端。"

他指着议会大厦，继续说："议会大厦毗邻市政厅和霍夫堡，整栋建筑仿希腊式，素有'欧洲最美的国会大厦'的美称。议会大厦前是有名的雅典娜雕像，左手持有权杖，代表公正，右手托着胜利女神。"

到了市政厅，他提醒大家注意看，并接着说："市政厅是一座典型的哥特式建筑，壮美又层次分明，正中的高塔98米，是维也纳的标志建筑。"

正当大家认为在车上外观景点不过瘾时，大巴在城市公园前停下。随后，施导请大家下车去公园游览。

此时，凡凡又开讲了："城市公园面积65000平方米，它是第一座向市民开放的公园。风景画家约瑟夫·赛勒尼和园艺师鲁道夫·西贝克将公园设计为一座英式大花园，并于1862年8月21日落成。后来人们在公园里为许多维也纳名人竖立了纪念像。其中小约翰·施特劳斯的镀金塑像最有名。"

随后，团友们到达金色大厅，施导介绍说：

"金色大厅其实不是一座独立建筑，而是维也纳音乐协会大楼内诸多演出大厅中的一间。始建于1867年，是意大利文艺复兴式建筑。外墙红黄两色相间，房顶上竖立着许多音乐女神雕像。内部是长方形，金碧辉煌，四周的墙面由希腊式的女神柱支撑，天花板上描绘了阿波罗精美的油画。金色大厅被音乐人和喜爱音乐的人视为圣地。

"维也纳新年音乐会蜚声世界，全世界的观众都可以在电视转播中一睹金色大厅的风采。值得一提的是，听众不论坐在哪个座位，离舞台远近或高低，都能享受到一样效果的音乐演奏。

"由于时间关系，我们不能入内参观，也不能在此听一场音乐会，这的确很遗憾！大家以后再来，可以弥补一下！"

"谁知道什么时候能再来呀？"潘银年快人快语。

"有机会，有机会的。"贾一如笑着说。现在大家来到美泉宫。

施导介绍：

"美泉宫是奥地利的皇家夏宫，是皇家用来避暑的宫殿。美泉宫占地广阔，是欧洲著名的宫殿之一。它曾是神圣罗马帝国、奥地利帝国、奥匈帝国和哈布斯堡王朝家族的皇宫，如今是维也纳最著名的旅游景点之一。美泉宫因一泉水得名。1612 年，神圣罗马皇帝马蒂亚斯到此地狩猎，饮一泉水而神清气爽，便称此泉为'美泉'。美泉宫及其花园被联合国教科文组织列入世界文化遗产名录。"

团友们来到美泉宫大门。施导讲："美泉宫大门两立柱上两只大鹰是哈布斯王朝的象征。美泉宫共有 1441 间房间，其中 45 间对外开放供游客参观。"

此时施导请贾老师给大家介绍一下，她愉快地答应了，她说：

"我们大家很熟悉的伊丽莎白，也被称作茜茜，是奥地利皇帝弗兰茨·约瑟夫一世的妻子，是奥地利皇后和匈牙利王后。当年茜茜公主在因斯布鲁克附近的乡村小溪旁钓鱼，鱼竿一甩，竟鬼使神差般甩到了乘马车途经此地的年轻的弗兰茨身上。鱼钩逮住了他！活泼美丽、可爱率真的茜茜让弗兰茨对其一见钟情，非她不娶。英俊潇洒、风度翩翩的弗兰茨，也让年轻的茜茜一见倾心，非他不嫁。奥地利的历史篇章又展开了新的一页。

"弗兰茨曾评价茜茜：'她是人类美的化身。'他们的爱情故事成了流芳百世的一段佳话，并被后人改编成电影史上的经典影片《茜茜公主》。受父亲的影响，茜茜崇尚自然，酷爱骑马，一直在无拘无束的环境中长大。出嫁后，毫无准备的茜茜被强行推入了与其性格极其不相符的古板沉闷的宫廷生活。可怕的孤独更是紧紧包围着她。她经常前往生活更为自在的匈牙利访问，并与匈牙利建立了深厚的感情，在 1867 年促成了奥匈帝国的诞生。

"随着她的独子鲁道夫及其情妇玛丽·维色拉于 1889 年在梅耶林狩猎小屋内双双殉情自杀，茜茜遭受了前所未有的巨大打击。她离开了奥地利宫廷并在没有家人陪伴下四处旅行。1898 年，茜茜在瑞士日内瓦遭到意大利无政府主义者路易·卢切尼的暗杀，不幸去世。茜茜一共当了 44 年的奥地利皇后，也是奥地利在位时间最长的皇后。

"我国观众从电影《茜茜公主》中，对她有了一定的了解并非常喜爱她。"

"好浪漫呀！"听到这里，凡凡不禁说道。"真是绝配的一对！"赵本真接着说。

"贾博士讲得真好！"仇秀秀点赞。

贾一如接着讲："美泉宫融合了多种建筑风格，包括洛可可式和巴洛克式等。这是 18 世纪欧洲流行的一种纤巧华美的建筑风格，优雅别致。但大多数房间是巴洛克式，这是 17 世纪欧洲流行的一种重视雕琢的建筑风格。"

随后，大家进入美泉宫参观。进入后，工作人员给每人发一个耳机，可以听中文讲解，每一个房间都有一个编号，按线路参观。

此时由施导讲解，贾一如休息。他讲：

"节庆大厅是整个宫殿的中心，厅长 40 米，宽近 10 米，是举行皇家舞会、国事觐见和大型宴会等大型宫廷活动的场所。1961 年，美国总统肯尼迪和苏联领导人赫鲁晓夫在这里举行了历史性会面。

"宫内还陈列着几辆玛利亚·特蕾西亚女皇加冕大典时用过的绣金马车。各房间和回廊拐角处装有各种式样的火炉，俄式的大火炉造型尤为奇特。玛利亚·特蕾西亚夏季居室装饰着异国情调风景画。

"漆画厅充满中国元素，描金的白色护壁镶板中镶嵌着大小不同的漆画版。

"接见大厅系洛可可风格装饰。1762 年，6 岁的莫扎特第一次为女皇演奏钢琴，演出结束他骄傲地跑到女皇膝上，抱住她的脖子狠命地亲了一口。莫扎特深受女皇宠爱。

"弗兰茨·约瑟夫皇帝和伊丽莎白皇后共同的卧室，房内装饰着蓝白相间的丝绸和沉重花梨木制成的家具。1805 年，拿破仑军队直逼维也纳。他曾下榻美泉宫，并睡在女皇的卧室里。

"宫中还有东方古典式装饰的房间，如镶嵌紫檀、黑檀、象牙的中国式房间和用泥金和涂漆装饰的日本式房间。在琳琅满目的陶瓷器摆设中，有中国青瓷、明朝万历彩瓷大盘和措花花瓶等。美泉宫是世界宫廷中收藏中国瓷器最多的皇宫。"

大家对此感到非常自豪，也有一些无奈。

随后，大家来到美泉宫背面的皇家花园。这是一座典型的法国式园林，硕大的花坛两边种植着修剪整齐的绿树墙。绿树墙内是 44 座希腊神话故事中的人物。园林的尽头是一座"海神泉"，水池中央是一组根据希腊神话故事中的有关海神故事塑造的雕塑。向东便是皇宫名称由来，但却不很起眼的"美泉"。

在御车陈列馆，大家参观了哈布斯堡帝国从 1690 年以来使用的 60 多辆御车，其中最珍贵的一架八套马车重达四吨，这是专门用来举行婚礼和加冕的帝王马车。

美泉宫山顶的凯旋门修建于特蕾西亚女皇时期，是为了纪念战争的胜利与王权的伟大。凯旋门是美泉宫最高处，它犹如一座巨大的观景台。在此俯瞰美泉宫，宫殿是最好的视野。放眼远眺，远处城市美景，多瑙河风光尽收眼底。

从 2004 年起，每年 6 月初举行"美泉宫之夜夏季音乐会"。这是维也纳市政府继维也纳金色大厅新年音乐会后，倾力打造的又一个世界乐坛的顶级品牌音乐会。金色大厅新年音乐会主要演出施特劳斯家族的作品，而美泉宫音乐会的演出曲目则囊括了世界各国音乐大师的所有作品，范围广而风格多样。

曹齐参观后，大脑中突然冒出十个字："赞美宫美景，叹繁华浮云。"

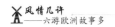
随后大巴直奔施华洛世奇水晶饰品店。下车后，大家看到这家店装潢得富丽堂皇，橱窗吊饰熠熠生辉。商品多样，耳环、项链、戒指、胸针等琳琅满目，每一款都是杰作。

进店前，导游简单介绍说："施华洛世奇成立于1895年，由丹尼尔·施华洛世奇于奥地利始创，是世界上首屈一指的水晶制造商。每年为时装、首饰及水晶灯等工业提供大量优质的切割水晶石。"

进店后不久，赵本真就表示，要给太太买一条项链。经过挑选，他买了一条蓝色项坠的项链。营业员介绍，这种款式，典雅浪漫，闪耀灵动。打开盒子能看到项链中间有一颗闪闪发光的水晶在跳动，寓意"一生只为一人心"。团友见了，都说好。

仇秀秀给女儿买了一条"皇冠"项链。营业员介绍，这款项链送给"小公主"最合适不过，寓意"你是我永远的公主"。

不得不说，这些华人营业员服务态度很好，和蔼、耐心，使人感到亲切。

冯天相给老伴买了一条"黑天鹅"项链。据称，施华洛世奇著名的标志为"天鹅"。这种款式经典，浪漫，小巧而不俗气。据介绍，黑天鹅一生只有一个伴侣，寓意"矢志不渝的爱情"。老伴叶子雅非常高兴。

至于"十二金钗"，那还用说，买项链、耳环、戒指的人络绎不绝。导游很高兴，这个团的购买力令他满意。

说到曹齐，他看见团友购物的热闹场面，确实有一丝沮丧。由于老两口工资不算高，能出来旅游就很不错了。买这些奢侈品，他实在力不从心。所以每次旅游，曹齐都因囊中羞涩未给老伴买什么礼物，顶多给小孙子买件衣服、一双鞋子或一个玩具。而老伴也深明大义，知道家中的经济状况，从未开口要首饰之类，自己也不会去买。这些都使曹齐感佩。

昌剑却不同，每次旅游都要给老伴买纪念品，这次他决定买一条项链。

昌剑买了之后，曹齐下决心也要买一条项链，昌剑也怂恿他买。结果他左思右想，还是未买。昌剑笑他"太屁"（武汉方言，这里指太抠门，太杏菌）。

团友们离开施华洛世奇，享用完晚餐后，便前往酒店办理入住手续。凡凡和贾一如住一间房。凡凡的父亲是位正处级干部，母亲是中学教师，家庭条件不错。凡凡当兵回来后，进了银行，其岗位也是令人羡慕的。贾一如的父母都是普通工人，父亲是八级技工，工资在工友中是最高的。他深知"知识就是力量"，因此一直重视对独生女的教育培养。贾一如当兵回来后考上研究生，硕博连读，成绩优异，毕业后应聘到报社当编辑。其丈夫是某大型国企工程师，女儿即将初中毕业，一家子其乐融融。

现在贾一如和凡凡都在休息，贾一如已睡着，凡凡还无睡意，闭目养神。过了一会儿，凡凡也进入梦乡……

上午旅游团来到一处风景绝佳的山顶。山顶西面有一座壮观的教堂，教堂门前有一处不大的空地。山顶东面朝向大海，站在东面的悬崖边，放眼望去，蓝天、白云、大海、海鸥，的确令人陶醉。悬崖边的几棵松树，苍翠如盖，树荫下十分清凉。

团友们纷纷在此照相，热闹得很。导游提醒大家，注意安全，当心脚下，不要站在悬崖边。大家一看，悬崖边没有围栏，十分险要。仇秀秀倒吸一口冷气。

只见李步与朱也微也来到悬崖边，两人指点山海，相谈甚欢。不一会儿，贾一如、潘银年等"金钗"也来到这里，叽叽喳喳，气氛活跃。

过了一会儿，似乎潘银年与朱也微为这座悬崖的名称、高度和知名度发生争论，两人都有点激动。

此事本与凡凡无关，可是不知何故，凡凡见了朱也微像见了仇人似的，怒从心里起，参加了与朱也微的辩论。她眼神略带蔑视和些许的阴狠，口若悬河，气势逼人。双方越辩越激烈。站在一旁的李步连忙劝解。此时只见凡凡面红耳赤，唾沫横飞，她在用手势协助争辩时，一不小心，一下把朱也微推下悬崖……

在场者大惊，有人高喊："完了，完了！"紧接着凡凡脚一滑，也跃进大海，凡凡大叫："我来偿命！"在场者更是惊慌失措，一下失去两个美女……

接着一声闷响……

睡在另一张床上的贾一如被惊醒，只见凡凡摔倒在床边地上。贾一如吓了一大跳，连忙下床打开大灯，查看凡凡。万幸，她头部没有流血。此时只见凡凡也醒了，睡眼惺忪，不好意思地说："我做了一个噩梦！"

接着，她慢慢爬了起来。贾一如叫她活动一下手脚，她感觉右腰部和右腿疼痛，其他还好。这证明她是从床的右边摔下来的。万幸的是，她头部不痛，也没有流血。现在看来，她没有受重伤，头脑清醒，手脚活动正常。

贾一如连声说道："老天保佑，老天保佑！明天要去莫斯科，大后天回国，如果重伤住院那真不好办！"

凡凡愣在那里，没有出声。贾一如问凡凡做的什么噩梦？凡凡十分尴尬，没有讲，贾一如没有继续问。

过了一会儿，凡凡考虑最好的朋友问她做噩梦的情况，她不该保密，那太见外了，于是便把噩梦内容对贾一如说了。

贾一如听完后叹了一口气，说："日有所思，夜有所梦。你做噩梦的实质是你与朱也微的矛盾。平常因为种种原因及条条框框的约束，你没有表露、没有爆发。在梦中，你自由了，没有约束了，于是来了个大爆发！这与'酒醉心里明，骂的是仇人'有些类似。当然，幸亏是梦中大爆发，如果现实中大爆发，那后果不堪设想！"

"一如姐，你太厉害了，到底是学哲学的！"

"你那点鬼心思，你以为我不知道，我是心理专家！"贾一如开起玩笑。凡凡举起粉拳，便要打她，她一笑让开了。

"我对你说，"贾一如严肃起来，"凡凡！我郑重告诉你，你不必加入这个'三角'，这对你一点好处都没有！你不能以'出轨'对付'出轨'，报复你丈夫，那你的小家就彻底完蛋了！"

凡凡没有回话。她起身喝了一点水，贾一如去了一趟厕所，两人便重新睡下。

关于这个噩梦，贾一如答应凡凡，绝对保密，不让别人知道。

六、俄罗斯

第二天早上，团友们吃过早餐后，便收拾行李，随后坐上大巴直奔机场。

在车上，导游发表了热情、简短的讲话。他感谢这么多天来，大家对他工作的支持、配合。他对大家的评价是：有文化、守纪律、素质高、很热情。这个团队是他带过的最好的团队之一。接着他又说："司机师傅从柏林机场接大家开始，直到今天，一路上非常辛苦，我们感谢他的辛勤劳动！"于是他带头鼓掌，随即车上响起了热烈的掌声。司机用汉语对大家说："谢谢！"

到达机场后，导游先下车，在车门边一一与大家握手，潘银年、凡凡甚至与他拥抱起来。

登机后，飞行一小时，大家便到达莫斯科。这次东欧旅游，莫斯科不是重点，而是旅行社"赠送"的，时间只有一天，然而大家对莫斯科旅游是非常重视、期待的。

出机场后，负责莫斯科的导游小胡便来迎接大家。小胡比前一位导游施继烈要年轻。他来莫斯科留学及工作8年多了，对当地情况非常熟悉。在车上，他对大家来莫斯科旅游非常欢迎，做了自我介绍，并简单讲了莫斯科的情况。

由于团友在飞机上吃过飞机餐，因此今天晚上不安排晚餐。他说："如果肚子饿了，可以吃点干粮。"他要求大家晚上不要离开酒店，因为晚间莫斯科的治安情况不太好。

他还说："开个小玩笑，有些男士如果晚上想找俄罗斯小姐，心情可以理解，想到异国尝鲜。不过，我建议千万不要去找，因为风险很大。抓住后，罚款很多。再说，也不符合国家对游客出境旅游的要求。"

不甘寂寞的潘银年说道："我们女士多，男士少，而且都是正人君子，请导游放心！"

大家被他们的话逗得哈哈大笑。

接着，导游又说："这里有少数品德不好的警察，以检查身份证明为由，行敲诈勒索之实。还有些无业游民和街头小混混对外国人实施抢劫。大家要时刻保持警惕。"

听了导游的话，大家像被泼了冷水一样，兴致全无。原来设想的夜游莫斯科，看看莫斯科的晚上，都成了泡影。

来的时候，大家在机场逗留了整整 6 个小时，由于未曾踏出机场一步，因此对莫斯科这座城市尚未留下任何直观印象，所以团友们对于这座城市，心中充满了无比的期待与憧憬。

拿曹齐来说，这次取消西欧旅游的报名，而改为参加东欧旅游，很大程度上是因为行程中"赠送"了一天的莫斯科旅游。从中学时代直到现在，曹齐阅读了不少俄国及苏联作家的文学作品。记得在大学时，他曾在武汉湖北剧场观看了武汉话剧院演出的话剧《叶尔绍夫兄弟》。话剧《叶尔绍夫兄弟》是根据苏联作家柯切托夫同名小说改编。长篇小说《叶尔绍夫兄弟》发表于 1958 年，1962 年中译本出版。曹齐随后看了这部小说。据说，当时国内中央各部委领导及各省委书记都阅读了这部小说。1963 年 3 月，根据这部小说改编的话剧在国内演出，导演是著名的孙维世。武汉话剧院是随后在汉演出的。这部小说通过叶尔绍夫一家的生活，热情歌颂了工人阶级，反映了他们为社会主义建设，为实现共产主义理想而进行的辛勤劳动和为捍卫马列主义所进行的坚决斗争。小说揭露了官僚主义者、追求名利者、造谣诽谤者、修正主义者以及染有市侩习气的形形色色人物。

49年过去了，在1963年观看的话剧曹齐至今未能忘却。舞台上那个投机分子阿尔连采夫的丑恶行径，至今令他印象很深。武汉话剧院著名演员张章饰演的阿尔连采夫，身着一身白色西服，脚穿白色皮鞋，一本正经，口若悬河，张章将其反面形象演得非常真实生动。

曹齐还记得，在参加工作后不久，他曾下乡搞"社会主义教育运动"，成为一名"社教工作队员"。当时上级要求，"社教队员"必须住在农民家，与农民"三同"，即同吃、同住、同劳动。有一年冬天，在一个寒冷的深夜，他在一间破旧、简陋的小房中，躺在床上阅读苏联作家伊凡·沙米亚金写的长篇小说《多雪的冬天》。这部小说反映了苏联人共同关心的现实问题，反映了优秀干部因坚持原则而冒犯了重要人物，而遭到提前退休的致命打击。而此时他的好朋友、老战友又暗中以卑鄙手段对他进行中伤陷害的故事。

曹齐买下这本小说，也从侧面反映出他对苏联文学感兴趣。

曹齐没有忘记，在武汉著名的中山公园对面，1956年3月中苏友好宫建成，它巍然屹立在繁华的解放大道上。曹齐第一次进去时，被它的雄伟壮观震撼。在它附近还建有一座大型商场，名叫"友好商场"，一座现代化电影院名叫"友好电影院"。这些建筑物是当年中苏友好的象征。比起其他国家，人们对苏联并不太陌生。

第二天吃过早餐，团友们乘坐大巴来到红场。

在车上，胡导介绍说："红场位于俄罗斯首都莫斯科市中心，临莫斯科河，是莫斯科最古老的广场，是重大历史事件的见证场所，更是重要节日举行群众集会、大型庆典和阅兵活动之处，是世界著名旅游景点。红场南北长695米，东西宽130米，总面积9万多平方米，地面全部由古老的条石铺成。"

刚一下车，曹齐立刻被眼前的景象吸引，感到既新鲜又震撼。这正是他之前在电影中无数次见过的、举世闻名的广场，如今他终于亲自站在了这里。曹齐知道，1941年11月7日，在这里举行了十月革命24周年阅兵式。当时，纳粹德国军队已到达莫斯科附近，但斯大林决定如常举行阅兵并发表了著名的演说。受阅部队冒着大雪接受完检阅后随即开赴前线作战。数万市民也冒雪观看阅兵，这确实是一次不平凡的悲壮的阅兵。

在苏联存在的 70 多年时间中，阅兵次数近 200 次。曹齐多次感慨，如果不是改革开放，他一个退休老人，怎么能来到红场？《武汉晚报》曾举办过一次改革开放 30 年征文比赛，曹齐写的一篇文章《出境游成家常便饭》获二等奖。在"文化大革命"后期，曹齐一位年长的女邻居曾赴香港探亲，作为酷爱旅游的曹齐，当时简直羡慕不已。退休后，他自由自在地在世界各地旅游。仅从这点来看，他是万分赞成改革开放的。

红场的北面为俄罗斯国家历史博物馆，东面是国立百货商场，南面为瓦西里升天教堂，西侧是列宁墓和克里姆林宫的红墙及三座高塔，在列宁墓上层修建有主席台，这是举行重要仪式和观礼阅兵时，领导人站立的地方。

亚历山大花园位于莫斯科克里姆林宫墙外，始建于 1821 年，包括上园、中园和下园，呈长方形，总长度为 904 米。园内喷泉、雕塑随处可见。上园最著名的是无名烈士墓，建成于 1967 年胜利节前夜。墓前有一火炬，不灭的火焰从建成一直燃烧到现在。墓碑上镌刻着："你的名字无人知晓，你的功绩永世长存。"外国代表团来访，一般都要瞻仰无名烈士墓，并敬献花圈。

瓦西里升天大教堂是沙皇伊凡大帝命令修建的东正教大教堂，于 1560 年建成。教堂的名字以当时伊凡大帝非常信赖的一位修道士瓦西里的名字而取。教堂中央的塔高 65 米，共有九个彩色洋葱头状的教堂顶。

对克里姆林宫，曹齐以前有个误解，以为只是一座建筑。今天来了，才知它是一组建筑群。它是俄罗斯联邦的象征、总统府所在地，曾是俄罗斯沙皇的居所之一。"克里姆林"在俄语中意为"内城"。1990 年，克里姆林宫和红场被联合国教科文组织列入《世界遗产名录》。

之后，团友们井然有序地排起长队，满怀敬意地准备参观列宁墓。对于列宁，团友们没有一个不熟悉，都知道他是国际无产阶级革命的伟大导师，是世界上第一个社会主义国家的缔造者，也是世界上第一个无产阶级执政党的创建者。十年特殊时期，国内没有多少外国影片上映，但有一段时间，在武汉几乎天天上映两部苏联电影，那就是苏联导演米哈伊尔·罗姆在1937年拍摄的《列宁在十月》和1939年拍摄的《列宁在1918》。这两部电影，感染过几代中国观众。影片中列宁的伟人风范，他的很有特点的标志性动作都深深地刻在中国观众的心中。

在《列宁在1918》中有几句经典台词，更是在中国观众中广为流传。如"面包会有的，牛奶会有的，一切都会有的""看着我，看着我的眼睛"等。

曹齐初步估计，这两部影片他各看过20多遍。所以，他对于影片里面的场景、台词都很熟悉。

当进入陵墓时，大家沿着黑色大理石台阶往下走，由于刚从明亮的广场进入陵墓内，加之灯光不亮，曹齐视力不好，竟被绊了一跤。幸亏被走在旁边的赵本真老师迅速拉了一把，才没有摔倒，但曹齐的左脚踝还是扭伤了。

大家看到列宁的遗体被安放在水晶棺中，身上覆盖着苏联国旗。脸和手都由特制的灯照着，神情安详。瞻仰时间不长，不能停留，不一会儿大家就出了陵墓。1994年，列宁墓被联合国教科文组织确认为"世界历史文化遗产"。

贾一如感慨地对伙伴们说："我们此行，仿佛上了一堂生动的国际共产主义历史课！"凡凡听后，不禁叹道："是啊，只可惜苏联已经解体，那段辉煌的历史已成过往。"

魏荷从旁提醒道："我们还是避免议论政治话题吧。"大家心领神会，随即转而沉浸于艺术的探讨之中。贾一如说，在《列宁在十月》中有芭蕾舞《天鹅湖》片段。凡凡马上反驳，不是在《列宁在十月》，而是在《列宁在1918》这部电影中。两人为此争论起来。

此时，只见很少说话的冯天相老先生插嘴说："那段芭蕾舞的确是在《列宁在1918》中。"

这样，两位美女也就停止了争论。

冯老接着说："当时没有多少外国电影放映，有的人甚至把《列宁在1918》看过很多遍。还有的人，只把芭蕾舞看完，就退场离开。这是在那个特定历史时期出现的怪现象。有些作家和演员曾以这段芭蕾舞镜头为灵感，进行过创作。"

冯老讲得很认真，对于中青年团友了解这段历史很有帮助。冯老讲的这些，曹齐和昌剑是亲身经历过的，情况的确是这样。

之后，曹齐和昌剑来到古姆百货商店。古姆百货商店建于1893年，今天已经成为世界知名的十大百货商店之一。它是一座有着玻璃屋顶、极具欧洲古典风格的米黄色三层建筑，有三个大拱门，由一千多间商店组成。一层中间的喷水池，是莫斯科人惯用的约会场所。在这里，昌剑为曹齐拍摄了照片后，曹齐慷慨地买了两支冰激凌，两人品尝后都赞不绝口，觉得味道极佳。曹齐边吃边对昌剑说："咱们武汉的武商集团，旗下的武商广场、世贸广场、武汉国际广场，那档次和氛围，可不比莫斯科的古姆百货逊色！"昌剑听后，深表赞同地点了点头。

此时，曹齐突然想到他读过的长篇小说《妇女乐园》。这部小说由法国作家左拉创作。作者通过人物设想的大型商场是"把橱窗布置到街头，设置一批现代化大柜台或特制货架，在水晶宫似的殿堂里堆满妇女的奢侈品，白天进出万金，夜晚恍若出席皇家盛宴"。纵观全球超级大商场，不都是这样吗？说实话，参观古姆商场，并没有给曹、昌二人带来惊喜。

从古姆出来就到了集合地点，于是大家一起步行去参观特列季亚科夫画廊，这是一个自费项目。画廊坐落在莫斯科河畔，是俄罗斯的艺术博物馆。1856年，莫斯科富商、艺术收藏家帕·米·特列季亚科夫创建了这座画廊。画廊共60个展厅，其中堪称瑰宝的是19世纪末和20世纪初俄巡回展览画派大师的油画。所谓俄罗斯画派是19世纪末和20世纪初出现于俄罗斯的一系列美术流派，代表了俄罗斯艺术的最高表现形式之一。

这里有不少世界名画，其中由伊万·尼古拉耶维奇·克拉姆斯柯依1883年创作的画布油画《无名女郎》最受观众欢迎。它被称为俄罗斯最美的一幅美女油画，也被称为世界十大名画之一。女郎坐在华丽的马车上，背景是圣彼得堡著名的亚历山大剧院。画面以冬天的城市为背景，白雪覆盖着屋顶，朦胧湿润的天空使人感到寒意。女郎转首俯视着这个冷酷无情的世界，她冷漠、深沉、俊秀、典雅的面孔，显得高傲而自尊。这种姿势语言表现她与这个世道格格不入，不屑一顾。有人曾说画中人是列夫·托尔斯泰笔下的安娜·卡列尼娜。也有人说是莫斯科大剧院某个女演员。

观众一致认为，画中人物的精神气质，被描绘得精彩绝伦。总之，这是一幅颇具美学价值、具有巨大感染力的性格肖像画，是世界美术史上肖像画的杰作。

还有一幅画更让曹齐觉得熟悉。那就是《不相称的婚姻》。这幅画是俄国普基廖夫1862年创作的一幅布面油画，曹齐在读初中时即在国内一本杂志上见过这幅油画。当时他大受震撼，他一直留有印象。画面以近景特写人物构图，集中表现一位风烛残年的将军娶一位少女为妻的情节，而这一罪恶行为恰恰是在庄严的教堂中举行的。神父将一个结婚戒指戴到一个年仅十六七岁的新娘的手上，而她身旁的"新郎"则是一个可以做她祖父的老头。他头上只有几根稀疏的白发，脸皮松弛，眼睑塌陷。他手持蜡烛，目光斜视在神父要给新娘戴的戒指上。新娘低头无奈，左手无力地拿着蜡烛。她的眼皮浮肿，无穷的眼泪也无法逃脱这种厄运。画面的背景处，左半边显然是与新郎有同样地位的"亲属"，而右边却画了与左边截然不同的两个年轻人，其中一个双手交叠于胸前，目光严峻，审视着这幕丑剧，他就是画家本人。

曹齐记得杂志在这幅名作反面写有简短的说明。画家鞭挞了不合理的社会制度，显示了他本人的愤懑心情。

说来也奇怪，多少年来，曹齐只要听到"老少配""老牛吃嫩草"的新闻，就自然地想起这幅画来，而不管人们对画中人评价的褒贬。当然这些感受，也只是曹齐内心的感受，他并未公开流露。

今天游览亚历山大花园、古姆百货商店和参观画廊，曹齐和昌剑都发现李步和朱也微总在一起，而他俩一起旅游的同伴赵本真和仇秀秀反而不跟他们在一起了。曹齐心想，他们的事看来有眉目了，昌剑也是这样认为的。

按照旅游行程，莫斯科旅游没有去莫斯科大学的安排。曹齐主动与胡导建议，他说大家热情高、守纪律，加之时间不多，建议增加一项莫斯科大学游览。胡导爽快地答应了。

曹齐很高兴，认为自己"为民请命"成功，团友们也对他的提议表示赞许。

在车上，导游介绍："莫斯科大学位于列宁山上，它是世界著名大学之一，也是俄罗斯历史最悠久、规模最大的高等学府。校园的主楼共33层，总高240米，55米高的尖顶之上是穗形环围绕的红色五角星。两翼均为18层高楼，顶部各装有直径为9米的大钟。主楼前有一尊高高的罗蒙诺索夫雕像，他是莫斯科大学的创立者。"

接着，贾一如对大家说："1957年11月17日，毛主席在这里接见了中国留学生代表，发表了'你们青年人朝气蓬勃，正在兴旺时期，好像早晨八九点钟的太阳，希望寄托在你们身上'的著名讲话。"

魏荷补充道："这一讲话激励着亿万中国青年。"

曹齐对昌剑说，他二哥当年从武汉市重点中学高中毕业时，学校曾选拔他留苏，赴莫斯科大学求学。但因身体有病，未能成行。此时，曹齐的幻想又来了："我如果能在这里读书该有多好呀！"

下车后，大家便被这气势庄严、豪迈辉煌的主楼震撼了。而美丽、大气、宁静的校园则给团友们留下了深刻的印象。

上车后，导游指着窗外马路介绍莫斯科有名的"七姊妹"建筑群。这些建筑是斯大林执政时期建造的，它结合了巴洛克式城堡塔、中世纪欧洲哥特式和美国 20 世纪 30 年代摩天楼的特色，非常雄伟、大气、庄严。

大巴经过时，除莫斯科大学外，他分别介绍了彼得格勒饭店、劳动模范公寓、重工业部大楼、乌克兰饭店、文化人公寓、外交部大楼等建筑。

接着，大巴直奔阿尔巴特大街。导游介绍："阿尔巴特大街是莫斯科中心一条著名步行街，起源于 15 世纪，约 2 千米长。紧邻莫斯科河。这条街俄罗斯风情非常浓厚，俄罗斯人称之为'莫斯科的精灵'。这条商业街相当于北京的'王府井'和'西单'。街两旁有不少商店、小吃店、烧烤店和咖啡馆等，商品种类极其繁多。这条街画家、艺人荟萃，是一道不灭的风景。"

接着凡凡说："阿尔巴特大街 53 号，是普希金的故居。普希金 1799 年出生于此。1831 年与'俄国第一美人'娜塔莉娅·冈察洛娃结婚后，居住在这里。"

在普希金故居对面，矗立着诗人与娜塔莉娅携手的青铜雕像。这是 1999 年为纪念诗人诞辰 200 周年而铸造的。有不少团友在此处照相。

在街上，李步和朱也微有说有笑地走在一起，现在赵本真和仇秀秀根本没有参与。似乎故意行方便，让他们有单独接触的空间。

团友们逛街时，几乎人手一件套娃，这是俄罗斯特色的木制玩具，以椴木制成，空心设计，可层层嵌套，可多达十余个，常以穿着民族服装的"玛特罗什卡"姑娘为图案。此外，大家还选购了俄式教堂水晶摆件、俄罗斯大方围巾、琥珀饰品及紫金首饰等纪念品。男团友们则对带有五角星的红军帽情有独钟，有的购买留念，有的则戴上拍照。

漫步街头，团友们不仅享受了购物的乐趣，还近距离观赏了俄罗斯俊男美女的风采。

晚餐时，领队小周宣布大家即将回国，提议举办联欢会，团友们兴奋不已。晚 8 点，大家盛装出席。联欢会上，节目丰富多彩，从胡述之的上党梆子到"京城十二钗"的小合唱，再到李步、朱也微等人的独唱与对唱，每个节目都赢得阵阵掌声。小周和胡导也分别献艺，展现他们的多才多艺。整个晚会现场始终洋溢着热烈而欢乐的气氛，每一位参与者都沉浸在这份难得的欢聚时光中。

之后，小周宣布交谊舞开始，起初团友们略显腼腆，无人下场。随后，"十二金钗"率先起舞，气氛顿时活跃。其中，李步与朱也微舞姿亲密，宛如一对热恋情侣。

曹齐始终未跳，这是有原因的。1998 年平安夜下午，校团委邀请学校领导及有关部门负责人与学生联欢。在跳舞时，由于女教师多，会跳舞的男教师少，加之有的男士有较固定的舞伴，这就造成有不少女教师"挂眼科"，即无人邀请的局面。正直的曹齐觉得这样不好，为避免尴尬，虽然他舞跳得不好，还是不断邀请女教师和女职工跳舞。

跳了五六支曲子，他突感背部像被人用木棍猛击，顿时剧烈疼痛，而且呼吸也接不上气。他知道自己生病了，于是悄悄退场，赶到医院。整个下午，在那家医院查不出病因，反而说他没有什么病。他只好再赶到一家大医院，一到急诊科，医生初步观察，判断他患上了极为凶险的"夹层动脉瘤"。随即，他被送往 ICU 并下达病危通知书，后经手术才脱离危险并痊愈。大病愈后至今，他再也不敢跳舞了。

再说今晚团队跳舞，大家比较尽兴。能够在旅途中举行舞会，得益于周领队的策划，特别是胡导找酒店借音响设备，更是立了一功。

就在晚会即将结束之际，潘银年突然对昌剑说："昌工程师，你那好的手艺，能不能帮我们做一件唐装？"

昌剑一听，怔了一下，他知道这是大家在闲谈中，曹齐透露过他的"手艺"。他反应迅速，连忙应道："好呀，谁要做，我都做！"

这个小插曲出乎所有人的意料，但都对此感到高兴。

当时针悄然越过 10 时半的刻度，小周宣布联欢会圆满落幕，团友们带着满脸的笑容与愉悦的心情，纷纷离场。

在路上，赵本真见周围没有其他人打扰，便轻声对朱也微说："朱医生，请等一下，我有些心里话想和你分享。"

朱也微停下脚步，带着一丝好奇望向赵本真，两人一同走向酒店楼前的静谧花园。在一棵挺拔的大梧桐树下，他们找到了一个安静的角落。

赵本真斟酌着言辞，缓缓开口："其实，我一直想找个合适的时机告诉你。我和李步老师虽然之前并不熟悉，但这次旅行中，我觉得他是个挺有魅力的人，年轻有为，业务能力也很强。而且，我注意到你们之间似乎有了一种特别的默契和好感，我和仇医生都很看好你们。"

朱也微闻言，脸上泛起一抹红晕，她轻轻地点了点头，表示对李步也有好感。然而，赵本真接下来的话却让她陷入了沉思。

"不过，有件事情我觉得有必要提醒你。昨天我接到了国内的一个电话，是我的一个老朋友打来的。他无意中提到，李步老师在学术圈里似乎有些争议。虽然具体的事情我不清楚，但他说这些话的时候语气挺严肃的。我并不是想破坏你们之间的感情，只是希望你能有个心理准备，毕竟感情的事情需要谨慎对待。"

朱也微听完，脸上的红晕瞬间褪去，取而代之的是一丝凝重。她沉默了一会儿，才缓缓开口："谢谢你，赵老师。你的提醒很重要。我现在只是在试着了解他，虽然我对他的印象还不错，但感情的事情确实需要慢慢来。我会好好考虑你说的话的。"

赵本真见状，心中暗自松了口气，他知道自己的提醒起到了作用。他拍了拍朱也微的肩膀，鼓励道："别担心太多，感情的事情本来就充满了变数。只要你保持清醒的头脑，相信你会做出正确的选择的。"

两人又聊了一会儿，才各自回到房间休息。

然而，这一幕却被不远处的凡凡看在眼里，他们之间的对话，她也多少听到一些。她心中不禁感到好奇和困惑，她不明白为什么赵本真要和朱也微说这些话。但她也意识到，男女之间的感情确实复杂多变，需要谨慎对待。

回到房间后，朱也微躺在床上辗转反侧，难以入眠。她回想起与李步相识的点点滴滴，心中充满了矛盾和挣扎。她不知道该如何面对这段感情，既不想轻易放弃，又担心自己会受到伤害。

经过一番深思熟虑，朱也微认为仅仅通过一次旅行并不能全面了解一个人的复杂性格和行为。因此，她决定给予李步一些时间和空间。同时，朱也微也提醒自己要保持清醒的头脑，不轻易被一时的情感左右，毕竟，对自己负责才是最重要的。

第二天早上，团友们早餐后乘坐大巴直奔机场。在车上，大家欢声笑语，气氛十分融洽。朱也微也努力调整自己的心情，让自己看起来更加轻松和愉快。

飞机起飞前，领队小周发表了感言，感谢导游小胡和司机的辛勤付出。最后，小胡也发表了讲话，祝大家一路平安。在欢快的掌声和祝福声中，飞机缓缓起飞，带着大家的欢笑飞向远方。

北京时间晚上 8 时多，飞机缓缓降落在首都机场，结束了这段充满波折与探索的旅程。

在机场的出口处，李步满怀期待地对朱也微说："下个月我计划到成都出差，希望能有机会再见你。"

朱也微的神情复杂，她轻轻地摇了摇头，声音中带着一丝不易察觉的颤抖："现在情况有些不同，我们还是等以后有机会再联系吧。"

李步的脸上闪过一丝不解与失落，他急切地追问："我们不是已经说好了吗？为什么突然改变主意了呢？"

朱也微没有直接回答，凄然一笑，那笑容中包含了太多难以言说的情绪。随后，她便转身与仇秀秀一同消失在了人群中，留下李步独自愣在原地，心中充满了困惑与不舍。

过了许久，李步才从失神中回过神来，望着朱也微离去的方向，心中五味杂陈。

与此同时，曹齐与昌剑在机场外找到了一家酒店安顿下来。第二天上午，他们购买了回武汉的车票，并在当晚7时许踏上了归途的火车。随着车轮的滚动，窗外的风景不断变换，他们的思绪也飘向了远方。

第二天晚上8时许，火车缓缓驶入武昌站，标志着这次东欧之旅正式画上了句号。然而，对于每个人来说，这段旅程所留下的记忆与感受却是截然不同的。

李步望着窗外的夜色，心中依然无法释怀朱也微的突然转变，而朱也微则在心中默默祈祷，或许时间能让一切变得更加清晰，帮助他们找到各自的幸福归宿。至于曹齐与昌剑，他们则带着满满的回忆与收获，期待着下一次的旅程。

这次东欧之旅虽然结束了，但它留给每个人的思考与成长却才刚刚开始……

第二章　西行散记

一、梵蒂冈、意大利

2013年5月9日，曹齐与老伴清早7时就赶往汉口黄埔路集合地点。刚才在解放大道循礼门至劳动街一段堵车厉害，急得曹齐在的士里跺脚，生怕错过了集合时间，赶不上大巴，进而赶不到机场，误了登机时间，那一切都泡汤了！还好，的士司机左冲右突，见缝插针，加足马力终于按时赶到集合点。曹齐长吁一口气，发现衣服又汗湿了。

他们上了旅游大巴后，过了两分钟，大巴就直奔天河机场。

等曹齐平静下来，再一打量，车上只有三位乘客，加上他们两位，也只有五位。曹齐正在纳闷，怎么只有这几个人呢？大巴到了汉口车站，好家伙，一下上来十几个人，听口音是紧邻武汉西部地区的，这下车上热闹了，叽叽喳喳，人声鼎沸。

这次旅游，昌剑因为有事未参加。这是曹齐第二次游欧洲，老伴则是第一次游欧洲。

曹齐老伴黄紫玲与曹齐同龄。她大学毕业后进入银行工作，从未换过单位，一直在工商银行工作到退休。曹齐去年从东欧旅游回来不久，老伴即因冠心病加重安了一个支架。这次出游还有点小插曲。有些亲友认为，紫玲病后不到一年就出来旅游，胆子也够大的，难道要玩不要命吗？

为了避免意外，已经报名的二老又取消报名。过了几天，曹齐心有不甘，为了弄清老伴到底能不能出游，他和老伴咨询了几位三甲医院心内科教授，也咨询了去年给她安支架的教授。这几位专家的意见是：只要病情稳定，坚持服药，带上必备的药品，可以到欧洲旅游，安支架并不是旅游的禁忌。

曹齐一听，大喜过望，老伴也很高兴。近期他看了一个材料，讲的是一位伟人因儿子去世，劝自己的儿媳妇嫁人时，曾说道："输得干干净净。"

这样，他们决定在讲科学的基础上赌一把，于是就向旅行社说明情况，重新报名参加原旅游团。于是，西欧旅游就定了下来。

为此，有些亲戚朋友还捏了一把汗。

临行前一周，旅行社专门召集游客开了一次会，主要是说明行程情况及有关注意事项。那次参会的人不多，来了7个人，都是武汉人。

有两位是父女俩。父亲张总康60多岁，已退休，身体健旺。女儿张施，40多岁，某机构白领，在澳大利亚工作定居，这次她是陪父亲出来旅行的。母亲因为身体不好，不能远行。

张施迄今保持着单身的状态，这背后的缘由不禁引人好奇。回溯过往，她曾与一位在香港求学期间结识的同学发展为恋人关系。然而，就在两人即将步入婚姻的关键时刻，一段突如其来的变故打破了这份美好。男友的家庭背景颇为殷实，在香港拥有不菲的产业，家中育有他与胞弟二人。据闻，男友的母亲曾严正表明，若他选择与张施共度余生，家中的财产将悉数转予其弟。面对这样的抉择，男友在家族的期望与个人情感之间挣扎，最终面对重重压力，遗憾地与张施分道扬镳。张施始终不明白，她博士毕业，人们普遍认为她谈吐优雅，长相一流，为什么男友的父母不同意这门婚事？张施为此曾痛苦了一段时间，但后来经过自我疗伤，慢慢平复了。此次是为了陪父亲到他老人家向往的欧洲旅游，同时自己也散散心。

来开会的还有一位女士，她是原武汉某中学已退休的数学教师，年届七旬，精神矍铄。这位女士性格开朗健谈，待人接物极为热情洋溢。

此外，还有一对夫妇，丈夫名为许可，年逾花甲，退休前曾任机关干部之职；妻子钱之丰，57岁，乃是一名退休职工，二人携手同行，温馨和睦。

再有就是曹齐夫妇了。

会议由领队小甘主持。小甘主要讲了整个旅游行程及有关注意事项。开会前，旅行社有关负责人介绍了小甘的情况。说他是硕士研究生毕业，因为热爱旅游，才干起导游工作。

曹齐看向小甘，问："怎么开会只有这几个人？"

小甘回答："另外一些人是外地的，所以未参加今天的会议。旅行社已分别电话告知这些团友有关事项。"

早上8点大巴到达天河机场，8点半团友们在国际出发厅集合。

在准备安检时，有两位中年妇女正在大口吃着橙子，并且把包里的橙子分送给周围团友。初次见面，团友不好意思，她们说："快吃吧！等一下过安检都要扔掉！"随后，她们又礼貌地给了曹齐夫妇各一个，曹齐推辞，她们坚持要给。盛情难却，老两口只好接了，而且得立即吃，因为马上就要过安检了。

这个旅游团由22名成员组成，其中一支小队共有11人，他们来自湖北的一个地级市下的县级市。这支小队由8位女士和3位男士构成，女士们都有一个共同点——她们的伴侣在当地都扮演着重要的角色。

在这群女士中，时琴无疑是最为耀眼的一位。38岁的她，不仅因为高中毕业的文化背景在团队中显得尤为突出，更因为她那优雅的气质和作为乡长夫人的身份，自然而然地成了团队中的焦点。与时琴同行的还有她的闺密韩柳柳。两人的到来为这次旅行增添了不少欢声笑语。

夏加丽，41岁，虽然高中未毕业，但她作为镇上一家百货商店的营业员，这次特地请假陪伴丈夫一同出游。韩柳柳，35岁，她对时尚有着浓厚的兴趣，尽管在穿搭上时常显得有些不拘小节，但那份自信和乐观总能感染周围的人。郑宝珠，作为团队中最年轻的女士，她全心全意地投入家庭生活中，是位典型的贤妻良母。

三位男士则各具特色：范减，一个成熟稳重的中年男子，他见多识广，自然而然地成了大家的引领者。这次他利用休假时间陪伴妻子夏加丽一同游览欧洲。范减夫妇都未曾踏足过这片大陆，只闻其繁华与美好，便毅然决然地踏上了旅程。团中的大多数成员范减夫妇都相识，因此他自然而然地承担起了领头人的角色。

西门贺，一位在商界颇有建树的精英，他身材高大，体格健壮，颇有英气，脸色白净。他以前当过副镇长，后来下海经商，据说赚了不少钱。在这个小团体里面，他是最富有的。有人称他为成功人士，有人叫他老板，有人喊他大款，他从不谦虚，也不纠正，只是始终保持微笑，浑身上下散发出一种难以言喻、引人探究的神秘气息。他身着的衣物无疑是精选自高档材质，价格不菲，然而穿在他身上却未能展现出应有的合体与和谐之美，反而透出一股难以名状的"乡土气息"，让人不由自主地将其与"暴发户"的形象联系起来。他为人慷慨，把带的零食都分发给大家。虽然不抽烟，但荷包里总有好烟，时不时给人一支，对方十分感动，连声说："你不抽烟还递烟给我们？"他平静地说："大家开心就好！"晚餐时，他还买了一瓶高级红酒给大家，使大家对他的印象非常好。

邹安安，则是新华书店的一名普通员工。他们三人的加入，为团队增添了更多的色彩和活力。

此外，团队中还有两位来自某市公务员系统的优雅女性——梅美与翁雅颂，她们以热情好客和乐于分享著称。周丹凤，37岁，是一名来自另一城市大型企业职工医院的医生，她的专业精神和温柔关怀让团队中的每个人都感到安心。

赵群山，一位 62 岁的退休职工。而另外 7 位成员，则来自繁华的武汉。

这样一个由不同背景、不同年龄的人组成的旅游团，在欧洲的旅途中定能碰撞出无数火花，共同编织出一段段难忘的故事。

登机后，飞机于北京时间 11 时 35 分起飞，经过 11 个半小时的飞行，于当地时间 17 时 5 分抵达巴黎。在机场等了两个半小时后，19 时 35 分起飞，在 21 时 40 分到达罗马。

随后，团友们乘坐在机场外等候的大巴。导游张博做了自我介绍，他曾在法国留学三年，现住巴黎，他是这次旅游的导游。随后，他介绍了司机丹尼尔，是意大利人。丹尼尔用中文说了一句："欢迎各位到欧洲旅游！"他字正腔圆的发音使车厢内响起了掌声。

次日早晨，大巴来到梵蒂冈。在大巴上，导游介绍："梵蒂冈全称'梵蒂冈城国'，罗马教廷的所在地，位于罗马西北角的梵蒂冈高地上，面积 0.44 平方千米，常住人口约 800 人，大多为神职人员。梵蒂冈是全球领土面积最小、人口最少的国家，梵蒂冈是以教皇为君主的政教合一的主权国家。教皇是全世界天主教徒的精神领袖。梵蒂冈是数百万宗教朝圣者的目的地，世界六分之一人口的信仰中心。梵蒂冈的财政收入主要靠旅游、邮票、不动产出租、特别财产款项的银行利息、梵蒂冈银行盈利和向教宗赠送的贡款以及教徒的捐款等。"

现在大巴在圣彼得大教堂附近停下，团友下车排队入内参观。趁此机会，导游开始介绍圣彼得大教堂："圣彼得大教堂又称圣伯多禄大教堂、梵蒂冈大殿。建于 1506 年至 1626 年，为天主教会重要的象征之一。作为世界上最大的教堂，其占地 23000 平方米。可容纳超过 6 万人。教堂中央是直径 42 米的穹隆，顶高约 138 米。教堂内保存有欧洲文艺复兴时期许多艺术家如米开朗琪罗、拉斐尔等的壁画与雕刻。"

导游继续讲：

"圣彼得大教堂外观宏伟壮丽，正面宽115米，高45米。以中线为轴两边对称，28米高的8根圆柱对称立在中间，4根方柱排在两侧。柱间有5扇大门，2层楼上有3个阳台。中间一个叫祝福阳台，只有重大宗教节日时教皇会在祝福阳台上露面，为前来的教徒祝福。

"平顶门廊的廊沿上方立有高5.5米的13尊雕像，正中间是手扶十字架的耶稣，两侧是他的门徒。教堂门前竖立着圣彼得的雕像和圣保罗的雕像。

"圣彼得大教堂的建筑风格具有明显的文艺复兴时期提倡的古典主义形式和巴洛克建筑风格。主要特征是罗马式圆顶穹隆和希腊式石柱及过梁相结合。"

随后，导游指着圣彼得大教堂前面的广场介绍说：

"这个广场在梵蒂冈的最东面，是罗马教廷举行大型宗教活动的地方，由世界著名建筑大师贝尼尼亲自监督工程的建设。

"广场周围有4列共284根圆柱，柱高18米，需三四人才能合抱。圆柱上面有个圣人像。广场中央还有一根巨大的圆柱。据说是公元40年从埃及运来的，高25.5米，重320吨，成为圣彼得广场的标志。广场两侧有两座造型别致的喷泉，每当泉水向上喷射时，形成水帘，潺潺有声，给广场增色不少。康有为对广场曾描写道：'门外旷墀如天安门处，深广数百步，宏敬非常。'"

随后，大家进入教堂。一进教堂，曹齐除了震撼还是震撼。以前他也参观过一些欧洲教堂，但这个教堂太雄伟、太辉煌、太壮观了，令人为之惊叹。抬头仰望，教堂顶部金碧辉煌；再看地面，彩色大理石上有着漂亮的图案；周围是琳琅满目的绘画和雕塑艺术珍品。令人目不暇接，大为感叹。

大教堂中有三件宝中之宝：《圣殇》、青铜华盖和圣彼得宝座。其中最令曹齐关注的是《圣殇》，这座雕像又名《哀悼基督》，创作于1498年，是意大利伟大雕塑家、画家、诗人和建筑家米开朗琪罗23岁时的作品，题材取自圣经，表现耶稣基督被钉在十字架上后，圣母玛利亚抱着儿子遗体深陷悲哀之中的情景。这是一场崇高的悲剧，也是无声的哭泣。雕像中基督的形体被处理得比较小，不同于稍大的俯身的圣母形象，死去的基督头无力地向后仰，横躺在圣母玛利亚的两膝上。圣母宁静柔美，她用右手托住基督的身体，左手略向后人伸开，她俯视儿子的身体，陷入深深的悲伤之中。

这里洋溢着人类最伟大最崇高的母亲的感情。耶稣受难时已经是33岁的成人，圣母的外表却宛如一位少女，这曾经引起很多人的质疑。作者认为圣母是纯洁崇高的化身，所以永远保持青春，因此它突破了以往苍老而衰颓的母亲形象，把圣母表现得异常年轻貌美，而这并不减弱和影响她对基督之死的悲痛。

站在雕塑前，曹齐思绪万千。他想起自己慈爱的母亲，有一次他发高烧，他突然喊出："我要死了！"把父母吓一跳。当时母亲正把他抱在双膝上，他的头也是仰着，母亲用手抱住他。

在这里，笔者无意套用以上讲的雕塑，事实上母亲抱着子女在双膝上，用手抱着孩子头部的情形生活中常见。米开朗琪罗作品中母子的姿势其实也很普遍，但在这平常普遍的姿势中，作者用他神奇的手雕刻出伟大的作品，这是具有超出宗教作品范围而带有人类普遍意义所表达母性之爱的不朽作品。

马未都在参观圣彼得大教堂以后说过："人一生开眼界只通过网络是不行的。尽管网络展示了很多你看不见的东西，但是像这样壮观的教堂，你一定要亲临其境，否则如果你不进去，你是感受不到我们说的伟大是什么感觉。"

上车后，导游又介绍："前面马上到威尼斯广场。这个广场位于罗马市中心，是罗马最大的广场。广场长130米，宽75米，是五条大街的汇合点。广场南面，有一座巍峨的白色大理石建筑，它是祖国祭坛，是意大利独立和统一的象征。"

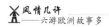

随后，大巴缓缓停在雄伟壮观的圆形角斗场前，车门开启，团友们满怀期待地依次下车，准备深入探索这一历史遗迹的壮丽风采。

导游继续说：

"它还有一个名字叫罗马斗兽场。这是古罗马帝国专供奴隶主、贵族和自由民众观看斗兽或奴隶角斗的地方。它建于公元 72 ~ 80 年，遗址位于罗马市中心，在威尼斯广场的南面。

"从外观上看，它呈正圆形，俯瞰时它是椭圆形的，它占地约 2 万平方米，长轴长约 188 米，短轴长约 156 米，圆周长约 527 米，围墙高约 57 米，可容纳近 9 万观众。

"1980 年，罗马斗兽场被联合国列入《世界遗产名录》。"团友们在外面参观并分别照了相。

上大巴后不久，导游指着君士坦丁凯旋门介绍说："君士坦丁凯旋门，建于公元 315 年，是罗马城现存的三座凯旋门中年代最晚的一座。它是为庆祝君士坦丁大帝于公元 312 年彻底战胜他的强敌马克森提乌斯，并统一罗马帝国而建的。它高 21 米，面阔 25.7 米深，进深 7.4 米，是一座宏伟壮观的凯旋门。"

结束了上午的游览。团友们在餐厅集合，准备吃中餐。

曹齐早上起床后就感到不适，头和嗓子都有些疼。他喝了两杯温水，感觉好些了。从圣彼得大教堂出来后，他感到不适加重，不仅头和嗓子痛，而且浑身无力，并且有些发烧，根据多年的经验，他知道由于劳累和受凉，已经感冒了。他很想躺下来休息，于是吃了一片感冒药。

此时，曹齐对老伴说："现在我最大的愿望是休息。能马上买票回家我都愿意！"

老伴一听，最爱旅游的曹齐，现在因为感冒发烧，竟然想放弃旅游买票回家，可见身体多么重要，身体有病，一切都无兴趣。最大的爱好也只能放弃。

晚餐前，老伴把曹齐的情况对领队讲了，由于他的胃口不好，吃不下东西，请给他下一碗清汤面。

不久，服务员端上了一碗热气腾腾的清汤面。刹那间，几位女士仿佛训练有素，眼疾手快地纷纷伸筷，竞相挑取面条。而曹齐的老伴，由于高度近视加之手部微微颤抖，动作显得笨拙而不灵光，她在碗中仔细寻觅，半天却只夹起了寥寥几根面条。转瞬间，那碗面就被一抢而空，而她的碗里，仅剩下孤零零的几根面条，显得格外单薄。此时，领队看不下去了，便说："这碗面是因为曹老师感冒才下的，怎么一下子就分完了呢？"话一说完，梅美就说："我这碗面是干净的，还未开始吃，曹老师你拿去吃吧！"

曹齐老伴连忙接过面，连声感谢小梅。

这碗面下肚，曹齐感慨良多，有些人虽然财富增长了，素质却未跟财富一起增长。

早上上车前，梅美主动找曹齐夫妇照相，她说："看见曹老师，我就想到刚去世不久的父亲。"她父亲年纪和曹齐差不多，也是一位退休教师，因此她对曹齐很有亲切感。于是，同伴翁雅颂便拍下梅美和曹齐夫妇的合照。今天她让面条给曹齐，也是有原因的。

可能是吃药发挥了作用，曹齐大汗一出，感觉人好多了，老伴也松了一口气。"旅游没有好身体真不行！"他感慨道。

经过这两天的接触，团友们都基本混熟了。

湖北某市来的周丹凤，成为"引人注目"的人物。她刚满 37 岁，是某大型企业职工医院的内科医生，她这次是一个人利用休假来西欧旅游的。

不久，苏老师可成了热门人物了。

有两位男士对苏老师特别尊敬。第一位是司机丹尼尔，他每天早上都来敲门。苏老师把门一打开，丹尼尔就送上精美的小食品给苏老师，而一见周丹凤，他就献上一支鲜艳的玫瑰花。丹尼尔的动作令苏老师很感动，刚开始，周丹凤不想接花，苏老师劝她说："外国人的习惯，我们入乡随俗，你收下吧，别辜负了别人的好意。"这样周丹凤才含羞收下了。而丹尼尔趁势把她轻轻拥抱了一下，小周羞得满脸通红。

苏老师又劝慰她："不要紧的，外国人的礼节，拥抱相当于我们握手。"丹尼尔好像听得懂苏老师的话，对她微笑着表示感激。

丹尼尔早上献花的事一下传遍全团，八位女士更是津津乐道，如获至宝。她们不是羡慕嫉妒恨，而是感到好玩好笑，一个外国的司机这样做，难道是爱吗？

然而事情不只如此，商人西门贺也不甘寂寞，他对苏老师也很尊敬，他每天抽时间到苏老师房间也送一些不菲的小食品给苏老师和周丹凤品尝，开始小周不要，西门贺说："都是一个团的这点小礼物算什么呢？"

苏老师也连忙说："是的是的，都是一个团的，聚在一起不容易，是缘分！我带头收下，小周你也收下。"

这样周丹凤只好收下，有时早上西门贺也来到苏老师的房间外甚至碰见丹尼尔。两人相视而笑并无尴尬的表情，更无决斗的意思。然后各人分别送礼物给苏老师和周丹凤，送完后各自离开，真是井水不犯河水，互不干扰，各做各的。

苏老师自称是周丹凤的老娘，周丹凤平常也一口一声地喊她"老娘"，苏老师每次都心满意足地答应，搞得像一对真母女一样。

结果丹尼尔和西门贺也喊苏老师"老娘"，而且丹尼尔还是用蹩脚汉语普通话喊，弄得苏老师哈哈大笑，她说："这次旅游一下子有三个人喊我老娘，我真有福。"

他们两人捧着苏老师，对她老人家耐心有加，嘘寒问暖，跟敬佛似的，大有爱屋及乌的味道，而苏老师也乐得消受。

苏老师有一儿一女，都在武汉工作，儿子当机关干部，也算公务员，女儿接她的班，也是中学教师，教美术。她老伴因为身体的原因，这次没有陪她旅游，没想到她一个人在外，玩得这么开心，还有人每天送礼物给她，美称她为"老娘"，这是她根本未想到的。

周丹凤也很奇怪，对于中外两个帅哥追求她，她都不表态，也不拒绝，对于他们的小礼物，她都笑纳，搞得两个大男人不知她在想什么。丹尼尔还拥抱过她两次，西门贺连手都未曾跟她握过，团友们不知他们三人玩的什么把戏。

吃过中饭不久，团友们又上了大巴，这次大巴直奔文艺复兴运动发源地——佛罗伦萨。

坐在车上，曹齐想："罗马游完了，实在值得一游。难怪康有为在《罗马游记》中引杜牧的诗，'南朝四百八十寺，多少楼台烟雨中'，光景都差不多，只可惜初夏至此，无法领略那烟雨罢了。"

在车上导游介绍说：

"佛罗伦萨是意大利中部的一个城市，托斯卡纳区首府。它是极为著名的世界艺术之都，欧洲文化中心，欧洲文艺复兴运动的发祥地，歌剧的诞生地，举世闻名的文化旅游胜地。

"文化复兴的伟大先驱诗人但丁，科学家伽利略，天才艺术家达·芬奇和米开朗琪罗等都在这里生活过。特别是但丁，这位意大利最伟大的诗人，也是世界上最杰出的诗人之一，他就出生在佛罗伦萨一个小贵族家庭，他以史诗《神曲》留名后世。

"佛罗伦萨又译名'翡冷翠'，由现代著名诗人徐志摩首译。这个译名更富有诗意，也更符合古城的气质。诗人著有《翡冷翠的一夜》一书，画家黄永玉著有《沿着塞纳河到翡冷翠》。"

讲到这里，导游又简单介绍了一下欧洲文艺复兴。他说："文艺复兴是指发生在14世纪至17世纪的一次反映新兴资产阶级要求的欧洲思想文化运动。当时人们认为，文艺在希腊、罗马古典时代曾高度繁荣，但在中世纪'黑暗时代'却衰败淹没，直到14世纪后才获得'再生'与'复兴'，因此称为'文艺复兴'。"

导游的讲解，也是针对上次时琴对郑宝珠解释文艺复兴的纠正，只不过他注意给时琴留面子，在这里顺带讲了一下。

到了佛罗伦萨后，导游先带大家参观圣母百花大教堂，他介绍说：

"佛罗伦萨大教堂是世界五大教堂之一，位于历史中心城区，教堂建筑群由大教堂、钟楼与洗礼堂构成，1982 年作为佛罗伦萨历史中心的一部分被列入世界文化遗产。

"教堂使用白、红、绿三色花岗岩贴面，显得古典优雅。天才建筑师伯鲁涅列斯基仿照罗马万神殿设计教堂圆顶，他没有画一张草图，也没有写下一组计算数据，仿佛整座圆顶已经在心里建好了，教皇惊叹为'神话一般'。后来米开朗琪罗又模仿它设计了梵蒂冈圣彼得大教堂。他遗憾地感叹：'可以建得比他大，却不可能比它美。'"

随后，团友们来到市政厅广场，这个广场因为周围的精美建筑而被认为是意大利最美的广场之一。佛罗伦萨旧宫在市政厅广场，始建于13世纪，它是一座碉堡式建筑，柯西莫一世买下皮蒂宫后将府邸迁往南岸，这里就被人们称为旧宫了。它是佛罗伦萨的市政厅，至今还在使用，里面有个博物馆和一个 500 人的议事大厅。

矗立在市政厅门前的大卫复制品吸引了团友们的目光。导游介绍：

"这是复制品，原作现存佛罗伦萨美术学院。《大卫》是 1501—1504 年意大利雕塑家米开朗琪罗创作的大理石雕像，高 3.95 米，连基座高 5.5 米。

"该雕像展现了一个年轻有力的裸体男子形象。体态健美，肌肉饱满，神情坚定，有生命力，突出了大卫作为一名英雄的高大形象，成为西方美术史上值得夸耀的男性裸体雕像之一。"

曹齐在大卫雕像前凝视良久。他觉得米开朗琪罗的确有一种超出常人的眼光，能够打破传统和框框，把美的形象展现在观众面前。无论是《圣殇》，还是《大卫》都是这样。因此，他的雕塑作品令人震撼，人们不仅看到华美，而且给观众以极大的精神愉悦，真正做到，让大家倾倒、崇拜，乃至心灵向往。如果说建筑是凝固的音乐，那么雕塑就是静心的舞蹈。而置于宏伟建筑中的伟大雕塑更是静心于凝固的雄壮音乐中的经典舞蹈，有一种近乎永恒的美。

在之后的自由活动时间里，曹齐夫妇进了一间小店，小店很整洁，商品也比较丰富。曹齐问营业员："皮带多少钱一条？"

"人民币两百元。"营业员用中国普通话回答。

曹齐看是一位年轻的姑娘，一问她来自中国武汉，在意大利留学，是利用休息时间出来打工。接着，曹齐夫妇用武汉话与她交流起来，她说她住在汉口江汉路。曹齐夫妇见了她，感到十分亲切，没想到在万里之外还遇见老乡。可惜，曹齐荷包"不暖和"，也有点嫌贵，就没有买那条皮带。

参观完《大卫》后，大家上车，大巴直奔比萨城。一个多小时后，大家来到比萨斜塔景区。

下车后，导游介绍说：

"比萨斜塔建造于1173年8月，是比萨城大教堂独立式钟楼，位于比萨城北面的奇迹广场上。奇迹广场的大片草坪上散布着一组宗教建筑，它们是大教堂、洗礼堂、钟楼（即比萨斜塔）和墓园。他们的外墙面均为乳白色大理石砌成，各自相对独立但又形成统一罗马式建筑风格。比萨斜塔位于比萨大教堂的后面。

"比萨斜塔从地基到塔顶高58.36米，从地面到塔顶高55米，钟楼墙体在地面上的宽度是4.09米，在塔顶宽2.48米，总重约14453吨，倾斜角度3.99度，1178年首次发现倾斜。

"1987年12月比萨大教堂广场，包括大教堂、洗礼堂、比萨斜塔和墓园被联合国教科文组织批准为《世界遗产名录》。

"比萨斜塔之所以会倾斜，是由于它地基下面土层的特殊性造成的，并非人工有意为之，现在比萨斜塔的倾斜趋于平稳，每年倾斜约0.1厘米。"

导游介绍完，团友们纷纷奔向草坪，女士们又拿着纱巾摆出各种姿势照相了。

过了一会儿，西门贺又提出给周丹凤照相，周把手机给他，他又虔诚地给周照了一张相。照完相后，西门掏钱给周围团友，包括8位女士加周丹凤，每人买了一支高级冰激凌，大家嘻嘻哈哈地吃着，谢谢西门大款。

有的人照相时，远离比萨斜塔，把一只手伸出去，然后请别人把比萨斜塔的远景照在那只手上，照片看起来似乎那只手托着比萨斜塔，简直成了"托塔天王"。这种雕虫小技前几年刚开始时还有点味，现在时过境迁，已经成了老套路了，毫无新鲜感。

在比萨斜塔景区，曹齐夫妇遇到一起盗抢事件，这是他们外出旅游以来第一次碰到。

说这次遭遇前，让笔者讲一讲有关的事。

1977年，上海电影译制厂将风靡一时的墨西哥经典影片《叶塞尼娅》引进并翻译公映后，和当时引进的其他几部影片一样，给改革开放初期的国人带来了强烈的冲击和极高的艺术享受，因而深受广大中国观众的喜爱，流传甚广，其主题更是深入人心。影片浪漫真挚的爱情故事打动了中国观众，特别是演员李梓俏皮而风情万种、乔榛稳重深沉而富有磁性的美妙配音，为影片增色不少。一位美丽的吉卜赛女郎，一段浪漫的爱情故事，给中国观众留下珍贵的记忆。

法国著名导演让·德拉努瓦拍的电影《巴黎圣母院》中，圣母院敲钟人卡西莫多与吉卜赛姑娘艾丝美拉达之间奇特的爱情故事，在中国观众中也引起极大的轰动。

总之通过这两部电影，中国观众对吉卜赛人，特别是对吉卜赛姑娘的印象是非常美好的，她们美丽善良、能歌善舞的特点受到中国观众的喜爱，然而曹齐夫妇遭遇的也是吉卜赛姑娘。

　　离开比萨斜塔景区时，曹齐和老伴外加领队甘谨走在最后面，在他们三人后面再无游客和行人了，小甘走在曹齐夫妇的右前方，离他们5米左右。虽然没有游人，但马路两边还摆着不少摊子，摊子上面卖的是一些旅游纪念品等，摊主基本上是四五十岁的男人。

　　由于曹齐的腿脚比老伴的腿脚方便，他在老伴前面走，离她六七步远。正在此时，有三个吉卜赛姑娘朝曹齐走来，年纪在十七八岁，她们每人用双手拿着一张地图在兜售，接着一个姑娘用双手把地图贴在曹齐胸前，另两个就搜曹齐的荷包。那个把地图贴在曹齐胸前的，此时把地图收起，迅速把曹齐挂在右肩上的黑包拉链拉开，在里面翻东西。曹齐见此情景，急忙扭动身子，挣脱她们的纠缠，连声呵斥："你们干什么？"并用力地把她们推开。

　　这时，又听见后面走的老伴用急切的声音喊他，他回头一看，有三个姑娘又围住了老伴，并在她身上乱摸，正准备打开她挎在肩上的红包包。曹齐严厉喊了一声："住手！你们抢什么？"并快速赶了过去。三人见状，便跑开了。

　　此时曹齐喊道："甘导，这里在抢！"

　　然而甘导不但没来，还传来了他无奈的声音："我的手机被她们抢了。"

　　原来也有几个姑娘在纠缠他，并抢走他的手机，年轻的导游不仅不能保护两位多病的老人，他自己也"泥菩萨过江——自身难保"了。

　　此刻，曹齐见路边摊位边，一个摊主朝几个姑娘丢了一个眼色。曹齐猜测大意是"停止"，于是几个姑娘全跑开了。

　　曹齐和老伴都有高血压，曹齐以前心血管还动过大手术，老伴去年因冠心病安了支架，他们被这几个姑娘的盗抢行为惊吓到，心脏狂跳不止。

　　到了集合地点，小甘把情况告诉了导游张博。张博说那些姑娘都是吉卜赛人，两边卖东西的也是吉卜赛人，这些女的经常借卖地图为名，三个一伙抢游客的东西。警察以前管过，但管不了。

曹齐一听，原来心目中那么美好的吉卜赛姑娘，在现实中怎么沦为小偷和强盗呢？

从此以后，在各国旅游，碰见吉卜赛女人，要求算卦、看相以及过来搭腔等，曹齐夫妇一概走开，不打交道，而且还要提防被她们盗抢。

为什么路边摊位的男人最后制止了吉卜赛姑娘的盗抢行为呢？曹齐一直不能理解。难道是这个男人看见两位老人起了恻隐之心？这显然不是。难道是听见曹齐喊甘谨，认为两个老人还有一个青年男子陪同而收手？看来后面这一条理由还站得住脚。

总之，比萨景区这一幕给曹齐夫妇留下的印象实在太恶劣了，这是二老旅游以来第一次遭遇抢劫，因此对这一地区没有什么好的印象。这说明旅游景区如果治安状况不好，对游客的心情会有很大的影响，谁愿意去一个治安不好、处境危险的地方呢？这就是俗话说的"危邦不入"。

当晚，西门贺带着新买的佛罗伦萨酥饼和芝士脆脆棒等点心，敲响了苏老师的房门。得知是西门贺，苏老师立刻开了门，尽管昨晚她曾礼貌地回绝了丹尼尔的造访。

此时周丹凤正在洗澡，苏老师便与西门贺聊了起来。西门贺为了对苏老师的热情开门表示感谢，便赶紧递上了点心。苏老师也不客气，边吃边夸赞点心美味。

不一会儿，周丹凤从洗手间出来，刚洗过澡的她面色红润，半湿半干的头发略有卷曲，别显一种风情。在洗手间里面，她知道西门贺来了，所以未像以前那样穿着浴衣出来，而是穿戴整齐。看着身材高挑、曲线玲珑、举止又有点优雅的周丹凤，西门贺夸赞道："你简直像出水芙蓉！"

"莫瞎夸！"周丹凤笑着制止。她意识到自己已勾起了西门贺的兴趣——那种让女人既高兴又害怕的兴趣。但一位几天前还不认识的男人竟然出现在她的房间，这让周丹凤多少感到不可思议，虽然是两人合住的房间，但总感觉西门贺有些唐突。但西门贺看起来也不像风月场中的高手，他的目的到底是什么？周丹凤脑筋直打转。

再看西门贺，来到这里并没有感到局促，他神态自然，连连招呼周丹凤吃点心，并介绍："这是佛罗伦萨的特产，味道很好。"

诺贝尔文学奖获得者、德国作家赫尔曼·黑塞说过："旅游就是艳遇。"看来此话有一定道理。

随后三人坐下聊起天来，他们聊了罗马和佛罗伦萨的一些景点，重点聊了曹齐夫妇被盗抢的事，对此他们既吃惊又愤怒，同时对两位老人受到惊吓也感到同情。

"幸亏没有抢走东西。"苏老师说。

"但是人吃了亏受了很大惊吓。"周丹凤说。

"这个地方老出问题，还是政府治理不力。"西门贺下了结论。

此时，苏老师突然说："我出去找人借把梳子，我的梳子不好梳。""你不要出去，我这里有梳子。"周丹凤说。

苏老师本来想回避一下，便说要借梳子，这个理由太站不住脚了。西门贺却说："苏老师不要出去，我们三人在一起聊天，蛮好！"

"这小子慢火炖肉，不急于求成，有点功夫。而且出言有度，懂得'你的嘴就是你的风水'，确实不简单。"苏老师暗暗夸赞他。

第二天上午，吃过早饭后，旅游大巴直奔威尼斯。在车上导游介绍：

"威尼斯是意大利北部著名的经济与工业城市，是世界著名的历史文化名城，威尼斯画派的发源地，其建筑、绘画、雕塑、歌剧等在世界有着极其重要的地位和影响。

"威尼斯水上城市是文艺复兴的精华，是世界上唯一没有汽车的城市。威尼斯有'因水而生，因水而美，因水而兴'的美誉，享有'水城''水上都市''百岛城''亚得里亚海的女王''桥城'等美称。

"威尼斯建筑的方法，是先将木柱插入威尼斯地下的泥土之中，然后再铺上一层又大又厚的伊斯特拉石，这种石头防水性能极好，然后在石上砌砖，建成一座座建筑。

"这座世界上独一无二的水上城市是一座风景如画而又古韵十足的历史名城。1987 年被列入《世界遗产名录》。

"1980 年 3 月，威尼斯市和我国的苏州市结为'姐妹城'。"

团友们抵达后，在导游的带领下游览了圣马可广场。

导游介绍说：

"圣马可广场又称威尼斯中心广场，一直是威尼斯的政治、宗教和传统节日的公共活动中心，它是由公爵府，圣马可大教堂，圣马可钟楼，新、旧行政官邸大楼等建筑和威尼斯大运河所围成的长方形广场，长约 170 米，东边宽约 80 米，西侧宽约 55 米，广场四周的建筑从中世纪到文艺复兴时代都有。

"1797 年拿破仑进占威尼斯后，赞叹圣马可广场是'欧洲最美的客厅'和'世界上最美的广场'，并下令把广场旁边的行政官邸大楼改成了他自己的行宫。"

团友抵达广场后，不少人看见很多鸽子，就用饼干来喂鸽子，这里的鸽子都不害怕人，见了人仍然昂首挺胸地迈着步子。还有些团友去商店购物，主要是购买玻璃器皿、玻璃首饰、狂欢节彩色面具等。

下车以后，西门贺一直跟着周丹凤和苏老师一起逛。他和她俩说说笑笑，表情自然，毫不拘束，像和女友及其母亲在一起那样。

不远处，夏加丽对时琴说："搞得这么亲热，像真的一样。"

时琴笑了笑："有瘾（武汉方言，意思是对某件事着迷。这里指西门贺想与周丹凤接触而上了瘾）！"

随后，团友们来到圣马可大教堂。导游说：

"圣马可大教堂建于 828 年，重建于 1043—1071 年，它曾经是中世纪欧洲最大教堂，是威尼斯建筑艺术的经典之作，它同时也是一座收藏丰富艺术品的宝库。

"圣马可大教堂因其中埋葬了耶稣门徒约翰·马可而命名。约翰·马可是圣经《马可福音》的作者。教堂融合了东、西方建筑特色，他的 5 座圆顶据说是借鉴了土耳其伊斯坦布尔的圣·索菲亚教堂，正面的华丽装饰源自拜占庭的风格，而整座教堂的结构又呈现出希腊式的十字形设计。

"教堂正面长 51.8 米，有 5 座棱拱形罗马式大门，顶部有东方式与哥特式尖塔及各种大理石塑像、浮雕与花形图案。"

米兰·昆德拉说过："人生的旅程无非两种，一种只是为了到达终点，那样生命便只剩下了生与死的两点；另一种是把目光和心灵投入沿途的风景和遭遇中，那么他的生命将是丰富的。"

这里，笔者解释一下拜占庭式建筑，这是一种建筑的艺术形式，其突出特点是屋顶的圆形。它有四个特点：第一，屋顶造型普遍使用半圆形穹隆顶；第二，整体造型中心突出，高大的圆穹顶，往往成了整座建筑的构图中心；第三，大量使用马赛克技术；第四，在色彩的使用上，既注意变化，又注意统一，使建筑内部空间与外部立面显得灿烂夺目。

希腊十字结构的特点是教堂中间是一个大的穹顶，四面的筒形拱形成等臂十字。

随后，团友们来到道奇宫，导游指出："道奇宫就是总督宫。除了是执政者的居所外，这里还设有法院、参议院以及监狱。这里是整个威尼斯的政治中枢。现在这里改为博物馆向世人开放。"

宫殿的建筑有些中西合璧的味道，宫殿的外墙共有 38 根圆柱，整齐排列，每根圆柱上方都有精美的雕刻及四个圆孔组成的十字形状。

过了一会儿，导游指着前面的叹息桥又介绍：

"它位于圣马可广场附近，是一座外观很奇特的桥，过桥的人被完全地封闭在桥梁里，它是威尼斯最著名的景点之一。

"桥的左端是威尼斯总督府和法院的所在地，右端是重犯监狱，那是一座封闭的石牢。在总督府接受审判以后，重犯被带到地牢中，在经过这座密不透风的桥时，只能透过小窗看见蓝天，从此失去自由，不由得发出叹息之声。

"据说有个男人被判了刑，走在这桥上，狱卒说：'看最后一眼吧！'犯人一看，正好有一条窄而长的船驶过桥下，船上一男一女在拥吻，那女子竟是他的爱人。男人疯狂地撞向花窗，窗子是用厚厚的大理石造的，没有撞坏，只留下一摊血，一具愤怒的尸体。"

"好可怜呀！"梅美说。

"谁叫他犯罪呢？"翁雅颂说。其他人都没作声。

导游继续讲："英国著名浪漫主义诗人乔治·戈登·拜伦在长诗《恰尔德·哈罗德游记》中写道，'我站在威尼斯的叹息桥头，一边是宫殿，一边是监狱'。据说，从此'叹息桥'从口头解说正式见诸文字记载，并在英国和其他一些国家流传开来。"

"所以说为人不能犯错误、犯法！"范减说。"不然老婆就跟别人跑了。"夏加丽说。

"加丽，你莫跟别人跑了呀！"时琴笑着说。

"我打死你，时琴！你鬼软（武汉方言，瞎说的意思）！"夏加丽马上反击。

站在一旁的范减微笑着，没有出声。

现在，在导游的带领下，团友们参观一家水晶玻璃工厂，这对团友们来说是生平第一次。大家坐下后，只见一位玻璃工匠手拿一根长长的铁管，将一端伸入烧得通红的炉膛，取出已经熔化的玻璃浆放在炉前的铁墩上，一边对着铁管的另一端吹气，一边用铁钳子夹着黏稠的玻璃浆，将其提拉或弯曲。不一会儿工夫，一件栩栩如生的玻璃工艺品就完成了。

此时，大家都热情地鼓起掌来，赞美工匠的精湛技术和刚做成的玻璃工艺品。

导游介绍："15 世纪以来，威尼斯就成为欧洲最著名的玻璃生产基地，这里出产的玻璃器皿，质地纯净，堪与天然水晶媲美，如今威尼斯生产的玻璃制品被销售到世界很多国家，但是几乎没有任何国家可以生产出与之匹敌的玻璃制品。"

随后，在导游的带领下，团队成员们来到了河边的码头，满怀期待地准备乘船游览。梅美细心地搀扶着曹齐夫妇稳稳上船，又转身帮助苏老师，她的举动中透露出对长辈的关怀与尊重。而西门贺则紧紧握着周丹凤的手，小心翼翼地扶她最后踏上甲板。

上船后他们发现，船体轻盈纤细，造型别致，特别适合威尼斯又窄又浅的运河，每条船可载 6 位乘客，加船夫 1 人。后位是双人座，中间左右 3 位交叉坐，船头是单人座。一名船夫站在船尾靠行驶方向的左侧一边，面向船头，用单只船桨在船的右侧水中推水。船夫技术高超，把船划得稳稳当当。他个子修长，穿着蓝色横条 T 恤，戴着草帽，站在船尾摇曳长长的单桨，神态悠然自得。人们都说意大利有着全世界最帅的男人，此话果然不假。在意大利随处可见型男，就连贡多拉小船的"船家"都十分帅气，难怪有无数花痴前往意大利。

座位的安排也非常有趣，后面坐着的是曹齐夫妇，前面坐着的是梅美，中间三人是苏老师、西门贺和周丹凤。曹齐想，这种座位简直是"绝配"，西门贺这小子紧追不舍，竟然与周丹凤坐在一条船上了，可见他用心良苦。

由于梅美在船头，曹齐把照相机给她，请她照了几张相，西门贺也给苏老师和周丹凤照了相。当船从桥下穿过时，使人有一丝阴凉舒适的感觉。船有时与另一艘船在水上"擦肩而过"，乘客互相招手，点头微笑，非常友好。当船在小巷经过时，两边房屋近在咫尺。

曹齐非常认真地欣赏两岸建筑和风光，两旁的小咖啡厅、酒吧、餐厅非常整洁精致。由于整座城市建在水中，水道即为大街小巷。

在某些贡多拉上，船夫还会以他那悠扬的歌声为伴，为这趟水上之旅增添几分浪漫与诗意，让人仿佛置身于古老的威尼斯风情之中。

著名作家王统照在《欧游散记》的《水城》这首诗中这样描写贡多拉：

划一道软痕，绿波缓拥上古老的墙根——圆，小；

荡一片青苔，黝黑基石在圆波中轻轻耸跳。

刚都拉（即贡多拉）长颈前伸着，是柔软的飘逸，一声豪唱，舟子喉咙惊起了楼头栖鸟。

转出码头往夹波的陌巷轻摇，往陌巷的水上轻漂。

听呀！拍拍响声，

背后有人点着长篙——长篙。

在悠然的小船上，大家享受了大约 45 分钟的迷人景致，随后船只在最初登船的地点缓缓靠岸，标志着此次威尼斯之旅画上了一个圆满的句号。

二、奥地利

最近丹尼尔对周丹凤的"追"加速了。有时大巴停着等团友上车时，丹尼尔就站在车门前，与男女团友打招呼："早上好！"

个别女团友，他还做出拥抱状，而一旦周丹凤到来，他则热情地与她打招呼，并实实在在给她一个大大的拥抱。

第一次时，周丹凤还有点扭捏作态，搞得面红耳赤，周围团友则哄堂大笑。但之后，周丹凤就不怕了，习惯了，心想："你这小子要来拥抱，就拥抱吧！难道姑奶奶还怕你不成？"虽然见过他们拥抱，但每次拥抱时，团友，特别是一些女团友，仍然兴趣不减，还是要看看、笑笑的。大家把这当成一种旅途生活的调味品，看成旅途中发生的趣事。意大利男士与中国女士拥抱一下，有何不可？

周丹凤的丈夫是个不折不扣的理工男，两人育有一个儿子，目前在读小学五年级。最近两年，他们的关系处于不冷不热的状态，谈不上好，也谈不上坏。丈夫在做例行"作业"时，时感力不从心，这点周丹凤已有感觉。有时她满脸冷光，丈夫不是没有察觉，但也没有怨言，也不责备。单位安排轮休，她也就出来旅游了。丈夫没有假，不能出来，何况还有小孩需要人照顾。

丹尼尔有一个妻子，两人育有一个12岁的男孩，夫妻两人以前关系不错，但丹尼尔生性风流，总喜欢在外拈花惹草，其妻有所察觉。只不过由于他在外跑车，抓不到他什么把柄，于是就只有带着孩子与其分居，时间将近一年，未离婚。丹尼尔对此无所谓，也未提出过离婚。

很多人认为周丹凤长得与著名电影演员王丹凤很相像。王丹凤曾获得中国电影世纪奖等多种奖项，是一位家喻户晓的著名影星。周丹凤长得像她，可见周丹凤的形象是很不错的，有趣的是她们俩不仅长得相像，而且名字也很相像。当然周丹凤还有一些优点，那就是性格开朗。

再说说西门贺，也非寻常之辈，他从普通杂工一直干到副镇长，然而不久就下海了，先后做过副食、建材、服装等行业，现在主攻钢材，在老家及周边一带颇有名气。这次出来旅游是与老婆闹了一点别扭，他才出来散散心。老婆认为他有外遇，但又找不到证据，因此就对他不理不睬，而西门贺也不跟她吵，只说要出去看货，就跑到欧洲来了。他在机场见到周丹凤第一面，就惊为天人，内心分外激动。顿时觉得她要是自己的那一位该多好！于是从"好印象"开始，慢慢变成追求，这种追求使他找回了初恋的感觉。

小小的旅游团，短短的十几天时间，这种恋爱会成正果吗？当然不会！这一点西门贺非常清楚，他只是想与她接触，跟她在一起，哪怕只有短暂的时间，他都感到快乐。

游完了威尼斯以后，团友们休息了一晚，第二天便向奥地利出发。在车上，导游开始讲解：

"前面我们要去的城市是奥地利因斯布鲁克。它位于奥地利西部，北邻德国，南邻意大利，西面通往瑞士，东面通往首都维也纳。这是一个位于中欧十字路口的城市，坐落在阿尔卑斯山山谷之中，旁边流淌着因河，因斯布鲁克意思是因河上的桥，它的观光客居奥地利之冠。

"透过市区的建筑，周围山顶上的积雪隐约可见。这座小山城是著名的滑雪圣地，曾经于1964年和1976年两次举办冬季奥运会，如今它是一座大学城。这里的工业非常发达，经常举办展览会。

"因为北面被阿尔卑斯山遮挡，所以气候宜人。在奥地利有这样一句谚语：'奥地利的风情都写在因斯布鲁克的脸上。'"

团友们到达后，在导游的带领下游览起来。这个迷人的边境城市，仍然保持着中世纪城市风貌，哥特式风格的建筑鳞次栉比，巴洛克式的大门和文艺复兴时的连拱廊展现出古城的风貌。

曹齐每到这种美丽的小城，心情就有一种说不出的愉悦，他年轻时几乎实现这个目标："凡在国内放映的外国电影一部不漏，都要看！"加之读过不少外国小说，所以他对于外国风土人情、历史文化、建筑风格等，比一般人要了解得多，对于外国美丽的小镇、小城，他在游览时比一般团友要多一些思考和体察。漫步中，他的那种"苕"（武汉方言，愚蠢，这里指不能实现的意思）想法又出现了："如果我在这里读大学多好啊！"

他希望自己成为这样的人——不在外国定居，但可以经常到外国去旅游的人。

正如歌德所说："人之所以爱旅行，不是为了抵达目的地，而是为了享受旅途中的种种乐趣。"曹齐对于旅途中的人和事，观察是比较细的，其中也不乏乐趣。

随后，导游把大家带到黄金屋顶。他介绍：

"黄金屋顶是因斯布鲁克的标志建筑，是游客必看的景点，它建于1500年，这里曾是神圣罗马帝国皇帝马克西米连一世迎娶米兰女公爵的地方。其最出名的是建筑物的阳台上装饰了华丽金色屋顶，设计奢华别致。黄金屋顶采用2738块镀金铜瓦拼贴而成，下边的壁画和浮雕具有历史价值。

"马克西米连一世委派尼克拉斯将从前破旧的挑楼改建成为有哥特式穹隆的观赏阳台，以便在此欣赏广场上的比赛和戏剧表演。"

曹齐夫妇悠然漫步于路边，举目远眺，只见阿尔卑斯山被皑皑白雪覆盖，在蓝天白云映衬下，绵延不断，蔚为壮观。大片山坡绿草如茵，白色、黄色、粉色的小花，在草中跳跃。空气中弥漫着花的芳香和草的清新。清澈的溪流缓缓流过，童话般的房屋红瓦白墙，四周鲜花绿草，生机盎然，整洁、多彩、祥和。

曹齐对老伴说："住在这里，简直像神仙过的日子。"他觉得在这里住上几天，离开了尘世的喧嚣，心中的杂念会摒弃很多，一种清纯的感觉会油然而生。

大家上车直奔施华洛世奇水晶世界。导游抓紧时间介绍：

"1895年，丹尼尔·施华洛世奇先生在奥地利因斯布鲁克郊外瓦特斯成立了施华洛世奇公司，发展至今，其已成为世界上最广为人知的人造水晶领导品牌。

"1995年，为纪念公司成立100周年，在这里建立了多媒体声光水晶世界，这座水晶博物馆由著名的多媒体艺术家安德烈·海勒一手策划，设计出14间不同主题的展览室。

"入口处的阿尔卑斯喷泉巨人双眼闪烁光芒，瀑布自口中泻下的情景，令人震撼。入口大堂有一块高11米，宽42米，现存世界上最大的水晶墙，一共用了12吨水晶做成。

"第一室，摆放着世界上最大的100面切割水晶，重达30万克拉，在灯光照射下闪烁出夺目的光彩。还有一件黑骏马，精美闪耀的马鞍，配上高大威猛的骏马，真是不可多得的稀世珍宝。

"第二室，机械剧场。表现美少年、美少女的爱情，由能蹦跳、踩踏的机械装置来呈现这一主题。

"第三室，水晶大教堂。这是将590面水晶镜面组成一个五彩缤纷的万花筒，令人仿佛置身于闪耀幻化五光十色的水晶苍穹之下，目眩神迷。

"第四室，为冬日仙境。艺术家采用成千上万颗水晶和抛光的钢丝树枝，构成一棵晶莹剔透的圣诞树。

"第五室，水晶万花筒。无穷无尽的水晶画面不断变化。

"第六室，水晶剧场。图画般的人物形象，其衣服缀有各色精美华丽的水晶。

"第七室，水晶书法展厅。闪烁的蓝绿色水晶缠绕的书法，盘绕在奇妙的展示墙上。

"第八室，冰通道。随着通过者的步伐，地面上会不断涌现各式各样的晶体图案。

"第九室，为巨人的宝物。展示的是手风琴，随着音乐而闭合。

"第十室，由著名女高音在成千上万颗水晶照耀下演唱歌剧咏叹调。

"第十一室，利用音乐灯光和手绘的画像加上电脑技术展示艺术作品。

"第十二室，回忆的思考。通过 48 个水晶多角度地在每一个切割面上记录水晶的起源和对科研的重要性。

"第十三室，水晶森林，组成一个水、火和水晶相融的世界。

"第十四室，永远的施华洛世奇。以 12 段影片，大量的珠宝首饰、工艺品等来诠释施华洛世奇品牌的历史与设计。"

听完导游的介绍，大家兴奋起来，觉得到此一游十分值得。走过 14 个展厅，每一位游客都获得了丰富而有趣的美感体验，这里堪称声光和音乐完美结合的现实中的童话世界。

一进大门，梅美情不自禁地叫了起来："啊！好漂亮呀！"

翁雅颂也赞叹不已。

时琴和夏加丽、韩柳柳等人走在一起，也是边走边赞美，有人说像走进童话世界，也有人说像是进入了梦幻世界。

曹齐感觉到，这座散发着无穷魅力的博物馆无论是外部奇特的造型和迷人的风景，还是内部精彩绝伦的展厅，它的光、声、电设计的优良，每个展厅的鲜明主题，围绕水晶做足了文章，的确不愧是世界上最大、最美的水晶世界，让人无比沉醉。二楼展示厅里，琳琅满目的项链让人目不暇接，包括黑天鹅大号玫瑰金项链、跳动的心项链等众多知名品牌都赫然在列。

三、德国、瑞士

第二天上午，团友们乘大巴离开因斯布鲁克前往德国慕尼黑。在车上，导游介绍：

"慕尼黑位于德国南部阿尔卑斯山北麓的伊萨尔河畔，是德国主要的经济、文化、科技和交通中心之一。人口 2010 年为 130 万，是德国第三大城市，仅次于柏林和汉堡。

"慕尼黑在科研领域处于领先地位。该市的慕尼黑大学和慕尼黑工业大学，均是世界著名学府。慕尼黑还是高科技产业中心，宝马、西门子等世界性的大企业总公司就设在慕尼黑。慕尼黑曾经主办过 1972 年夏季奥林匹克运动会，也是 2006 年世界杯足球赛的主办城市和开幕地点，奥林匹克公园及体育场是为 1972 年夏季奥运会而建。慕尼黑拥有数支职业足球队，包括德国很受欢迎的足球俱乐部拜仁慕尼黑和慕尼黑 1860 足球俱乐部。"

到达慕尼黑以后，导游带大家首先游览了玛丽恩广场。

导游简单介绍说："玛丽恩广场是慕尼黑市的中心广场。早在 1158 年，慕尼黑的缔造者狮子亨利国王，就将这里定为慕尼黑地理中心。广场中央是 1638 年为纪念慕尼黑脱离瑞典人的统治而建立的圣母玛利亚纪念柱。纪念柱高 11 米，在大理石圆柱顶端是圣母玛利亚雕像。"

接着大家游览新市政厅。导游说："新市政厅位于玛丽恩广场北侧，是慕尼黑的标志性建筑之一。这座棕黑色的哥特式建筑，布局恢宏，装饰华丽。建筑的正面装饰有巴伐利亚国王以及寓言和传说中的英雄圣人等雕像。"

游览后，导游把大家带到奥林匹克公园，继续介绍：

"奥林匹克公园是 1972 年第 20 届夏季奥运会举办的场地，也是本市市民最佳的运动场去处。

"整个公园由 33 个体育场馆组成。299 米高的奥运塔已改成电视塔。该项建筑设计极富现代感。体育场半边有顶，是半透明的。全部是人造有机玻璃，面积达 7.5 万平方米，造价超过 1 亿马克，是当时世界上最昂贵的，也是最大的屋顶。

"奥林匹克体育场是公园的核心建筑，其主馆可容纳 8 万观众。可容纳 1.4 万人的体育馆、2000 人的游泳池也都聚集在一张大帐篷式的屋顶下。"

之后，载着团友的大巴向德国小镇肯普滕出发。晚上，团友们就在这个小镇住下。

早餐过后，大巴前往瑞士铁力士山。铁力士山又称铁力士峰，是阿尔卑斯山著名的风景区，海拔 3238 米，属瑞士阿尔卑斯山脉部分的山峰，从这里乘坐火车约一小时，可到达卢塞恩。

在车上，导游介绍：

"从山脚到山顶只有一条线路，分为三段。上山时可在山脚的缆车站搭乘第一级缆车，该缆车可坐 6 人。到第二级缆车站时，需换乘缆车巴士，该缆车可乘坐 50～80 人，共两部。

"第三级缆车站换乘高空旋转登山缆车，该线两部，全世界仅两条缆车线上有，均为瑞士人的作品，此缆车可承载 80 人，每程都会旋转 360 度一圈，山上美景尽入眼帘。

"山顶缆车站共五层，第一层为连接山下的缆车站口，有纪念品商店和冰洞。第二层有食品补给，那里的甜筒雪糕很好吃。第三层第四层，如果行程紧，不必去看。第五层，直接通向外面，出站口可以见到一个天台，连接着终日不化的积雪平台。铁力士山顶，终年被积雪覆盖，山上有万年冰川。

"到达山顶缆车站后，游客可以进入冰洞触摸原始冰层，远眺美丽的景致；乘坐'冰川飞渡'吊椅，飞跃冰川裂缝；可以冰川漫步等。"

大巴到达铁力士山山脚下英格堡镇后，全体团友下车。除曹齐夫妇和许可夫妇外，其余团友都上山。曹齐夫妇因患有心血管病，就没有上山。许可夫妇，可能也是因为身体原因，也没有上山。他们只能在山脚下游览。两个小时后，上山的团友才能下山。

曹齐夫妇在这里闲逛起来，这里有碧绿的山间湖泊，有茂密的树林、丰盛的草地、开满鲜花的山坡，有散落在绿树丛中童话般的房舍。

英格堡，德文意思为"神仙住的山"或"天使之乡"，这里风景秀丽，背靠沉积着万年积雪和冰河的铁力士山。它位于卢塞恩南面36千米的地方。1969年，英国的维多利亚女王在这里小住之后，小镇声名鹊起。

曹齐对老伴说："这里真是人间仙境！""你愿不愿意在这里定居呢？"老伴问。

"你是知道的，在这里玩一玩可以，长住可不行。"曹齐答道。"你出来只是蜻蜓点水，你的性格只能是暂住而不能长住。""知我者，夫人也！"曹齐开起玩笑。

"为什么我不能在外国长住，主要是生活习惯及语言问题，你想，一辈子在中国武汉长住，连中国的其他地方都不想去，怎么可能到外国长住呢？"曹齐这说的是心里话。但是曹齐每当从国外旅游回家，只在家里待上三四天，他便又想出去了。

他家的洗手间窗外，经常听见飞机飞过的声音。每当此时，曹齐便想："我如果此时在这个飞机上坐着，那才有味。"

两小时后，团友们都从铁力士山下来了，他们面带喜悦，十分兴奋，认为上了山真好玩，真过瘾，很值得。说得曹齐和许可两对夫妇羡慕不已，甚至十分嫉妒，没有恨。

梅美对曹齐夫妇说："山顶很冷，得亏你们二老没去，连我们都冷得受不了，只在外面看了一下，就进入室内了。"听了这话，曹齐心里又舒服一点。

随后，导游安排吃中饭。中饭后，大家坐大巴去卢塞恩。在车上，导游做了介绍：

"卢塞恩，又译'琉森'，位于瑞士中部，面积24.2平方千米，号称瑞士最美丽、最理想的旅游城市，也是最受瑞士人喜爱的度假地。它依山傍水，是瑞士最大的夏季避暑胜地之一。卢塞恩具有21世纪的现代化，更具中世纪所特有的美。

"此地为历史文化名城，激发了艺术家们不尽的灵感。历史上，很多著名作家在此居住和写作。美国作家马克·吐温的《浪迹海外》，列夫·托尔斯泰的《琉森游记录》，我国作家朱自清的《欧洲印象》都曾记载了卢塞恩风光。大仲马说：'卢塞恩是世界上最美的蚌壳中的珍珠。'一代佳人奥黛丽·赫本在这里定居，维克多·雨果曾多次来到卢塞恩。"

下车后，导游最先把团友带到一个小山洞，大家站在狮子纪念碑前，参观濒死的琉森狮子雕塑。

导游介绍说：

"这是世界最有名的雕像之一，1821年由丹麦雕刻家特尔巴尔森设计，雕刻在天然岩石上，这头长10米、高3米多的雄狮，痛苦地倒在地上，折断的长矛插在肩头，旁边有一个带有瑞士国徽的盾牌。

"这座雕像是为了纪念1792年8月10日，为保护巴黎杜乐丽宫中的路易十六家族的安全，全部战死的786名瑞士雇佣兵，雕像下方有文字描述了该事件的经过。

"后来，美国作家马克·吐温来到卢塞恩，将该雕像誉为'世界上最悲壮和最感人的雕像'。"

随后曹齐夫妇便来到卡佩尔廊桥。此桥又叫教堂桥，这是卢塞恩的标志，始建于 1333 年，也是欧洲最古老的有顶木桥。桥的横眉上绘有 120 幅宗教历史的油画，沿途还可以欣赏描述当年黑死病流行景象的画作。这座横跨罗伊斯河、长达 200 米的木桥有两个转折点，桥身近中央的地方有一个八角形的水塔，曾经是作战时安放战利品及珠宝之处，有一段时间也用作监狱及行刑室。桥两侧的栏板上常年装饰着红色鲜花，看似一座花廊，又称作花桥。

漫步在木桥上，曹齐夫妇心情非常愉悦。曹齐看见苏老师、周丹凤和西门贺三人走在前面。他很佩服西门贺的韧劲、缠劲、磨劲。这使他想起一句话："爱情和咳嗽一样无法隐藏。"当然，西门贺追周丹凤，谈不上爱情，只是一种游戏罢了。曹齐这样想着，不觉走完了这著名的木桥。

湖边有不少游船，碧波荡漾的湖面、洁白无瑕的天鹅让人心醉神迷，岸边到处都是悠闲的天鹅，好像来到了天鹅湖。湖畔的教堂，两座尖塔耸立。

走在这依山傍水的小城中，随处都是百年老店和文艺复兴时期的老房子，商店售卖的多为瑞士军刀和手表。

在天鹅广场，曹齐夫妇偶遇梅美和翁雅颂，两位女士请曹齐夫妇帮忙照看她们之前的"战利品"，自己则又冲进了一家名叫宝嘉尔钟表珠宝连锁店的百年老店，有瑞士各大品牌手表可供选购。

曹齐夫妇虽想继续游览，但既然已经受人之托，便信守承诺，安心等待。一个多小时后，两位女士终于出来了，梅美笑着对曹齐夫妇说："辛苦你们了！这里的东西真是太划算了，我们真是连团费都省出来了。"说着她们向两位老人展示她们所购买的名表。

这种"好事"，曹齐夫妇在各国旅游中做了不少。

大家集合上车，晚饭后就到本地酒店住下。早餐后，团友们准备坐大巴到德国黑森林滴滴湖。

上车前，一些团友在外面谈起昨晚在电视上看的摔跤比赛，认为比赛很激烈，有看头。

此时，西门贺在那里手舞足蹈地进行讲解。邹安安问他："你懂摔跤？"

西门贺面露自负的神色说道："岂止懂，我还会摔呢！""想不到西门老板还有这一手。"范减笑着说。

谁知站在旁边的丹尼尔用中文说道："我也会摔跤。"范减一听，马上说："那好那好，你们两位比试比试。"丹尼尔说："不用了。"

西门贺也说："算了，时间不早了。"

然而，邹安安和范减全力鼓动说："搞一个简单的友谊赛，只摔一跤。一跤决定胜负！"

时琴、夏加丽也在旁煽风点火："摔一跤！摔一跤！"

西门贺看见大家劲头都上来了，他也不想滩江（武汉方言，因害怕而退却），只得同意。

丹尼尔见西门贺做了准备，也脱掉外衣。

两个国家的男士要摔一跤，而且还有与周丹凤微妙的关系，这的确很刺激，很吸引人，很多团友包括领队、导游都来观战。

范减自告奋勇来当裁判，他问："是中国式，还是国际式？"西门贺说："就中国式吧，跟国际式差不多。"

范减又问丹尼尔，丹尼尔说："什么式都可以，就中国式吧，反正是玩一玩。"

范减说："那中国式杂一点外国式也没有关系，没那么正规，只不过是娱乐嘛！"

范减一说开始，两人就迅速扭到一起来了，很多团友都开始照相。

西门贺先发制人，他想用右手夹住丹尼尔的脖子，然后用右腿使绊子把丹尼尔摔倒，然而，丹尼尔力气很大。西门贺挑起一脚击打丹尼尔右腿，当丹尼尔分心之际，迅速夹住丹尼尔的脖子。丹尼尔不慌不忙，用左腿把西门贺绊了一下，西门贺一歪差点倒下。他连忙松手把丹尼尔的脖子放开，让自己站稳。说时迟那时快，丹尼尔以迅雷不及掩耳之势，侧身把西门贺提起，用左脚把西门贺右腿一踢，再一钩，把西门贺摔倒在地。

前后七八分钟，西门贺失败了。这种摔跤完全是中外混合的自由式，用武汉话说有点像"打狗子架"。

西门贺爬了起来，脸色上有点不服。范减帮他把衣服上的灰拍了拍，丹尼尔连忙上前与西门贺握手。

范减又叫起来："友谊第一，比赛第二，外国司机师傅与中国游客比赛，我还是第一次看到，非常难得，非常难得！"

在导游的催促下，团友们上车了，大巴即将奔向德国黑森林地区滴滴湖。

导游介绍："滴滴湖在德语中是少女的意思，是德国最受欢迎的旅游景区之一，该湖方圆2平方千米，这里湖水清澈见底，环湖杉树浓郁成荫。湖水深达40余米，是德国境内最大的水质达饮用标准的高山湖。黑森林名称的由来是由于山上长的云杉针叶在白天看起来颜色很深，呈墨绿色，树木茂密，远看接近黑色，于是人们叫它黑森林。"

一来到湖边，大家便被这片湖水吸引。湖水果然清澈见底，湖上云雾缭绕，湖边杉树环绕，湖中的鸭子，自由自在地嬉戏，呈现出醉人的诗情画意。

曹齐夫妇沿着湖边散步，深感空气清新，无比舒畅。曹齐边走边想："古往今来，该有多少人陶醉于山水之中啊！"

做过杭州三年"市长"的白居易中意西湖，写下了"未曾抛得杭州去，一半勾留是此湖"。

明代大才子袁宏道说过："青山可以健脾。"他们对山水的热爱，发自内心。

清代文人金圣叹临死前说了一句"好山色"，即告别人间。

走进大自然，可思接千载，神游八方，品味人生，获益良多。山高云奇，花繁草嫩，使人涤荡尘埃，抖擞精神，有一种如杜甫诗所言"丹青不知老将至，富贵于我如浮云"的意味。

黑森林地区有两种特产，分别是布谷鸟钟、黑森林樱桃蛋糕。

布谷鸟钟是手工制作的挂钟，每到整点报时时，钟上的门打开，随着鸟叫或音乐，走出鸟或人来报时，整个造型极具怀旧风格，售价从几十欧到上千欧，品种丰富。

黑森林樱桃蛋糕融合了樱桃的酸、奶油的甜、樱桃酒的醇香。它的巧克力相对比较少，更为突出的是樱桃酒和奶油的味道。由于不方便带，曹齐夫妇没有买钟和蛋糕，但是他们买了一些刨刀，准备分送亲友。

滴滴湖小镇街道整齐而宁静，房屋建筑各有特色，新奇别致，楼房窗外鲜花盛开，特别惹人喜爱。

曹齐夫妇购物后坐在街边长椅上休息，他们感叹这里没有国内小镇的嘈杂和纷扰，但空气清新，仿佛置身于仙境中，诗意盎然，如梦如幻。

清净的街道，色彩斑斓的小屋，满眼绿色，精致浪漫。德国小镇的确是平静、整洁，但是路上很少见到行人。海外有些华人曾用一副对联形容国外和国内的状况，当然是调侃。对联是："好山好水好寂寞，真脏真乱真热闹"。后一句是形容国内的，已经与事实不符，国内很多城镇、景点已经不脏不乱了，但热闹是肯定的。这热闹是世界很多国家和旅游景点所不能比的。

拿本团来说，时琴就是一个热闹人，她几乎达到"一呼百应"的境界，当然，响应的主要是跟她一起参团的那些人，也就是老乡。像梅美、翁雅颂，一般是没有与她多联系的。

周丹凤又是一种情况，她有时与时琴她们在一起，有时与苏老师在一起，有时又与梅美她们在一起，她没有固定的伙伴，好像跟谁在一起都可以，都无所谓。

结束滴滴湖的游览，大家上车，直奔德国小镇，当晚在德国小镇住下。

这里面有个人必须重点提一下，那就是张施，她对周丹凤是很看不惯的，她认为周丹凤出生于小县城，读普通大学，在企业里当医生，长相平平，为何要在异国他乡故作风情，引得一个车夫对她紧追不舍，连一个乡土气息浓厚的富商也对她穷追不舍？这样的"追求"究竟有何意义？明明只是他人的一场游戏，一场玩笑，她却偏偏要摆出一副高高在上的公主姿态。

团友中，男的不必说，时琴那一帮人，与周丹凤是县挨县，算半个老乡，不会看不起她。两个公务员也与她县挨县，她们成天忙于购物，也不会管她什么了。

至于苏老师，完全像个"媒婆"，对她像个干妈，更不会鄙视她，因此她颇为得意。

张施的看法，她父亲很清楚，他劝女儿："不要管闲事，逢场作戏的事，何必认真。"

四、卢森堡

吃过早餐，团友们上车，直奔卢森堡。

在车上，导游介绍："卢森堡位于欧洲西北部，东邻德国，南邻法国，西部和北部与比利时接壤，为内陆国家，也是现今欧洲仅存的大公国，因国土面积小，古堡多，又有'袖珍王国''千堡之国'的称呼。卢森堡是一个高度发达且富裕的国家，人口总数60多万。卢森堡的最低工资是欧盟最高的。"

到达卢森堡以后，天公不作美，下起雨来，幸好雨不大，不影响观景。

在导游的带领下，大家远观了佩特罗斯大峡谷，此峡谷又被称为卢森堡大峡谷，是卢森堡市新、老市区的天然分界，它宽100米，深60米，在历史上一直被视为军事重地。站在大峡谷的任何一座桥上，都可以看到谷中两壁生长的郁郁葱葱的参天大树，景色优美。

接着，团友们又远观了阿道夫桥。

阿道夫桥是卢森堡最著名的地标之一，拥有当时世界上跨度最大的石拱，全长153米，建于19世纪末至20世纪初。大桥跨越峡谷，连接新、旧两市区，而支撑桥梁的拱门左右对称，非常壮观，是欧洲地区杰出的建筑物之一。

随后，团友们来到宪法广场，它位于旧市区，距阿道夫桥不远，广场中间矗立着"阵亡将士纪念碑"。纪念碑是座方尖形建筑，高12米，碑顶站立着象征胜利的"胜利女神像"，此像出自卢森堡的艺术家克劳斯之手。它完工于1923年，是为了纪念第一次世界大战中所阵亡的3000

名卢森堡士兵而建。

曹齐夫妇来到宪法广场对面的老街上逛了起来。街道不宽但很干净整洁，街上行人不多，十分安静。商店门外摆有桌子和椅子，供游人喝咖啡或休息。

在这里，笔者要暂停上述文字，写一写团友赵群山。赵群山，一位62岁的工厂退休工人，来自鄂西山区某市。此人是一人参团来欧洲旅游，比较喜欢旅游，此次游欧洲是他多年的梦想，他老伴前几年去世，至今他还是单身一人。在旅游过程中，他深知自己文化不高，见识又不广，所以很快就主动向梅美、翁雅颂示好，声称自己没有什么知识和经验，请她们两位"带"着他玩。

梅、翁二女士见这位"半老徐男"如此谦虚，通过接触又发现老赵的确本分、老实，就真的"带"着他游玩了起来。他也十分虚心、虔诚，她们到哪里，他就跟到哪里，不知道的人还以为他是她们的亲戚、朋友或熟人，还有的甚至开玩笑，说老赵是她们的"跟班"。

有时她们在商店看首饰、看包包、看女士服装等，老赵也在一旁观看，从不感到烦心、枯燥，总是耐心地在一旁等候，可以说比她们的先生们还有耐心。有时她们买的商品多了，他还主动帮她们拎，按武汉方言说，像个"提提"。

另外，老赵对苏老师也非常尊敬，苏老师与周丹凤在一起时，他也有时跟她们在一起，同样也受到她俩的欢迎，有时还有这样的情况，梅、翁、苏、周四位女士在一起，他也跟在她们后面，老老实实，一片"丹心"。

至于团里其他人，对不起，老赵就不当"跟班"了，因为他已找到"导游"和"伙伴"了。再说回来，曹齐夫妇刚准备进一家商店时，发现梅美、翁雅颂、赵群山三人笑眯眯地刚从商店里面出来，老赵还拎着一个大纸袋，这肯定又是买的东西。人最怕的即孤独，尤其是精神上的冰雪冷寂，布衣贩夫清流高士皆然。

由于大家慢慢熟了，团友有时喊他"赵本山"，他也很乐意地答应。

反正赵本山是名人，他不吃亏。

　　曹齐夫妇进入一家咖啡店时，发现里面很热闹。按惯例咖啡店是很安静的，人们各自喝着咖啡，绝不会大声说话，更不会互相说笑。然而在有中国游客的地方就特别热闹。老板大概知道中国游客的习惯和"板眼"，也没有制止。

　　曹齐发现原来里面坐着的是时琴一帮人，还有西门贺、张总康父女，外加苏老师、周丹凤、赵群山及梅美、翁雅颂等。

　　当曹齐准备买咖啡时，时琴喊道："曹老师，你不要买，今天是西门老板请客。"

　　此时西门贺也站起来说："今天我请客，在座的各位每人一杯咖啡。"几位女士连声叫好并感谢西门。其他团友也表示感谢，然而周丹凤此时却做沉默状，没有感谢。

　　有人心知肚明，西门贺如此"大方"，可能有"做给周丹凤看看"的意味。当然，如果周丹凤不在这里，时琴她们要他请客，他也是不会拒绝的。

　　外面下着不大不小的雨，里面说着不痛不痒的话，大家既躲了雨，也进行了一定的交流。

　　西门贺穿着在威尼斯买的米黄色西服，笑容可掬，大大方方地走到苏老师身边，和苏老师、周丹凤坐在一起。

　　西门贺买的西服上装，他说花了7000多元，但穿在他身上并不太合身，似乎有点大。虽然这件衣服很昂贵，但西门贺穿了显得别扭，那一条花领带"狗尾巴"一样系在脖子上，有点煞风景。由于他"气场"足，风度不够，再怎么穿好衣服，也难以转变给人的整体印象。

　　此时时琴发话："西门镇长经常请我们的客，我们都感谢他，现在我提议请他讲几句话。"

　　大家一听都鼓起掌来。

　　时琴讲话的神态，既像团队的领导，又像主持人，也像西门贺的生意伙伴。

西门贺微笑着站了起来："喝杯咖啡谈不上请客，大家聚在一起是缘分，我早已不是官了。能与各位同游欧洲，我很荣幸，谢谢大家。"

掌声又响了起来，他朝周丹凤瞟了一眼，坐了下来。

接下来，大家随便谈了起来，谈来谈去，谈到恋爱、结婚问题及日常生活。

夏加丽说："有的人条件太高，高不成低不就，一直没有找到合适的。"

"也不见得是条件高，可能别人也看不上她，要不然怎么会有的人年过四五十岁还未找到人呢？"很少说话的周丹凤不知怎么搞的，突然冒出这几句话。周丹凤并不知道张施的情况，说者无心，听者有意。

张施听后，以为周丹凤讥笑自己，心里很不高兴。周丹凤未点名，在大庭广众之下，张施也不好发作，但她对周丹凤的恨意已经很重了。不一会儿雨停了，张施的父亲便拉她走出店，到外面逛去了。可见张施的父亲是一个有见识、有涵养的人，他不想看到女儿和其他人闹矛盾。

这么多团友在这里碰上了，因为城市不大，而这间咖啡店条件相对好一些，"英雄所见略同"，于是都聚到一起了，然而领队和导游两人都不在这里，他们在另一家比较小，但他们比较熟悉的咖啡馆。

周丹凤自始至终都略带微笑，充其量只跟苏老师低声讲几句话，连坐在旁边的西门贺都听不见。

西门贺对周丹凤露出的是真诚的、友好的微笑，他咖啡下肚，百爪挠心，对周丹凤柔情蜜意，说的话令周丹凤十分满意，难怪莎士比亚说："男人用眼睛恋爱，女人用耳朵恋爱。"

在曹齐看来，他们之间的所谓"三角恋"只是镜花水月，也只是两个男人的一厢情愿罢了，充其量是逢场作戏而已。

喝咖啡时，几位太太小声说着别人听不清的话。谈起"家庭作业"，夏加丽问时琴："你老公一个月忙活你几次？"

"我那位像收水费的，一个月一次。"时琴不满地说。

夏加丽说："一个月一次就不错了，我那位每次来像送广告单的，随便一塞就完事了。"

"你们还好呢，我老公像送牛奶的，放在门口就走了。"韩柳柳气愤地说。她一说完，三人都笑了起来，别人也不知她们笑什么。

梅美坐在她们附近，大概听见她们的谈话，于是自言自语道："食色，性也！"

五、法　国

早餐后，团友们坐大巴赴巴黎。

巴黎，大家对它有一种向往期待的感觉。它是法国的首都和最大的城市，也是法国的政治、经济、文化和商业中心，是世界上著名的国际五大都市之一（其余四个分别为纽约、伦敦、东京、中国香港）。

巴黎位于法国北部巴黎盆地中央，横跨塞纳河两岸。广义的巴黎有小巴黎和大巴黎之分。小巴黎指大环城公路以内的巴黎城市，面积 105.4 平方千米，人口 224 万；大巴黎包括城区周围的 7 个省，共同组成巴黎大区，人口 1100 万，占全国人口的六分之一。

巴黎建都已有 1400 多年的历史，它不仅是法国，也是西欧的政治、经济和文化中心。游欧洲，没有到过巴黎，等于没去过欧洲。不少人都这样认为。

从卢森堡到巴黎有 350 千米，沿途的风景逐渐发生变化。低山丘陵越来越缓，越来越少，而森林也逐渐减少，草原上间杂的农田越来越多，种的是向日葵、玉米和麦子等。

最好的白葡萄酒在德国，最好的红葡萄酒在意大利，最好的香槟酒就在法国。香槟酒是酒中之王，所以法国出产最好的葡萄酒。

对于巴黎，徐志摩说："到过巴黎的一定不会再稀罕天堂。"

海明威说："巴黎是一席流动的盛宴。"

莎士比亚说："巴黎，世界上最美丽的城市。"

拿破仑说过："我愿躺在塞纳河边，躺在我如此爱过的法兰西人民中间……"他的灵枢安葬在塞纳河南岸荣军院。

曹齐有一个习惯，在车上基本不打瞌睡，喜欢观看窗外的风景。在外国文学方面，他接触法国文学最多，从中学起一直到大学，以至后来好多年，他读过法国作家维克多·雨果、巴尔扎克、福楼拜、大仲马、小仲马、莫泊桑、儒勒·凡尔纳等人的作品；在外国电影方面，他对法国电影印象很深，如在我国上映的《三剑客》《虎口脱险》《巴黎圣母院》等电影，他都很喜欢。从法国文学作品及电影中，他了解到法国的一些历史、城市、人物、风土人情等，所以他在思想上对法国并不感到陌生。

2012年11月2日至11月18日，由文化部、湖北省人民政府主办的第六届中国京剧艺术节在湖北省武汉市举行。由上海京剧院根据维克多·雨果小说《巴黎圣母院》改编的京剧《情殇钟楼》，在这届京剧节亮相，受到观众热烈欢迎。曹齐也观看了该剧，国家一级演员史依弘饰女主角艾丽雅，国家二级演员董洪松饰丑奴。

这次到巴黎，到西欧旅游，也是曹齐多年所盼望的。说来也奇怪，全体团友像开过会似的，把巴黎旅游看成重中之重，看成压台好戏。

现在，导游开始介绍凡尔赛宫："凡尔赛宫曾是法国的王宫，坐落于巴黎市郊西南部，后来被列为世界文化遗产，是法国著名旅游景点。它是世界五大宫殿之一，其他四个是北京故宫、英国白金汉宫、美国白宫、俄罗斯克里姆林宫。凡尔赛宫的外观给人以宏伟、壮观的感觉，它的内部陈设及装潢非常富于艺术魅力。500余间大殿小厅，处处金碧辉煌，奢华非凡。"

大家到了凡尔赛宫，导游又介绍："凡尔赛宫的大门据说是由纯金铸成的，非常奢华，金碧辉煌而富有贵族气派。金门上有一顶硕大的皇冠，皇冠下面是圆形的盾牌。"

进入宫殿后，团友们发现凡尔赛宫宏伟壮观，宫内富丽堂皇，屋顶和四壁绘有各个历史时期的油画。参观时，曹齐看见熟悉的《最后的晚餐》。

早在初中时，曹齐就见过这幅油画，并阅读了对其的说明。他知道，这是达·芬奇艺术上的巅峰之作，画面中的人物，或惊恐、或愤怒、或怀疑、或剖白的神态以及手势、眼神和行为，都刻画得精细入微，惟妙惟肖。

大家仿佛置身于艺术的海洋，被非常气派的内部装饰、绘画、雕塑及摆设深深地吸引。

到了镜厅，团友们更是被震撼了。它是由皇家大画家、装潢家勒勃兰和大建筑师孟沙尔合作建筑的，被视为凡尔赛宫的"镇宫之宝"。此厅一面是面向花园的17扇巨大的落地拱形玻璃窗，另一面是镶嵌着与拱形窗对称的17面镜子，这些镜子由483块镜片组成。拱形天花板上是勒勃兰的巨幅油画，挥洒淋漓，气势不凡，展现了一幅幅风起云涌的历史画面。天花板上有24盏巨大的波希米亚水晶吊灯，宫殿中的家具以及花木盆景装饰都是纯银打造，这里是路易王朝接见各国使节的专用宫殿。

随后团友们来到正宫前面的法兰西式大花园。这个花园景色优美，恬静，令人心旷神怡。它完全是人工建造的，很讲究对称和几何图形化。人工河两侧大树参天，郁郁葱葱，绿荫中女神雕像亭亭玉立。近处是两池碧波，沿池的雕塑多姿多彩，美不胜收。

晚餐后，丹尼尔又敲开周丹凤的房间，他问周去不去看巴黎夜景，如果去他可以当导游。当然他不是开大巴去，而是打的，因为公司有规定下班后大巴不能再开。周丹凤说她比较累，谢绝了丹尼尔的好意，丹尼尔也很识趣，就离开了。

第二天早上，丹尼尔又敲开了周丹凤的房间，周丹凤睡眼蒙眬地开了门。丹尼尔一上前就与周丹凤拥抱起来，并吻了她一下，随后送上一枝玫瑰花就走了。这一下把周丹凤弄清醒了，她微微一笑，脸略微红了一下，开始洗漱。

苏老师笑着说："丹尼尔真忙，昨天晚上来找你，今天一大早又来找你，你留下他谈谈啊！"

周丹凤说："一早上这么忙，马上又要吃早餐、集合，哪有时间呢？

再说又有什么谈的呢？"

"礼尚往来嘛，人家心里有你，你也应该有人家。"苏老师像母亲一样教导她。

吃过早餐，导游带大家参观花宫娜香水博物馆。在车上，导游介绍：

"花宫娜香水博物馆位于巴黎歌剧院附近，置身于一栋拿破仑三世风格的公馆中，木地板和水晶枝形吊灯构成的空间华丽无比。来到这儿，仿佛回到旧时的巴黎，让你静览 300 年香水历史。

"花宫娜是个家族企业，整体感觉带着浓厚的普罗旺斯式风情。它是法国最古老的香水品牌，1926 年诞生于格拉斯，1936 年在巴黎开设了第一家香水精品店，也是全世界第一个香水工厂。只在法国销售，绝对不出口，其香水工厂同时也给各大名牌香水（如香奈儿）加工。

"博物馆记录了香水和精油等产品发展和演变的历史全过程，里面还有一个迷你香水加工厂，用 19 世纪铜制的蒸馏过滤装置，详尽展示如何从原始的材料中萃取精油。这里还陈列着从 17 世纪到 20 世纪的造型精妙的香水瓶、香袋、香炉以及香水瀑，展示了玻璃工匠、水晶雕工、金银匠等的非凡才华。

"这些香水是经过一道道工序将花草转换而成的天然产品。瓶中的香水、香精背后，是花田里的茉莉、依兰、玫瑰、薰衣草。"

进店后，团友们认真听取了介绍。钱之丰说："真是大开眼界！"她先生许可也这样认为。

可能香水与女人有一种天然联系，女团友们叽叽喳喳，议论不休，非常兴奋。

西门贺展现出了他的豪气，一举购得 20 瓶钻石牌香水，这款香水巧妙融合了细腻花香，专为追求个性与时尚的男女设计，这无疑是他为朋友们挑选的最合适的礼物。

曹齐的夫人则精选了 5 瓶"第一夫人"，此款香水亦有着"夜美人"

之美誉，作为店铺的镇店之宝，它特有的东方女性韵味，散发着成熟而迷人的气息。她计划将这份优雅的礼物分别赠予两位侄女和儿媳，同时自己也保留两瓶，共享这份经典的芬芳。

旅行团中的其他成员也不甘落后，几乎每人都沉浸在这场购物的喜悦之中，纷纷选购了心仪的香水。在他们看来，抵达巴黎若不将这份"嗅觉记忆"带回家，旅行便似乎失去了几分意义。毕竟，旅途中的购物不仅是自我奖赏，更是传递情谊、分享美好给亲朋好友的绝佳方式，而香水，无疑是最佳选择之一。

从香水博物馆出来，大巴带着团友直奔巴黎圣母院。导游介绍说：

"巴黎圣母院位于巴黎市中心城区，与巴黎市政厅和卢浮宫隔河相望，为哥特式基督教教堂建筑。它是欧洲最著名的哥特式大教堂之一，法国最具代表性的文物古迹和世界遗产之一。

"它总长约 127 米，总宽约 48 米，总高达 96 米，总建筑面积达 5500 平方米。一对塔楼高 60 米，正厅深约 125 米，可同时容纳 9000 人。

"巴黎圣母院是世界上第一座完全意义上的哥特式教堂，建筑本体的雕刻艺术和绘画艺术及院内珍藏的大量艺术珍品，具有极高的历史文化价值，是法国巴黎的象征。1991 年，联合国教科文组织将该院列入《世界遗产名录》。雨果在《巴黎圣母院》中比喻它为'石头的交响乐'。"

曹齐对用石头建成这座教堂，感到十分震撼。在当时那种条件下，能建成这座宏伟、壮观的建筑，真是不可思议。

一到巴黎圣母院前的主广场，团友们抬头仰望大教堂，那高大结实的建筑主体，加上两座钟楼顶部高高耸立的尖塔直插云端，使人感到雄伟庄严。

导游介绍说：

"教堂有南北两座钟楼，南钟楼存放着当时巴黎唯一的一口钟，巨钟重达 13 吨，堪称'钟王'；北钟楼设有 387 级楼梯，直达尖塔。

"走进大教堂，首先看到的是两列 24 米高的柱子，并排着直通屋顶。两列柱子的间距不到 16 米，而屋顶却高达 35 米，形成一个狭窄、高耸、光线幽暗的空间，给人以接近天国的幻觉。

"神坛前是排列整齐的长条座椅，四周遍布着一片层层叠叠点亮的摇曳烛光。大厅两旁设置了可供人祭拜的圣人雕像和神龛。

"穹顶有大面积彩色玻璃镶嵌的玫瑰窗，在幽暗中映透出炫目的、五彩缤纷的光芒。这就是久负盛名的玫瑰花窗。

"厅内的大管风琴很有名，共有 6000 根音管，音色浑厚响亮，曾经有许多重大典礼在此举行。例如宣读 1945 年第二次世界大战胜利的赞美诗，又如 1970 年法国总统戴高乐将军的葬礼等。"

教堂充满神秘、庄严、肃穆的气氛，连爱说笑的时琴等太太们，也都安静、庄重起来。很多团友在此照相、录像。

虽然团友们无一信教，但来到这里似乎被宗教气氛影响，大家面色凝重，带有一种严肃的表情。

结束参观，下午大家来到阿尔马桥附近，乘坐塞纳河游船。

世界上很多城市在修建的时候都是依靠河流建立的，法国巴黎也一样。美丽的塞纳河，被誉为"巴黎的母亲河"。它自东向西蜿蜒穿过巴黎，形成一个彩虹般的弧形，并把巴黎划成两个风格不同的景观地域。河的南面称为左岸，有著名的咖啡店和拉丁区，充满着文化艺术气息，学子、诗人、画家流连于此，寻找创作的灵感。河的北岸为右岸，是巴黎的政治、贸易、金融和消费中心，是繁华、富贵和优雅的象征。

法国人说，没有巴黎就没有法国；巴黎人说，没有塞纳河就没有巴黎。

法国 20 世纪著名诗人雅克·普雷韦在《塞纳河之歌》中写道："幸运的塞纳河呵 / 从来无忧无虑 /……/ 平静地流淌 / 日日夜夜 /……就连那庄严肃立的 / 巴黎圣母院 / 也对它嫉妒不已 /……"

如今，乘游船游览塞纳河更是巴黎之行必不可少的旅游项目。

上船后大家来到顶层找位置坐下，说说笑笑，非常高兴。很多外国游客也在此坐着，他们中有些人显现出情投意合、恩爱有加的样子。曹齐退休以后，来到外国旅游时乘船观光的次数已记不清。各国的河流、船型、乘船游览的时间（白天或晚上）都不相同，感受也不尽相同。

曹齐此时的感觉甚佳，下午的太阳注视着塞纳河水面，银光朗映，使人神采奕奕。

乘船游览全程70分钟，游船将一直向东到达巴黎圣母院西岱岛，然后掉头向西，最后到达埃菲尔铁塔。

随着《我爱巴黎》的歌声响起，游船徐徐起航。人们在美妙的音乐和英语、法语、中文的解说中，尽览两岸旖旎风光。

塞纳河两岸种植着繁茂的梧桐树，从船上看过去，翁翁郁郁。树林的后面就是庄严的建筑群，河北岸的大小皇宫，河南岸的大学区，河西岸的埃菲尔铁塔，河东岸的巴黎圣母院等，展现了它们的华美风格。

塞纳河上架的桥，据说有36座，每座桥的造型都有特点，加之高楼大厦排列于两岸，倒映入水，景色十分壮观美丽。

在船上，西门贺和周丹凤、苏老师坐在一起，他对着河岸指指点点，谈笑风生。周丹凤微笑坐在一旁，觉得他今天似乎气韵潇洒，风度翩翩，她对他讲的一改以前的姿态，比较专注，洗耳恭听。

曹齐看着他们三人，突然冒出一个"怪"想，觉得苏老师是否有点像《水浒传》中的王婆，不过王婆只给西门庆一人帮忙，而她苏老师却给两个男人帮忙。当然，周丹凤不是潘金莲，这里也没有武大、武松，相信周丹凤的丈夫绝对比武大强，至于有没有武松则不清楚。

曹齐的想法没有告诉其他人，因为一旦说出去，必然会伤及他们，会引起很大矛盾。旅游即将结束，这种事千万做不得。

团友们都被塞纳河两岸的建筑、河上的桥吸引，发出阵阵赞叹。大家摆出各种姿势，不断互相照相。

下船后，团友乘坐的大巴驶向协和广场。导游介绍：

"协和广场位于巴黎市中心，塞纳河北岸，是法国最著名的广场之一，它被法国人民誉为'世界上最美丽的广场'。

"该广场建于1757年，是当时的法国国王路易十五下令建造的，所以起名时也叫'路易十五广场'。广场正中心矗立着一座高23米，重230吨，有3400多年历史的埃及方尖碑，这是1831年由埃及总督穆罕默德·阿里赠送给查理五世的。碑身的古文字记载着古埃及拉美西斯法老的事迹。

"在广场的四面八方分别矗立着8个代表19世纪法国最大的8个城市的雕像。广场有两个场景宏大的喷泉，南边是海神喷泉，北边是河神喷泉。"

团友们下车后游玩并照了相。接着大家又来到香榭丽舍大街。导游介绍：

"香榭丽舍大街是世界三大繁华中心大街之一。其他两个是美国纽约第五大道、日本东京银座。也被称作世界十大魅力步行街之一。其他九个是美国纽约第五大道、英国伦敦牛津街、新加坡乌节路、俄国莫斯科阿尔巴特大街、加拿大蒙特利尔地下城、日本东京新宿大街、德国柏林库达姆大街、韩国首尔明洞商业街、奥地利克恩顿大街。

"香榭丽舍大街建于1616年，全长1800米，最高处约120米，为双向8车道，东起协和广场，西至戴高乐广场。东段是一条约700米长的林荫大道，以自然风光为主。道路两旁平坦的英式草坪，绿树成荫，鸟语花香，是闹市中一块不可多得的清幽之地。

"西段是长约1200米的高级商业区，街道两旁布满了法国和世界各地的大公司、大银行、航空公司、电影院、奢侈品商店和高档饭店等。"

豪华优雅的香榭丽舍大街，被世界各地的游客们称为"巴黎大道"。

团友们在这里愉快地逛了起来。曹齐觉得在这里逛，能深深地感受法国的浪漫和繁华。由于时间紧，大家没有在这里购物。

曹齐和老伴在东段游览了一下。曹齐感觉这里虽然繁华，但不嘈杂。走在林荫大道上，非常舒适、畅快。他们发现，西门贺与周丹凤两人在前面逛，而且他们第一次看到西门贺竟牵着周丹凤的手。曹齐认为，他们之间的关系又进了一步。

此时，西门贺像坠入爱河似的，深情地对周丹凤说："我是真诚的，我是一个本分人，绝不会玩弄别人的感情。"

周丹凤却说："我们两人是搞不成的，我们是有夫之妇和有妇之夫，怎么能在一起呢？先不谈我对我丈夫如何，我肯定舍不得我的儿子，我相信你也会舍不得你的女儿。"

西门贺叹了一口气，没有作声。

过了一会儿，西门贺说："我们成家，都把儿女带着。"

周丹凤说："感情不能仅仅由你我二人决定。"

曹齐和老伴没有到西段去，也没有进商店购物，两位老人没有带多少钱，根本没有条件购买世界名牌商品。

前面说过，曹齐有个习惯，只要到了他认为美妙的地方，且以前没有去过，他会特别兴奋，精神焕发，而且感觉身体特别舒适，什么病都没有了，各个零件运转得非常得体、正常。他对这一点的解释是，旅游可以增强免疫力，身体机能的反应也就很好。

随后，大巴把团友带到凯旋门。

导游介绍：

"凯旋门位于法兰西共和国首都巴黎市中心城区香榭丽舍大街，地处巴黎戴高乐星形广场中央，是法兰西第一帝国皇帝拿破仑主持修建的一座纪念性建筑，以纪念1805年夺取俄奥联军的胜利，是法国国家象征之一，巴黎地标纪念碑。它是欧洲100多座凯旋门中最大的一座。12条大街以凯旋门为中心，向四周辐射，气势不凡。凯旋门高49.54米，宽44.82米，厚14.6米。

"在凯旋门两面门墩的墙面上，有 4 组以战争为题材的大型浮雕：《出征》《胜利》《和平》和《抵抗》，美轮美奂，十分形象。凯旋门内设有电梯，可直达 50 米高的拱门。也可以沿着 273 级的螺旋形石梯拾级而上，在上面设有一座小型历史博物馆，展出拿破仑生平事迹和凯旋门的建设过程及历史变迁。

"朱自清说过：'凯旋门巍峨爽朗地盘踞在街尽头，好像在半天上。'

"游人还可以上到博物馆顶部的大平台，从这里可以一览巴黎的壮美景色。"

大家都对这座雄伟壮观的建筑赞叹不已。凯旋门参观完毕，大巴又把团友们带到埃菲尔铁塔附近。下车后，大家集中听导游讲：

"埃菲尔铁塔矗立在巴黎战神广场上，旁靠塞纳河，其始建于 1887 年 1 月 26 日，于 1889 年 3 月 31 日竣工。并成为当时世界最高建筑。此建筑为举行 1889 年世界博览会，庆祝法国大革命胜利 100 周年而建。

"埃菲尔铁塔高 330 米。1 楼高 57 米，占地 4415 平方米，2 楼高 115 米，占地 1430 平方米，3 楼高 276 米，占地 250 平方米。从广场到 2 楼有 5 部电梯，从 2 楼到顶层有两部双人电梯。铁塔设有广场、1 楼、2 楼、顶层、花园 5 个区域，每年接待游客 700 万人次。

"康有为曾赞美埃菲尔铁塔：'天下之大观伟制，莫若巴黎之铁塔矣！''而宏规大起，杰构千尺，未有若巴黎铁塔之博大恢奇者。'"

曹齐和老伴围着埃菲尔铁塔转了一圈，然后就找了一张靠椅坐了下来。天气的确不错，广场上游人较多，还有很多人排队准备上铁塔。

曹齐这几天如梦如幻，巴黎的游览使他想到很多。还是那句话，他感谢改革开放，否则他根本不能出国旅游。他忽然想起儿子曾经花了几百元钱给孙子买过塑料积木，即乐高。5 岁多的孙子照图形拼接的埃菲尔铁塔有模有样，又大又好看，外形简直和实物一样。如今，他和老伴就坐在铁塔旁边，这的确是幸运、幸福的！

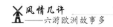
远处，一张椅子上，坐着西门贺和周丹凤。现在团友们对于他们在一起走、一起坐都不感到奇怪，似乎觉得他们好像真的成了一对了。实际上，他们坐在那里只是谈谈这两天旅游的感受，并没有涉及感情问题。

在广场上，团友们纷纷照相留念。热情的梅美让曹齐夫妇坐好，给他们照了两张相。

西门贺和周丹凤走后，苏老师又慢慢走到这里，随即在这张椅子坐下。过了一会儿，张施也来到这里。张施有几次在游览中主动扶过苏老师，因此苏老师对她印象很好。

苏老师热情地招呼，让张施坐下休息一会儿。张施微笑表示感谢，便坐在苏老师旁边。苏老师问她爸爸在哪里，她说他在周围逛。苏老师很健谈，夸张施人长得漂亮，学历又高。此老妇很会说话，只谈张施的长处，不谈她的"痛点"——张施为什么至今未结婚。

张施也会说"过年话"，说苏老师慈眉善目，热心快肠，乐于助人，作为旅游团最年长的团友，身体健康，精神矍铄，像年轻人一样活力四射。苏老师听了，高兴得哈哈大笑。

苏老师又说，在旅途中人际关系很重要，"住要好邻，行要好伴"，如果团友之间有社交要求，她都乐于帮助，反正大家一起来欧洲旅游，都是缘分。这话暗指她与西门贺、丹尼尔的交往没有问题。

吃过晚餐，丹尼尔手拿一束玫瑰花，敲开了周丹凤房间的门。周丹凤这次比较爽快地开了门。

丹尼尔用不很熟练的中文说："苏老师、周丹凤，晚上好！"他当着苏老师的面，对周丹凤说，明天他还工作一天，傍晚到酒店后，他就要与大家告别，去接别的旅游团，所以今晚来邀请周丹凤到酒店花园散散步。

热心的苏老师一听，连忙说："那很好，很好！"好像她真的是周丹凤的老娘。

"谢谢你，老娘！"丹尼尔微笑说。

对于苏老师的回话，周丹凤不大满意，她想："我都没有表态，你怎么这么嘴长？你是不是想和丹尼尔转一转呢？"当然，这最后一句话，有失厚道。

"明天就要与丹尼尔拜拜了，这10多天来他为什么要送花给我？为什么对我这么热情，我又不是什么天姿国色，也不是高贵的公主。这样一个健美壮硕的男人，有着意大利式的自由豪放和法式的浪漫优雅，的确令人喜欢，他多次对我示好，可以说是青睐有加，我不能再无动于衷。"周丹凤想着。

于是，她答应了丹尼尔，两人一起走到小花园。夕阳西下，夜色如黛。散步时，丹尼尔牵着她的手，周丹凤也不拒绝。她没有想到，一个握方向盘的手竟这般细嫩、平滑，简直像一个手不拈香、手不干活的女人的手。

丹尼尔说他1991年去过北京，并在那里留学两年，可以讲一点中文。他说他非常喜欢北京，对长城和故宫特别感兴趣。休息时，他经常去这两个地方游览。他说，北京人说到长城是看大气，到故宫是看王气，到恭王府是看福气。

他还说中国的女孩很逗人喜爱，不像意大利的一些女人，颇有心计。当然，他结婚时根据父母的意见，还是找的意大利女孩。

"母命不可违呀！"他说起了中国调调。

周丹凤笑了起来："你们那里不是婚姻自由吗？"

"是的，是很自由，但有时也不那么自由，也要考虑父母的意见。""看来你还是一个听话的孝子了。"周丹凤笑了起来，丹尼尔也笑了。

夜凉如水，丹尼尔请周丹凤到他房间坐坐，周丹凤一怔，心里既犹豫，又有些恐惧。后来，她把心一横："恐惧什么呢，他会把我吃了不成？"

于是他们来到酒店一间房，这是旅行社给司机安排的。一进房间，丹尼尔就把上衣脱了，赤裸上身露出的几块腹肌简直像罗丹雕塑中的美男子，哪个女人见了不动心呢？

周丹凤见他脱了上衣，开始有些紧张。这时，丹尼尔欲抱住她，但周丹凤一把推开了丹尼尔，轻声说了句"再见"，便转身离去。丹尼尔被这突如其来的变故弄得愣在原地，半晌才反应过来，耸了耸肩，叹了口气，却并未追出去。

夜幕降临，周丹凤躺在床上，心中对自己的决定充满了赞许。她深知，若继续下去，事情的发展可能会超出她的控制。虽然之前她心里也隐约有过与丹尼尔共度时光的念头，甚至好奇与外国人相处的滋味，但一想到奶奶曾讲述过的村妇被日本人欺凌的悲惨往事，她的心境瞬间变得凝重。尽管那完全是另一回事，时间、地点、人物、环境都截然不同，但那份记忆如同警钟，让她一切杂念顿消。因此，她果断选择离开，这无疑是明智之举。

第二天早上，大巴开往卢浮宫。导游介绍：

"卢浮宫位于法国巴黎市中心的塞纳河北岸，位居世界四大博物馆之首，始建于 1204 年，原是法国的王宫，居住过 50 位法国国王和王后。现为卢浮宫博物馆，占地约 198 公顷，分新老两部分，宫前的金字塔形玻璃入口，占地面积为 24 公顷，是华人建筑大师贝聿铭设计的。1793 年 8 月 10 日，卢浮宫艺术馆正式对外开放，成为一个博物馆。卢浮宫已成为世界著名的艺术殿堂，最大的艺术宝库之一，是举世瞩目的万宝之宫。

"卢浮宫共分为希腊罗马艺术馆、埃及艺术馆、东方艺术馆、绘画馆、雕刻馆和装饰艺术馆 6 个部分。

"卢浮宫藏有被誉为世界三宝的断臂维纳斯雕像、《蒙娜丽莎》油画和胜利女神石雕，拥有的艺术收藏达 40 万件以上。该宫有 198 个展览大厅，最大的大厅长 205 米。"

根据安排，团友戴上无线导览耳机进入卢浮宫。有了这个设备，游客走到任何一个参观区，都会听到讲解介绍。

由于做过功课，曹齐夫妇的目的很明确，那就是先看三大镇宫之宝。

首先参观断臂的维纳斯。维纳斯是罗马和希腊神话中美与爱的女神，现存关于她的雕像有很多，但本展品无疑是最有名的一件。雕刻家以高超的艺术手法表现了维纳斯充满诗意的美。其面部表情十分自然淡定，既不面露羞赧，也不故作天真，更无妖冶挑逗的神情。她的头、肩、腰、腿到足的每一处曲线姿态，都展示着神圣与纯洁。

第二个雕像是胜利女神奈基。她高高屹立于船头形的基座上，展开华美的翅膀，轻柔的衣衫似被海浪打湿后黏在身上，随风飘曳的裙裾让人似乎能感受到她要飞翔。虽然女神像的头部和手臂已残缺丢失，但雕像全身充斥的生命张力依旧令人鼓舞。

第三个是《蒙娜丽莎》。这幅油画，曹齐在初中时就已经看过照片。在这幅杰作中，画家把晕涂法发挥到极致，无论把画面放大多少倍，几乎都看不到明显的交界线。从不同的角度观看，会有不同的感受，且任何角度看都能看到蒙娜丽莎脸上若隐若现的笑意，非常神秘。

由于此画太出名了，因此这个展厅是卢浮宫人最多的地方。人们隔着三米多的距离排着长队，身体探向这仅有 77.53 厘米的画作，只是为了一睹闻名于世的神秘芳容。

爱好美术且年轻时也画过画的曹齐，对另外两幅画也很感兴趣。

第一幅是《美惠三女神》。美惠三女神为何在西方艺术史流传千年，长盛不衰，因为她们代表了尘世间一切美好的东西。美惠三女神是宙斯和泰坦女神欧律诺墨的女儿们，长姐塔利亚代表着青春，二姐优芙洛西尼代表着欢乐，三妹阿格拉伊亚代表着光辉。她们从出生起便形影不离，她们的神性隔开了一切不好的事物，这使得她们永远面带满是欢愉的笑容。

第二幅画是《拿破仑一世加冕大典》。这幅画是雅克－路易·大卫奉拿破仑之命，花费了整整两年时间完成的。作为参加了盛典的观礼者之一，画家很好地把握了当时的现场氛围，用画卷记录了 1804 年 12 月 2 日拿破仑在巴黎圣母院举行加冕仪式这一隆重时刻。作品宏大的构图、众多的人物及华丽的服饰和辉煌的色彩，体现了新古典主义美术的典型特征。这是一幅世界著名的高难度巨幅人物组油画。由于是政治宣传作品，这幅画中也有一些对现实的加工，比如画上并未出席的皇帝母亲。拿破仑的形象被理想化了，变得更高大。

曹齐历来对画人物的画家很尊敬，他认为画人物肖像的画家比只能画山水静物的画家要技高一筹。对于这幅有着100多人的巨幅油画，他的确佩服不已。

曹齐曾读过著名德国传记大师埃米尔·路德维希的《拿破仑传》。该书以时间为轴线，以史实作基石，以想象为补充，描述了诞生于法国大革命时期的拿破仑叱咤风云的一生，细腻刻画了他经历的各次重大战役及其辉煌的军事成就，再现了他由炮兵少尉到法兰西皇帝的传奇经历。

说实话，曹齐对拿破仑是很崇拜、佩服的，后来也读过了其他几本拿破仑传记。因此，对于拿破仑加冕大典的油画很自然地注意欣赏，而且看得很仔细、认真。

离开卢浮宫后，大巴把团友们带到一个离"老佛爷"很近的中餐馆吃午饭。吃饭时，导游介绍：

"坐落在奥斯曼大道上的拉法耶特百货旗舰总店，其商店名字来源于法国大革命时期一位风云人物——拉法耶特侯爵。后来由法语逐渐音译为'老佛爷'，被华人广为流传。

"'老佛爷'是欧洲最大的百货公司，诞生于1893年，被誉为巴黎购物天堂，店内提供的商品从大众品牌到高端品牌，数不胜数。

"大楼共分7层，商场中央是色彩华丽的穹顶，美轮美奂，展示着地道的巴黎风情。

"大家知道，巴黎有五都之称，即浪漫之都、艺术之都、时尚之都、花都、香都。这里几乎可以看到世界上所有品牌的商品。"

进入商场的顾客绝大部分是中国游客，有些老年人认为自己不会再来第二次，所以不错过机会，在这里"疯狂"购物。

在退税的门店附近，里里外外多层的中国中老年人不怕拥挤，正排着长队，可谓蔚为壮观。

曹齐夫妇最怕拥挤，越是人多的地方越是不去。曹齐总记得父亲曾说过的一句话："逢俏不赶！"

生长在大城市，也时常去大商场购物的曹齐对"老佛爷"的富丽堂皇并不感到震惊。他震惊的是中国游客在此购物的狂热劲头，买高档商品简直像买白菜一样出手大方。他由衷地感叹，如今国人的经济条件真可谓蒸蒸日上，令人欣慰不已。

由于顾客太多，赵群山在"老佛爷"百货里闹了一场笑话，也不知他是老眼昏花，还是突然神经错乱，他看见前面有两位女士，以为是梅美和翁雅颂，便拉起一位女士的手（以前他拉过她们的手，她们未介意）。谁知，该女士见他拉手，便大声斥责："你想干什么？色狼！"另一位女士也骂他神经病。

他一看不是梅美她们，连忙说："对不起，认错人了！"

幸亏不远处梅美听见了连忙过来解释。赵群山才得以脱身，否则被别人当成"色狼""咸猪手"了。

梅美说："如果拉的是外国女人的手，别人一报警，那更麻烦了！"说得老赵十分后怕。

看来，他再也不会拉她们的手了。

曹齐夫妇逛累了，便回到中午吃饭的中餐馆休息。由于晚餐团友也在这里吃，餐馆老板同意团友在这里休息。曹齐夫妇去时，也看见有三个团友坐在那里闲谈。

坐了一会儿，曹齐夫妇觉得来这里一趟，一点东西都不买，好像也说不过去，便给儿子买了一条皮带，给儿媳买了一件外衣，给孙子买了一双耐克旅游鞋。老两口自己什么也没买，因为他们认为，他们出来旅游花费已经够多了，再买东西没有必要。

今天游览结束后，临近酒店，在车上导游宣布："因为今天有接团任务，司机丹尼尔先生明天上午就不送大家到机场了。我们感谢司机先生10多天来对我们提供的热情、周到、优质的服务。"说完车内响起一片掌声。

丹尼尔也大声地用中文说："感谢大家支持，祝大家旅途愉快。"掌声又响了起来。

下车时，丹尼尔跟每个团友告别，对男团友握手，对女团友则礼节性拥抱。当他与周丹凤拥抱时，也像他与其他女团友拥抱一样，没有表现出特别亲密的样子。

而在他与西门贺握手之际，明显感觉到西门贺用了很大的力气，以至于他的手不禁感到微微作痛。他不禁脱口而出一句："你这手劲可真大啊！"西门贺闻言，笑着松开了双手。

几个细心的团友发现这一细节，都认为这是西门贺报上一次摔跤失败之仇。

晚上，还有一个节目，就是观看红磨坊歌舞表演。大多数团友都买了票。然而那天西门贺在导游说这件事时，不知是何原因，可能是开了小差，没有登记购票。今天发票时当然没有他的票。

不料，吃晚饭时，曹齐老伴胃部不适，而且感觉很累，于是在西门贺和另一个团友邹安安的请求下，把两张票让给他们了。

邹安安善解人意，又与周丹凤换了票，这样西门贺就与周丹凤坐在一起了。西门贺非常感谢邹团友的好意。邹安安说："这算不了什么。"可见，他也愿意成人之美。周丹凤愿意换座位，证明她也是想与西门贺坐在一起。毕竟明天就要离开巴黎了，西欧之行即将结束了，大家还能在一起待多长时间呢？

吃饭时，导游简单介绍了一下：

"巴黎红磨坊歌剧院在100年的历史变迁中丝毫没有褪色，反而越来越受到世界人民的关注，慕名而来的游客更是有增无减。

"有一种'世界三大秀'的说法，指的是巴黎红磨坊，拉斯维加斯'Q'秀，宋城千古情。红磨坊的表演以法国康康舞为主，各种杂技小品为辅；拉斯维加斯'Q'秀的节目则包含了世界各地的不同特色的节目；宋城千古情则带给人们一种历史的震撼。这里面红磨坊名气最大，历史最久。

"无上装表演是红磨坊的重要标志符号，其赤裸但不色情。在千变万化、金碧辉煌的布景中，女演员裸露上身，微笑自然，舞姿大方，全情投入。毫无忸怩作态之感，吸引人但不会引发任何邪念。"

导游的介绍，使买了票的团友很得意，而没有买票的总有些后悔。也使西门贺又连声感谢曹齐夫妇，曹齐连说"没什么"。

在观看演出时，西门贺用左手握着周丹凤的手，周丹凤对此也并未反对，任其动作。

演出结束后，面包车把观众送回酒店。

下车后，西门贺邀请周丹凤到他房间里坐一坐，与他同房间的导游张博，因去接新旅游团，明天清早才回，故今天此房间只有他一人。

周丹凤望着西门贺虔诚的目光，想想明天旅游就要结束，便同意了。

进房间后，西门贺连忙冲咖啡，又拿出法国甜点的经典之作——巧克力软心蛋糕招待她。这些不同花样的食品都是西门贺每天随时买的，他不仅自己吃，也给苏老师、周丹凤及同房间的导游吃，他们慢慢地谈笑着，特别赞赏苏老师助人为乐。西门贺胸怀宽广地点赞丹尼尔，说他是个好男人，具备意大利男人的很多优点。西门贺高谈阔论，手舞足蹈，他深知，不管是在餐厅、歌厅、舞厅、咖啡厅，还是客厅，男女之间说废话是通向床铺的必经之路。

周丹凤看着西门贺，他五官端正，脸色红润，神采奕奕，谈笑自如，站起来也是身材高大、威猛，举手投足之间有一股豪气、虎气、帅气，她从来没有认真、正式地注视过西门贺，今天仔细看来，的确不错。她的那位病病恹恹，绝对比不上他。

西门贺谈至兴浓时，缓缓走近，双手轻轻托起周丹凤的脸庞，意图亲吻。经过十多天的相处，西门贺一直谨慎行事，保持着适当的距离，而此刻，他似乎卸下了伪装。然而，就在西门贺以为可以更进一步，与她深情拥吻时，周丹凤突然恢复了清醒与坚定。

"西门贺，"她轻声却坚定地说，"我觉得我们还需要更多时间来了解彼此。"

西门贺的动作因此一顿，他望着周丹凤，眼中闪过一丝不解，但随即尊重了她的决定，缓缓从她身旁走开。空气中弥漫着一种微妙的氛围，但两人都默契地没有再继续之前的行为。

这一夜，他们虽然近在咫尺，却各自怀揣着不同的心思，静静地度过了这个夜晚。

午夜1点，周丹凤回到自己房间。

躺在床上，周丹凤的思绪如潮水般翻涌。她望着天花板，心中五味杂陈。西门贺的温柔与体贴，让她在这短暂的旅途中感受到了前所未有的悸动。然而，当那份激情逐渐退去，理智重新占据上风时，她意识到了一个不可忽视的事实——他们三人，都各自拥有着自己的家庭。

家庭，是责任，是承诺，是无论风雨都要携手共度的地方。她明白，自己不能因为一时的冲动，就抛下那些深爱着自己的人，去追求那虚无缥缈的激情。

"我险些就被这份短暂的激情冲昏了头脑。"周丹凤在心里暗自庆幸，"还好，我及时醒悟了过来。"

想到这里，她感到了一种前所未有的轻松与释然。她知道，自己做出了正确的选择。

巧的是，当周丹凤悄然离开西门贺的房间时，不期然间与张施打了个照面。张施的房间与西门贺的仅隔着两扇门，对此她再熟悉不过。一瞥见周丹凤的身影，张施不由得一惊，旋即敏捷地侧身躲回自己房中，悄无声息地将门合上，尽管如此，她还是清晰地认出了周丹凤。

周丹凤同样保持着高度的警觉，耳尖捕捉到关门声后，她迅速环顾四周，确认无人后，便轻手轻脚地继续前行。

至于张施，她深夜未眠，实则是因腹中饥饿难耐，加之老胃病的困扰，迫使她决定前往一楼的小卖部，寻找些夜宵以解燃眉之急。

如此这般，午夜时分，两人的不期而遇，似乎也应验了那句老话："不是冤家不聚头。"

次日，司机把大家送到机场后，导游与团友们一一告别。至此，西欧七国游结束了。

在从机场回家的的士上，曹齐心情复杂，浮想联翩，西欧之行长了很多见识。而对于周丹凤和两个男人之间的故事，曹齐认为是不正常的，也是不道德的。婚外情一旦成了事实，对于婚姻和家庭将造成严重的伤害和痛苦。不管它产生的原因是什么，如果夫妻之间缺乏沟通，感情疏远，喜新厌旧，寻找新的刺激等都是站不住脚的，要坚决反对。

这次旅游值得庆幸的是，老伴在整个旅游期间心脏一次也未痛过。看来，那几位医生的估计是对的，心脏安了支架，只要按时按量吃药，注意保养，一样可以坐飞机乘汽车旅游。这次旅游的成功，为老伴今后旅游积累了经验，增强了信心。

5月17日，在从卢森堡至巴黎途中，曹齐曾写下几首打油诗，表达了一些旅途的观感，他当时与老伴及苏老师坐在大巴最后面。顺便说一句，这是他所有旅游中位置坐得最差的一次。

曹齐大概5分钟至10分钟写一首打油诗，写完后给苏老师看，请她提提意见，苏老师都说好，有时看得哈哈大笑，非常快乐，这对曹齐是很大的鼓舞。

下面，笔者把打油诗抄录如下：

圣彼得大教堂

教堂首推圣彼得，华丽壮美心震慑。

八亿教徒朝圣地，引来全球无数客。

佛罗伦萨免税店

免税店内营业员，不少学生来承担。

乡音一听很亲切，囊中羞涩真遗憾。

比萨斜塔景区

比萨斜塔真不错，不料遭遇贼抢夺。

两位老人受惊吓，惊定思惊无话说。

威尼斯

威尼斯城风光好，轻舟漫游水街道。

难得大厦海中建，木为基础真牢靠。

奥地利

奥国历来产水晶，玲珑剔透动人心。

可怜一副夺目链，要花退休一年金。

铁力士山

阿尔卑斯有名气，铁力士山真壮丽。

可叹两老心脏病，不能登山只休息。

卢塞恩

卢塞恩城景色美，雪山脚下有湖水。

美女买表有收获，旅游免费真实惠。

德国黑森林

森林虽黑实为绿，滴滴湖畔有情趣。

好山好水不寂寞，各国游客都要去。

卢森堡

雨中抵达卢森堡，景点不多人稀少。

"西门官人"来请客，团友有说又有笑。

巴黎圣母院

钟楼悲欢世界小，善恶到头终有报。

名声越大人越多，不愧巴黎名地标。

赵群山

团里有个赵群山，来自山区不孤单。

跟随美女逛大街，既当跟班又好玩。

第三章　北境奇遇

一、俄罗斯·圣彼得堡

现在，列车刚刚运行，曹齐夫妇和另外一男一女两位游客在莫斯科开往圣彼得堡的火车包厢里。

曹齐夫妇这次参加的旅游团，是2015年6月19日俄罗斯、北欧四国（芬兰、瑞典、挪威、丹麦）旅游团。现在刚过12点，昨天中午15点10分，飞机从武汉起飞，当地时间20点15分到达莫斯科。

然后，大巴把旅游团从机场送到火车站附近。团友们下车后带着行李步行一段路到火车站，过安检后，曹齐忘记拿黑色双肩包。工作人员发现了，向中国旅客大声询问是谁的包，曹齐才赶忙去拿了回来，并用中文说谢谢。

上车前，曹齐发现，40多岁的女列车员毫无表情，好像那方面生活不和谐的样子。上车后，自来水管又无水，说什么要等一会儿才有。等每人交了10元钱给领队，领队转交女列车员后，水才来了，空调才开放。

120

这种服务态度令人十分惊异。"老大哥怎么把铁路搞成这样呢？"曹齐深感俄罗斯列车员与中国列车员的差距。

曹齐所在车厢发生了戏剧性的一幕，来自上海的陈龄与来自武汉的宋大江在大学毕业 28 年后，竟在异国的火车上相遇。

陈龄今年 50 岁，是上海某单位副总工程师。宋大江，53 岁，是武汉某大学教授。

有趣的是，他们从大二开始恋爱，一直到毕业时准备办婚事。然而，分配时一个去上海，一个在武汉，陈龄考的是上海某大学的研究生，宋大江考的是本校的研究生，由于分隔两地，聚少离多，两人感情逐渐淡薄，最后婚事无疾而终，后来他们又各自在上海、武汉成家。然而多年前，陈龄的丈夫遇车祸去世，而宋大江的妻子两年前得食管癌去世，直到现在，两人都未再婚，你说怪不怪？

今天他们在异国他乡相遇，真是老天有眼，他们初步了解了对方的情况后，便到包厢外的椅子上坐了下来。

"既然我们两人发生了这样的情况，而老天又要我们会面，这还有什么话说呢？"陈龄首先开口，非常大方，还是像以前那样大大咧咧。

"你的意见很对，这证明我们还有缘分。"宋大江也还是那样，话语不多。

"你看真是无巧不成书，我们的爱人都去世了，而我们又都没有找人，全国这么多旅游团，唯独我们报了这个团，即使在一个团，我们两人又被分到了一个车厢，你说稀不稀奇？""我不是在上海报的团，我是出差武汉后年前在武汉报的团，如果在上海报团，我们绝对到不了一起。"陈龄说。

回到包厢后，陈龄大大方方地把他们的情况告诉了曹齐夫妇，他俩啧啧称奇，连连向这两位祝贺。

曹齐看到陈龄俏丽的面庞，水嫩红润，根本不像年过半百的人，而宋大江则回忆起当年在校时，她娇美的声音、灵动飞扬的眼睛、迷人的魅力，曾倾倒众多男生。

曹齐拿出带来的绿豆糕给他们吃，他们都说好吃。这个绿豆糕是武汉绿豆糕做得最好的老字号曹祥泰食品厂生产的，的确名不虚传。

按常规，女士睡下铺，男士睡上铺。

次日清晨，列车抵达圣彼得堡，列车员打开了车门。

曹齐这次是第二次来俄罗斯，第一次来俄罗斯是在2012年东欧旅游之时，而老伴则是第一次来俄罗斯。

可以这样说，虽是第二次来俄罗斯，但曹齐根本没有厌倦的感觉，何况圣彼得堡还没有来过。前已述，曹齐对俄罗斯的小说、电影等很喜欢，接触较多，因此来此有一种验证这些文艺作品的意思。

圣彼得堡是俄罗斯第二大城市，位于俄罗斯西北部波罗的海沿岸涅瓦河口，市区面积606平方千米，人口540多万，被称为俄罗斯的北方首都。1924年，为纪念列宁，曾更名为列宁格勒。1991年，又恢复原名圣彼得堡。圣彼得堡和历史中心古迹群成为世界遗产。

团队在导游的带领下，大家首先参观冬宫，导游介绍：

"冬宫原为沙皇的皇宫，十月革命后，成为圣彼得堡国立艾尔米塔什博物馆的一部分。该馆与伦敦的大英博物馆、巴黎的卢浮宫、纽约大都会艺术博物馆并称世界四大博物馆。

"该宫为意大利著名建筑师拉斯特雷利设计，它是18世纪中叶俄罗斯新古典主义建筑的杰出典范。新古典主义建筑主要是将古典的繁杂雕饰经过简化，并与现代的材质相结合，呈现出古典而简约的新风范。

"这是一座三层楼房，长约230米，宽140米，高22米，呈封闭式长方形，建筑面积超过4.6万平方米，有1050个房间，1886道门，117个楼梯。冬宫共有藏品270余万件，包括史前文化和埃及艺术收藏品，以及大量意大利、西班牙、英国、俄国、比利时、荷兰和法国的油画及雕刻。

参观者如果想要走遍全部展厅，恐怕要一个月时间都不够。"

冬宫厅室和陈列品大致可分为六个部分。

第一是宫殿厅堂部分。曹齐夫妇参观了彼得厅，这是彼得大帝接见客人的厅堂。金碧辉煌的厅堂，地上的精美图案与天花板上的图案完全一致，纯金制成的王位宝座上方的墙壁有一幅彼得大帝与皇后叶卡捷琳娜的画像。

圣乔治大厅与徽章大厅是冬宫最大的大厅，面积1000平方米。

宴会厅是沙皇举行宴会的地方。十月革命胜利后，布尔什维克领导人就是在这个宴会厅与当时资产阶级政府负责人举行谈判的。

第二是人物肖像部分。在一处走廊两侧，挂着历代沙皇、皇后、皇子、公主及皇室人员的画像。

第三是艺术绘画部分。绘画是冬宫博物馆的主要部分，也是它的起源。80个展厅陈列着15000幅油画，12000幅线条画，有著名画家达·芬奇、拉斐尔、毕加索、莫奈、凡·高等人的作品。

第四是工艺雕刻部分。这里有金属雕塑、大理石雕塑、白玉雕塑、孔雀石雕塑等，每件雕塑形象逼真，工艺精湛。

第五是珍宝陈列部分。这里有金银饰品、各种宝石、古代瓷器、各国钱币和无数奇珍异宝。

第六是出土文物部分。其中有古希腊、古罗马和古埃及的石棺、木乃伊及各类石雕等。

各团友们走马观花，浮光掠影地看了一遍。在冬宫参观时，曹齐脑海中，总是浮现电影《列宁在十月》中攻打冬宫的镜头。十月革命的胜利来之不易，而苏联最终却以解体而结局，的确令人痛心。

离开冬宫时，在路上，曹齐想起四句打油诗："到处金碧辉煌，到处都是宝藏。壮丽冬宫犹在，不见当年沙皇。"

下午，团友们参观夏宫。夏宫坐落在波罗的海芬兰湾南岸的森林中，离市区 30 千米，是历代沙皇夏日避暑的行宫，故称"夏宫"。夏宫占地1000 公顷。它以大宫殿为中心，靠海的区域为下花园，靠城区一侧为上花园。上花园是一处占地宽广的平地，团友们从一座雄伟气派、由巨石雕琢的白色大圆门进去，沿着垂直宽阔的大道来到花园的中央。大宫殿耸立在上下花园的交接处，它是一座宏伟的两层建筑，内外装饰极其华丽，两翼均有镀金穹顶，宫内有庆典厅堂、礼宴厅堂和皇家宫室。

大宫殿前是被称作"大瀑布"的喷泉群，这里有 37 座金色雕像，29座潜浮雕，150 个小雕像，64 个喷泉及 2 座梯形瀑布。大瀑布喷泉群由上而下分多级台阶。喷泉的中央，耸立着大力士参孙和狮子相搏的雕像。塑像高 3 米，重 5 吨，参孙双手把狮子的上下颚撑开，泉水从狮子口中冲天而出，水柱直喷 22 米高。这里是团友们最喜欢的地方，团友们纷纷在此拍照。

参观完夏宫，团友们上大巴前往涅瓦大街。到了街口，导游安排团友们下车后自由活动。涅瓦大街是圣彼得堡极具观光价值的历史老街，曹齐来到街上，好像身处苏联电影之中。这里浪漫、文艺。据说，普希金在决斗前在某个文学咖啡馆喝了最后一杯咖啡，那里还是莱蒙托夫、陀思妥耶夫斯基等人经常光顾的地方。

果戈理在《涅瓦大街》写道："最好的地方莫过于涅瓦大街了，至少在彼得堡是如此；对于彼得堡来说，涅瓦大街就代表了一切。这条街道流光溢彩——真是咱们的首都之花！

我知道，住在彼得堡的平民百姓和达官贵人，无论是谁都是宁肯要涅瓦大街，而不稀罕人世上的金银财宝。"

这里繁华、热闹，它是商业街，聚集着圣彼得堡最大的书店、食品店、最大的百货商店和最昂贵的购物中心。随便进一家小店，就像进入童话故事里，各种俄罗斯工艺品摆得满满的。尽管套娃很贵，不少团友还是买了。因为各种形象的套娃实在逗人喜爱。近年来，有些俄罗斯及苏联名人，也成为套娃的形象。

这里有文身的年轻人，飙车的摩托党随处可见，街头艺人弹奏着音乐，吸引人围观。

在曹齐的一次梦中，清晨，自己走在宽大的涅瓦大街上，没有行人，初夏的晨风吹来爽快极了，他想在这里住上一个月，把这座城市看个够。

今天在圣彼得堡的行程结束后，团友们回到酒店。经过几天的接触，大家都互相熟识了。

廖若莎，武汉某三甲医院心内科资深医师，与同为医疗界精英的皮肤科医生伴侣林实及攻读法律硕士的 25 岁的儿子廖有为共赴旅程。

康大武教授与沈慎老师，武汉甲大学的金婚佳偶，虽年逾古稀，但对生活的热情不减。还有来自乙大学和丙大学的钟望桂、孔天、严晓君、肖世牧、谢天地、余谷等这几位学者，他们正值人生的黄金岁月，四五十岁的光景。丁大学的退休学者、70 岁的朱也望也赫然在列，以其深厚的学术与人生智慧，为旅行增添文化深度。

此外，武汉某科研机关的八名精英，包括 40 多岁的高级工程师吕东海、女工程师郑佩诗和年逾 30 的徐途、蒋多娇，等等，展现科研人的多彩生活。还有企业退休职工、业余作家姚远女士，以及曹齐夫妇、陈龄、宋大江等多领域人士，共 26 人，因对旅行的共同热爱与探索精神，他们会聚一堂。

第二天早上，大巴开往芬兰赫尔辛基。

二、芬　兰

在车上，导游介绍："芬兰共和国简称芬兰，首都赫尔辛基，位于欧洲北部，与瑞典、挪威、俄罗斯接壤，南临芬兰湾，西濒波的尼亚湾，总面积33.8平方千米，海岸线1100千米，地势北高南低。属于温带海洋性气候，人口约550万人。"

曹齐最早了解芬兰，是从列宁在芬兰的革命活动中知道的。1917年俄国十月革命前，列宁曾26次来到芬兰，前后居住了近两年时间，他同芬兰有着深厚感情，芬兰人民对列宁也很崇敬，在芬兰本部城市坦佩雷市中心，有一个列宁博物馆，它常年对公众开放。该馆享有国际声誉，著名的《国家与革命》一书，就是列宁在芬兰撰写的。

后来曹齐又知道，圣诞老人的故乡在芬兰。1927年，芬兰儿童故事大王马尔库斯宣称，他发现芬兰拉普兰省东部边界的耳朵山是圣诞老人居住的地方。

素有"千湖之国"美称的芬兰，其美景被很多的诗人、文学家青睐。历史学家郭沫若曾写过一首诗赞美芬兰的美景。

信是千湖国，港湾分外多，森林峰岭立，岛屿似星罗。

在车上，宋大江与陈龄坐在一起，谈得很亲热，特别是陈龄非常热情、主动。"大江，这两天我真睡不着，像做梦一样，毕业以后28年，竟在异国的火车上与你相遇。"说着她头靠在宋大江的左肩上。

说到旅游，宋大江说："最广阔、最仁慈的避难所是大自然，森林、崇山、大海之苍茫伟大，对照我们个人的狭隘和渺小，能抚慰、平复我们的心灵创伤。"这句话是法国传记作家、小说家安德烈·莫洛亚说的。宋大江经常复述这句话，这是他旅游的理论基础。

"你说得很对！"

"这不是我说的，是法国作家莫洛亚说的。"宋大江说。

"你有什么心灵创伤呢？"陈龄问。

"谁都有，最大的莫过于失去挚爱的妻子。"

"而我，则是失去了我的丈夫，这份痛楚，我感同身受。"陈龄接话道。

两人在车上谈得很投机，经过 4 个多小时的奔波，到达赫尔辛基。在导游的带领下，团友们来到南码头。

南码头在赫尔辛基议会广场附近，它是停泊大型国际邮轮的港口，开往瑞典、法国、俄罗斯和爱沙尼亚等国的超级豪华邮轮和海上观光游轮川流不息。

南码头广场上有一个圆形喷水池，池中有一尊裸体少女青铜像，她面向大海，左手托腮，静静地凝望着芬兰湾。她秀丽端庄，人们亲切地称她为大海女神——哈维斯·阿曼达，被誉为"波罗的海的女儿"。

南码头广场上有一个常年开设的露天自由市场，每天清晨，商贩们 6 点半便摆起小摊，出售新鲜瓜果、蔬菜、鱼肉及鲜花，还有芬兰刀、挂链、陶瓷、泥塑等工艺品和旅游纪念品。这里既是当地居民的购物场所，也是外国游客的必到之处。

陈龄一到这里就买了一盒海鲜饭，大口吃了起来，她说她肚子饿了，等不及中餐开放的时间，尽管过一会儿就要吃中饭，但她肚子一饿就要吃，可见她是一个不会委屈自己的人。

随后，大家参观了芬兰总统府。它建于 1814 年，沙俄统治时期是沙皇的行宫，芬兰独立后成为总统府。总统府附近有法院、瑞典驻芬使馆和市政厅。

中餐后，团友们在导游带领下，来到西贝柳斯公园。该公园坐落在赫尔辛基市中心西北面，是为了纪念芬兰的大音乐家西贝柳斯而建。公园内绿荫成林，碧草如茵。

公园内的一座雕塑由 600 余根长短不一、粗细不同、高矮起伏的银白色不锈钢管焊接而成，独特的造型犹如芬兰随处可见的茂密森林，森林给予西贝柳斯无穷的创作灵感。

同时，它又酷似一架巨型管风琴悬挂在半空中。每当海风吹来，气流穿过钢管发出优美动听的音响，时而突兀，时而低沉，仿佛是大自然为纪念这位音乐家而演奏永恒的乐章。

不远处，有一个巨大的西贝柳斯金属头像嵌在一旁的赤色岩石上。头像是用钢片制的，该雕塑没有像其他大雕塑那样顶天立地，但双目直视、一脸沉思冥想的表情令人浮想。深邃的目光和凝神的眉头好像正在构思一部交响乐章。立体的浮云掠过耳际，寓意着他创作时海阔天空的无比想象力。

这两部作品体现了作者——芬兰著名女雕塑家艾拉·西尔图宁时尚超前的眼光和充满浪漫、激情的情怀。

据说，当时作者认为管风琴雕塑是以反映西贝柳斯的贡献，但政府要求作者再完成作曲家头像的雕塑，虽然女雕塑家有些不快，但还是同意再创作一个西贝柳斯的头像，于 1967 年即西贝柳斯逝世十周年之际完成。

只有头部展现出来，曹齐认为，这在雕塑中是不多见的，尤其在中国，恐怕得不到广泛的认可，如果猛然见到这个巨大的头像雕塑，实在突兀，可能会吓一大跳。

接着，大巴载着团友前往岩石教堂。

岩石教堂完成于 1969 年，是斯欧马拉聂兄弟的杰作。这个闻名欧洲的岩石教堂内壁是未经过任何修饰的岩石的本来面貌。顶部的墙体是用炸碎的岩石堆砌而成的。屋顶采用圆顶设计，有 100 多条放射状的梁柱支撑，同时镶上透明玻璃。这是世界上唯一一座建在岩石中的教堂。芬兰人崇尚自然古朴的审美观在设计中体现得淋漓尽致。

在参观时，陈龄对宋大江说："我们要在这里举行结婚典礼，那才有味呢！"

宋大江脸一红，说："我们真的能结婚？"

其实陈龄讲的话跳跃了几个阶段，她用玩笑的方式把最后的结果提前拿出来，这不是她操之过急，而是有投石问路的意味。宋大江对突如其来的问话猝不及防，只能是反问一句，也是实话实说。

说实话，看惯了高大华丽装饰精美的教堂，再看这个教堂，的确有些逊色，但是从岩石中硬生生挖出一个教堂，这就非常难得。

它的主体在地下，这就顾及了周边居民的疑虑，以免影响他们采光。同时，又结合实际地理状况，因地制宜，凸显特点，体现另一种非凡。这就是既顾及民心又独具匠心。

随后，大巴又带着团友直奔图尔库。

图尔库是芬兰第二大海港和重要工业基地，位于国境西南端海岸，东距赫尔辛基170千米。

在此地吃过晚餐后，大家就来到了邮轮码头。游轮和邮轮的区别在于，游轮有航距限制，一般在近海、内河江湖航行，而邮轮的行驶范围更大，也更国际化。邮轮最早出现在第二次世界大战前，是欧美国家间的一种主要交通工具，因为它担负着信件和包裹的邮递任务，所以被称为邮轮。现代邮轮更像是一个流动的五星级酒店，有豪华的装饰和齐全的设备，可以在各个海域游行，基本上都是跨国游。

曹齐后来曾多次乘坐邮轮如到日本佐世保、鹿儿岛、冲绳，韩国济州岛，也到过菲律宾马尼拉、苏比克等。

曹齐夫妇在六层的舱位恰恰又与陈龄、宋大江在一起，这确实有缘分。这个四人舱较小，都在舱内活动，就显得比较逼仄。陈龄很讲卫生，不一会儿，她首先去洗澡，洗澡过程中，她又让宋大江递一块儿香皂给她，还说明香皂放在哪个绿色小包里，并解释她不喜欢用船上准备的沐浴露。宋大江一切照办，当递香皂时，虽然陈龄只开了一条缝，但浴室很小，洗脸台上的镜子也让宋大江看到了陈龄雪白的身体，让宋大江尴尬不已。

发生这个小插曲，曹齐夫妇都在船舱，他们没有刻意关注，只是小声谈着其他事情。

过了一会儿，陈龄出来了，她淡定自若，的确是美貌与气质兼备。

陈龄洗完了，她又命令宋大江去洗，本来宋大江没有洗澡的意思，但她一命令只好服从。

曹齐夫妇不习惯在窄小的空间里，而且有人在场的情况下进出浴室，所以他们都没有洗澡，只是简单地洗了一下，准备明天到酒店后再好好洗个澡。

陈龄和宋大江洗完澡便到甲板上去了，他们继续谈在校时的生活，各自毕业后的情况，这个话题一直是他们交谈的主要内容。

谈了一会儿，陈龄说她要回舱休息，宋大江说他还想待一会儿，于是陈龄先走了。

天下事很奇怪，陈龄刚走，就有一位女士喊："宋老师，宋老师！"宋大江回头一看，有些熟识，但叫不出名字。

"不认识我啦？宋老师，我是你的学生呀！""啊，你是我的学生，我实在记不起来了。"

"我是机械系2003级一班蒋多娇。""啊，想起来了，你还是校花呢。"

"哪里哪里，那是他们瞎吹。"蒋多娇略带羞涩地说。

当年，蒋多娇作为班花，裙下臣众，这点宋大江有印象，追求她的人不少，她常常是脸衬春风，顾盼炜如，深得师生喜爱。毕业后，她被分到武汉某科研机关，这次她们几个同事年休，便一起到北欧旅游。

看着身长面白、谈吐优雅的宋大江，蒋多娇脱口而出："宋老师，你还是那么英气逼人！"

"不敢当不敢当，已经老了。"宋大江看着年轻貌美的蒋多娇，谦虚起来，他们愉快地聊了一会儿。

宋大江说："小蒋，我们今天相遇，实在是难得的缘分，你还是当年的样子。"

蒋多娇羞赧地嫣然一笑，然后用女性那种柔美的姿势理了理鬓发。

甲板上的风越来越大，他们道别后，各自回到舱内。

前两天他们在多种场合都没有遇见，因为宋大江经常只是与陈龄在一起，而蒋多娇一直与单位同事在一起。

"一个人在甲板有什么好玩的呀？"陈龄一见宋大江就问。"吹吹风，看看海。"

在校期间，宋大江对蒋多娇一直抱有深刻的印象。她不仅外貌出众，成绩更是优异，这样的学生自然赢得了包括宋大江在内的众多老师的喜爱与赞赏。然而，这种喜爱完全建立在师生之间的尊重与欣赏之上，没有丝毫的非分之想。

后来，宋大江因为工作调动，调往另一个系担任主任，与蒋多娇的联系也随之减少。两人的生活轨迹似乎再也没有交集，那份师生之间的情谊也随着时间的流逝而渐渐淡去。

然而，命运总是喜欢在不经意间带来惊喜。多年后，在异国他乡，两人竟然意外重逢。那一刻，所有的过往都仿佛重新鲜活起来，他们的心中都充满了惊喜与感慨。这使宋大江心里升起了对蒋多娇的另外一丝情愫。

当晚，宋大江失眠了，突然出现的陈龄，突然出现的蒋多娇，他有点应接不暇了。一个是初恋女友，一个是曾经的学生，他该如何应对呢？

第二天清早，为了弥补昨天傍晚未看夕阳西下的美景，曹齐夫妇与陈龄、宋大江一起到甲板上看日出。

甲板上人不多，很多人正在熟睡中。对于日出，曹齐看得比较多，但在邮轮上看日出，这还是第一次。到海边看海、看日出，感受水天一色的壮观，水中有天，天连着水，这比在江河湖塘看水看天要开阔很多。看到这种景象，曹齐就感觉自己的渺小，也为自己胸中的块垒感到惭愧，你看那大海是多么包容，真正的海纳百川。看到远方这些，还有什么不能包容，还有什么放不下呢？

果然，天水相接的地方由开始的浅蓝变成彩霞，接着太阳慢慢升起，最后跳出海面，似乎是一个婴儿，脱离了母体，慢慢成长起来。

三、瑞　典

就餐完毕，邮轮离瑞典斯德哥尔摩越来越近。6 点半，邮轮抵达斯德哥尔摩。

上岸后，团友们坐上大巴，奔向市政厅。在车上，导游介绍：

"斯德哥尔摩是瑞典首都和第一大城市，它位于瑞典的东海岸，濒波罗的海，梅拉伦湖入海处，风景秀丽，是著名的旅游胜地。是一座既古老又年轻、既典雅又繁华的城市。

"市区分布在 14 座岛屿和一个半岛上，70 余座桥梁将这些岛屿连为一体，因此享有北方威尼斯的美誉。"

曹齐知道瑞典也是从了解诺贝尔奖开始的。从 1901 年开始，每年 12 月 10 日诺贝尔逝世纪念日，斯德哥尔摩音乐厅举行隆重仪式，瑞典国王亲自给获诺贝尔奖者授奖，并在市政厅举行晚宴。

通过出行前做功课，曹齐了解到康有为曾对瑞典大加赞许，称瑞典"冠冕欧洲，虽英、法亦远逊焉"。

他曾写诗：

> 环湖据岛开都会，汽舫湖桥处处通。
>
> 瑞典一千二百岛，楼台无数月明中。
>
> ——《瑞典游记》

瑞典位于斯堪的纳维亚半岛，西邻挪威，东北与芬兰接壤，西南濒临斯卡格拉克海峡和卡特加特海峡，东边为波罗的海与波蒂尼亚湾。海岸线长 2181 千米，总面积 45 万平方千米，是北欧最大的国家，总人口为 1038 万。瑞典的田园风光、茂密的树林、夏日午夜的阳光、充满奇幻色彩的极光无不令人心旷神怡。

市政厅由瑞典著名建筑师拉格纳尔·奥斯特伯格设计，始建于 1911 年，由 800 万块清水墙红砖砌成的外墙，在高低错落、虚实相谐中保持着北欧传统古典建筑的诗情画意。站在市政厅正面入口处，有三排褐色立柱组成的柱廊，好似巨人伸出的手臂托举着高大的红色建筑。

市政厅造型别致，装潢精美，混合了多种建筑风格，整体呈庭院式结构，内有一个被一圈儿建筑包围着的小广场。市政厅广场上有一个高约 106 米的塔，那里是俯瞰斯德哥尔摩全境风光的好地方。

曹齐对蓝厅很感兴趣，因为这里是每年举行诺贝尔奖晚宴所在地，是世人熟知的大厅，也是瑞典的国家宴会厅，每年的 12 月 10 日晚是蓝厅最风光的时候。

曹齐知道，这一天，瑞典的国王、王后、议员和首相都会出席晚宴，众多专家、学者也都要聚集于此参加盛会。

作为诺贝尔奖的授奖国，每年坚持奖励几门学科的顶尖人才，这是很不错的。那些自然科学获奖者的确是世界一流科学家，至于文学奖、经济学奖及和平奖，则见仁见智，看法不尽相同。

随后，团友们坐大巴来到皇后岛。

皇后岛位于斯德哥尔摩的西面，是瑞典王室现在的居住处。皇后岛是瑞典第一个被列入世界文化遗产的地方，它位于梅拉伦湖畔，由皇家卫兵在这里驻守。皇室的后面是一座法式花园。皇后岛的建筑受法国凡尔赛宫的启发，故有"瑞典的凡尔赛"之称。花园碧树浓缛，绿草芊绵。游人不是很稠密，更显得清朗、舒适。

皇后岛的景点还包括皇家剧院、皇后岛宫和中国宫。1792 年 3 月 16 日午夜，瑞典国王古斯塔夫三世遇刺，当时他正在皇家剧院参加假面舞会。

在那个没有抗生素的时代，古斯塔夫三世终因伤口感染，于13天后离世。他留给世人的遗言是："我很困倦，让我休息一会儿就好了。"

大人物遇险时有发生，小人物也会遇到险情。就拿曹齐说吧，他曾在1998年平安夜参加师生联欢会时，因跳舞造成身体不适，继而得了危重的夹层动脉瘤，当晚去医院急诊，医生就下了病危通知书。可见突发事件的发生是不可预料的。

自从古斯塔夫三世遇刺后，皇家剧院从此关闭。

1922年，经整修，100多年前使用的各种道具、设备和剧台，按以前的样子在演出中保持，现在剧院仍旧举行古典剧目的演出。

皇后大街是斯德哥尔摩的一条著名的商业步行街，分为老街与新街。大街一头伸到老城的购物街，另一头通向市中心的大马路，两旁有许多的商场、品牌店、精品店、小店，专门经销服饰、食品、图书和工艺品。这条街有点儿像上海的南京路、北京的王府井，很多团友饶有兴趣地在这里逛街，有的还买了服装、工艺品和食品。

陈龄和宋大江像一对夫妻一样，在这里购物，他们有商有量，气氛融洽。

曹齐夫妇像在其他地方一样，除了给孙子买东西外，一般没有购物。自由活动一结束，团友们上车后直奔瓦萨沉船博物馆。

导游介绍：

"瓦萨沉船博物馆位于斯德哥尔摩动物园岛上，是瑞典众多博物馆中一座独具特色的博物馆，它是专为展览从海底打捞上来的瓦萨号沉船而建立的。这艘战舰奉瑞典国王古斯塔夫二世的圣旨，1625年开始建造，战舰原设计是单层，当得知邻国丹麦已拥有双层炮舰时，国王即下令把炮舰改成双层炮舰。

"瓦萨沉船号称当年是最豪华的战舰，长61米，宽11米，高度超过一座五层的楼房，共有五层甲板，上面有64门大炮。

"战舰于 1628 年竣工，当年 8 月 10 日首航时，战舰只前进了几百米，就刚到海口，遇到一阵大风浪便摇晃沉入海底。333 年后，1961 年 4 月，瑞典政府斥巨资把沉入海底的战舰打捞出水面。1964 年，政府建立了这座博物馆。

"博物馆围绕战舰造了多层看台，有电梯上下。整艘战舰像一个巨大的雕刻艺术品，特别是船尾的各种人物雕刻精美绝伦，那对金色雄狮浮雕非常逼真，就连炮孔的盖子还有小动物雕像，可见战舰在细节上都很精巧。"

17 世纪瑞典人造船的技术和艺术功力令人赞叹。

曹齐看着这巨大的战舰，在震惊于战舰的豪华、大气、威严和显赫的同时，心情也很沉重，可以想象当年战舰下沉时面临了怎样的恐慌与绝望。曹齐估计，单层甲板改成双层甲板，64 门大炮，舰上的官兵以及大量的雕刻作品增加的重量，可能是战舰下沉的原因。

如今，战舰不再是瑞典王国远航的工具，而成为人们缅怀历史的载体。

瓦萨沉船博物馆在照明上不是特别明亮，参观者在昏暗的灯光下穿行。这时，陈龄突然把宋大江拉到身边，在他左颊上亲了一口。宋大江很不好意思，他没想到，在公共场合，陈龄竟来了这一口，陈龄以为在低能见度的情况下，她的小动作，别人看不到，结果包括曹齐、蒋多娇以及其他团友都看到了这一幕。

陈龄若无其事地牵着宋大江的手继续参观。

随后大家上车离开斯德哥尔摩，前往哥本哈根。

傍晚，大家来到林雪平。抵达酒店后，吃过晚餐，便各自休息。

林雪平是瑞典第五大城市，位于瑞典南部，人口 13 万，也是瑞典著名的大学城之一。本旅游团没有游览林雪平的计划。

入住酒店不久，蒋多娇敲开宋大江的门，宋大江一惊，忙问："小蒋有什么事？"

蒋多娇平静地说："没什么事儿，天气很好，我们到外面走走好吗？"

宋大江稍微迟疑了一下，一眼看见蒋多娇粉红羊绒衫包裹着的健美胸部，便答应了。幸好此时陈龄不在房间。

蒋多娇说："经常跟你在一块儿的那位女士是什么人？"宋大江便如实把陈龄的情况告诉了她。

蒋多娇一听，连声说道："真是机缘巧合，难怪你们那么亲密。"

"我也把我的情况告诉你一下，宋老师。"于是蒋多娇讲了毕业后虽然交了一个男友，但后来发现他脚踏两只船，对爱情不专一，也就分手了。分手对她打击很大，她看穿了一些男人的做作、虚伪，心灰意冷，直到现在还未再找男友。

蒋多娇约自己出来散步，询问陈龄的情况，主动谈自己的个人问题，这一切表明了什么？宋大江当然清楚。

"不要把问题看死，好男人还是有很多的。"宋大江说。

"例如你！"望着宋大江和蔼可亲的学者模样，蒋多娇把话接了上去，随即深情地笑了笑。

夜晚的酒店小花园，月光皎洁，树影婆娑。老师与当年的校花在一起散步，心情好得很。蒋多娇虽年届30，但看起来就如双十年华的佳人，衣着鲜艳入时，容光射人，这与陈龄在一起散步的感觉完全不同。他们谈笑着，浑然忘了其他一切。

英国著名心理学家、哲学家斯宾塞说过："一个中年的男人更容易迷上一个女人，因为他们是为了寻找生活。"

回到房间后，宋大江久久未眠，他在两个女人之间打分，究竟谁的分高？然而，不管怎样，打分潜意识总是偏向蒋多娇。论年龄、长相当然她要比陈龄占优势，更何况她还是一个未婚女子，没有子女负担，挑选她肯定是不错的选择，但是能长久吗？自己比她大20多岁，两人能和谐共处吗？

但一开始，自己也对陈龄表现出了极大的热情，如今，两人像夫妻一样，每天住在一间房内，虽各睡一床，但在很多人眼中，他们俨然一对恩爱夫妻，如若自己现在想要甩掉陈龄，这谈何容易。

"唉，只怪没有先遇见蒋多娇。"在反复比较、思虑后，疲倦的宋大江才慢慢睡着。

四、丹　麦

第二天早餐后，团友们乘大巴前往丹麦哥本哈根。

导游介绍："丹麦位于欧洲北部，南同德国接壤，西濒北海，北与挪威、瑞典隔海相望，总面积43096平方千米（不包括格陵兰和法罗群岛），海岸线长7314千米，人口590多万。"

曹齐了解丹麦是童年阅读安徒生的童话作品开始的，作为丹麦童话作家，被誉为"世界儿童文学的太阳"，代表作有《海的女儿》《卖火柴的小女孩》《丑小鸭》《皇帝的新装》等，其作品《安徒生童话》已被译为150多种语言，在全球各地出版并发行。

曹齐了解丹麦还有一个渠道，那就是购买丹麦曲奇。丹麦曲奇外包装非常精美，深色宝石蓝的铁盒上印着皇宫和城堡、运河和碉堡，等等。向顾客展示这个王国古老的历史和独特的风情，这就是丹麦人为之骄傲、令世界各国顾客倾倒的丹麦皇家奶油曲奇。曹齐每次吃曲奇，无不被它香甜的奶油味、又酥又软又可口的滋味深深吸引。从此在甜点方面，经常买丹麦曲奇作零食。

导游继续介绍：

"哥本哈根是丹麦王国的首都、最大城市及最大港口，是著名的国际大都市。哥本哈根坐落于丹麦西兰岛东部，与瑞典第三大城市马尔默隔厄勒海峡相望。

"哥本哈根曾被联合国人居署选为全球最宜居的城市，并给予'最佳设计城市'的评价。这是一座集古典与现代于一体，又充满活力、激情与艺术气息的著名的历史文化名城和国际化大都市。"到达哥本哈根后，团友们来到新港。

导游又介绍："新港是一条人工运河，建于 1669 年至 1673 年，该运河将海水直接引进国王新广场。当时，建造新港运河的主要目的是将海上交通引进城市中心，从而促进哥本哈根的经济发展。现在新港面目全新，能晒到太阳的一侧已经变成步行街。新港曾留下许多哥本哈根名人的足迹，最出名的莫过于安徒生。"

来之前，曹齐通过做功课，知道安徒生在新港多处房子都安过家。1834 年至 1838 年，安徒生就住在运河右侧 20 号的公寓。在那里，他于 1835 年写出了他的第一部世界著名的童话。1848 年至 1865 年，安徒生住在位于能晒到太阳一侧的 67 号。在其生命的最后几年里，从 1873 年至 1875 年，又住到与夏洛特堡宫位于同一侧的 18 号。

曹齐夫妇漫步在运河一侧的马路上，运河两岸的很多房子是在 300 年前建造的，色彩斑斓，犹如童话世界。这里是丹麦最热闹的地方，餐馆、商店、酒吧，一家连着一家，运河里有竖着桅杆的各种木船，有点像北京的后海。这里汇集了很多丹麦文化、风俗，使人们体会丹麦真正的魅力风格，舒适的氛围以及热情开放的人们，吸引世界各地的游客来到这最具人文情怀的旅游胜地。

由于未开放，他们未到安徒生旧居。在逛街的过程中，曹齐看到陈龄和宋大江走在一起。很显然，他们这次身子没有像以前挨得那么近，稍有空隙。在行走中，陈龄大大咧咧，指手画脚地谈论着，宋大江多半是听着。

之后团友们上车后，不一会儿，大巴来到了闻名遐迩的美人鱼景点，此处人声鼎沸，会聚了来自世界各地的游客，凡是到访哥本哈根的人，无不到此一睹风采。

团友下车后，一眼就看到美人鱼雕像，她坐在一块巨大的花岗石上，娴雅恬静，走近铜像，大家看到的是一个神情忧郁、冥思苦想的少女。

美人鱼像是丹麦雕刻家爱德华·艾瑞克森根据安徒生童话《海的女儿》塑造的，据称雕刻家原本想以《小美人鱼》女主演普莱斯为原型，然而普莱斯不愿担任裸体模特，只提供了一幅剧照，于是雕像的面部以普莱斯为模特，身体以作者妻子艾琳为模特。

美人鱼铜像从 1913 年在长堤公园落成至今已有 100 年的历史，人们流行着这种说法："不看美人鱼，不算到过哥本哈根。"高度仅为 1.5 米的美人鱼铜像已经成为丹麦的象征。

团友们纷纷在这里排队照相，陈龄又请团友帮忙照了一张她与宋大江的合影。开始宋大江推辞说已经照过了，但陈龄坚持说那是在别的景点照的，非要在这里照。宋大江拗不过她，只好照了这些。蒋多娇也看到了她，瞟了一眼就离开了。

团友们随后来到另一个著名景点神农喷泉，雕像上是一位美丽的姑娘，左手扶犁，右手挥鞭，赶着 4 头神牛在奋力耕作，水从牛鼻和犁铧间喷射而出，非常有力量和视觉冲击力。据说这座雕像表现的是哥本哈根所在的西兰岛形成的神话故事。传说女神吉菲昂得到瑞典国王格尔弗的许可，同意在他的地盘上挖一块地给她，但只给她一天一夜的时间，挖多少算多少。于是，女神将 4 个儿子化为 4 头神牛，在瑞典国土上挖出一块土地填进海里，这就是现在哥本哈根的所在地西兰岛。因此，人们视女神为丹麦的创世纪女神。

景点看完后，丹麦的游览便结束了。

1959 年，郭沫若访问丹麦时，曾写过一首诗：

五月晴光照太清，四郎岛上话牛耕。

樱花吐艳梨花素，泉水喷去海水平。

湾畔人鱼疑入梦，馆中雕塑浑如生。

北欧风物今观遍，民情最美数丹京。

这里四郎岛指的是西兰岛，"四郎岛上画牛耕，泉水喷去海水平"，均指神农喷泉。

团队离开哥本哈根后，直奔瑞典马尔默，晚餐后入住酒店休息。

马尔默市是瑞典第三大城市，人口约 27 万，面积 154 平方千米。2000 年建成的连接马尔默市至丹麦哥本哈根的欧尔松跨海大桥，使瑞典南部与丹麦以及欧洲大陆的往来更加便利。

按旅行计划，旅游团没有在此地游览。

晚上蒋多娇又去敲宋大江的房门，老宋开门后，她说："宋老师，出去转一下吧。"

宋大江愉快地答应了。事情也巧，陈龄又不在房间。

在夜晚柔美的灯光下，他们在酒店花园里一起散步，谈论着各自的生活，两人都感到十分甜蜜，心头都自然涌出对对方的柔情。

蒋多娇主动地说："宋老师，我考虑了几天，我们交个朋友吧！"宋大江一愣，随之一喜，连忙说："小蒋，你考虑过年龄差距吗？""年龄不是问题，我考虑过了。"

"但那位同志一直紧盯着我不放！"那位同志指的谁，蒋多娇当然明白。

"那就看你如何决定咯，主动权在你手里。"蒋多娇明确地说，他们愉快地闲聊。闲聊中夜晚显得缓慢、丰饶、美好。

"老宋！"后面有人喊。

宋大江一回头，原来是陈龄在后面，她去找宋，宋不在房间，她就下来溜达了。一见宋与一女人在一起，她迫不及待地喊了起来，她一喊蒋多娇也回了一下头，随后她对宋大江说："宋老师，我先回去了。"便头也不回地离开了。

随后，陈龄跟了上来说："难怪有时找不到你，原来你又交了一个朋友，介绍一下她是谁？"

宋大江不慌不忙地把蒋多娇的情况介绍了一下。

　　"啊，原来是师生恋，看来老牛都喜欢吃嫩草呢！"

　　"你不要取笑我，根本没有吃嫩草的意思。"

　　"没有这意思，那怎么一对一地搞得这么亲热。"

　　宋大江不想多说，便沉默不语了。

　　"老宋，嫩草也不是那么容易吃的，那要看你的本事有多大。"

　　"我没有与她亲热，都是你瞎猜测。"宋大江有点恼怒。陈龄没有继续挖神（武汉方言，挖苦的意思），就此打住。双方都没有兴致，便各自回房间去了。

　　夜色的确很美，然而人的心情不快，也无心思欣赏这花园的景致。

五、挪 威

第二天上午，吃过早餐后，乘大巴前往挪威首都奥斯陆。导游介绍：

"挪威位于北欧斯堪的纳维亚半岛西部，东邻瑞典，东北与芬兰和俄罗斯接壤，南同丹麦隔海相望，西濒挪威海，总面积385000平方千米（包括斯瓦尔巴群岛、扬马延岛等属地），海岸线长28953千米（包括峡湾），人口550多万。

"奥斯陆是挪威的首都及第一大城市，是挪威的政治、经济、文化、交通中心和主要港口，也是挪威王室和政府的所在地。奥斯陆位于挪威东南部，是全欧洲最富有、安全和拥有最高生活水准的城市之一，是世界上最幸福的城市之一，也是诺贝尔和平奖的颁奖地。"

在车上，领队郭子朱宣布大家已经在一起好几天了，为了进一步加强了解，丰富旅行生活，现在进行联欢活动，欢迎每位团友自我介绍，表演节目。她的话一讲完，热烈掌声便响了起来。

掌声过后，车厢安静下来，结果无人出场。此时，郭领队点名："请曹老师表演。"结果又响起掌声。

曹齐站了起来，向前后团友微笑致意，然后接过领队递来的话筒说："我是一名退休教师，老伴是一名银行退休职工，参加这个旅游团，我很高兴，这个团的成员素质都很高，值得我学习，下面我朗诵袁枚的一首诗，诗名《老行》，清·袁枚，'老行千里全凭胆，吟向千峰屡掉头。总觉名山似名士，不蒙一见不甘休'。"

曹齐的朗诵一结束，车厢内便响起掌声。

接着，一位男士走向前排导游位置，领队把话筒递给他，他介绍自己是乙大学副教授孔天，太太严晓君，是乙大学讲师。

孔教授说："康有为曾写过《瑞典游记》，从书中可以看出，他对瑞典印象很好。康有为曾说：'流观道路之广洁，仰视楼阁之崇丽，周遭邂逅女士之昌丰妙丽，与挪威有仙鬼之判。'这里说的'仙鬼之判'当然只是康先生一家之言，只能代表他自己。他描写瑞典有两首诗，我给大家朗诵一下：

第一首

瑞典公园奇丽绝，海波都会互回环。

金银宫阙排云里，缥缈林亭出世间。

第二首

岛外有湖湖外岛，山中为市市中山。

独登高塔苍茫顾，烟雨迷蒙天上闲。

"谢谢大家！"

随后，他与太太合唱《纤夫的爱》，蒋多娇赞其堪比原唱。康大武教授夫妇表演京剧《武家坡》，很有天津京剧院院长王平、一级演员吕洋的韵味；谢天地、余谷教授合唱黄梅戏《梁山伯与祝英台》，唱腔动人。随后，陈龄、姚远、廖有为、蒋多娇也一一献唱。

领队说："今天的旅行，联欢会进行得很好，团友们大力支持，踊跃表演，场面热烈友好，相信各位不会忘却这美好的时刻，将留下永久的记忆。"

此时马上就要到哥德堡了，导游介绍：

"哥德堡是瑞典西南部海岸著名港口城市，全市人口约60万，坐落在卡特加特海峡，是瑞典最大的河流约塔河的出海口，与丹麦北端隔海

145

相望，是瑞典第二大城市。作为世界上重要港口之一，哥德堡如今有450多条航线通往世界各个港口。

"哥德堡主要有轴承制造、钢铁、汽车、造船、木材加工、生化医药等产业，沃尔沃公司，哈苏相机公司，爱立信微波系统公司等知名企业均落户于此。哥德堡还是世界最大纸浆、新闻纸交易中心之一。在沃尔沃汽车博物馆，可以了解到这一世界知名企业——瑞典最大的工业企业集团的发展过程，这里展示了从沃尔沃1号车开始到最新模型为止的所有车型。

"在旅游方面，里瑟本游乐园很著名，它是瑞典最大的游乐园，有世界上最陡峭的木质过山车。

"哥塔广场是哥德堡的一个公共广场，位于该市国王门大街。哥塔广场是哥德堡的文化中心，广场周围分布着哥德堡音乐厅、哥德堡艺术博物馆、哥德堡市剧院和市立博物馆。矗立在广场中间的雕像是希腊神话海神波塞冬，这尊雕像有别于其他欧洲城市同样的波塞冬雕像，其采用了典型北欧男人高大粗壮的形象，已经成为哥德堡市的标志之一。

随后，大家下车用中餐，用餐完毕继续出发，前往奥斯陆。

曹齐最早了解挪威是从挪威戏剧家亨利克·易卜生的社会悲剧《玩偶之家》（1879年）开始的。亨利克·易卜生在戏剧创作方面的实践经验，可以和莎士比亚、莫里哀媲美，他的创作对19世纪末到20世纪初的欧美戏剧产生深远影响，因而被称为"现代戏剧之父"。亨利克·易卜生的作品自1907年便开始被翻译到中国，在中国的反帝反封建斗争、社会主义革命与社会主义建设中，都一直起着积极的作用。通过易卜生这位伟大的戏剧家，曹齐初步了解了挪威。

有些中国人第一次听说挪威，都是从"挪威的森林"开始的，村上春树的小说，伍佰唱的流行歌曲，使部分人初步了解了挪威。

"挪威的森林"早已不单纯是某一处具象的森林，而是一个精神符号。每当人们渴望抵达内心的秘境时，人们惦记的，始终是那片"挪威的森林"。

146

正如村上春树所说："每个人心中都有一片挪威的森林。"

导游幽默地说："在地图上，挪威酷似一只大腿。美国《国家地理》杂志曾写道：'我相信世界上没有比挪威更美的国度了。'该杂志还认为挪威峡湾是'世界最佳未受人为影响的自然旅游胜地'。"

到达奥斯陆后，团友们上车，大巴把他们带到维格兰雕塑公园。

1909 年，挪威雕塑家维格兰向政府提出"给我一片绿地，我要让它闻名世界"的要求。得到政府拨给的土地以后，他辛勤付出，完成大作。这个公园占地 50 公顷，以挪威雕塑大师古斯塔夫·维格兰的名字命名，因为有 192 座裸体雕塑，650 个人物雕像，由铜、铁、花岗岩等材质精心制成，所以又叫雕塑公园。公园正门右侧鲜花丛中，矗立着手拿锤子和凿子的维格兰先生雕像。公园雕像多而不乱，错落有致。

维格兰雕塑公园围绕人生这一主题，在一条长 850 米的中轴线上设计了四个部分，象征着人生从出生至死亡的四个阶段。

第一阶段，生命之桥。

两边桥头上共雕塑了男女老幼，形态各异的 58 尊铜塑人物。左侧桥头中间有一个铜制的"愤怒的小孩"，最受游客欢迎，游客都会摸摸他的小手，模仿他的动作和表情。该小孩握拳顿足、皱眉大吼的神态和模样让人忍俊不禁，他的左手被摸得闪亮。

桥上的雕塑令人深思，突出的有快乐的小孩，少女思春，男欢女爱，夫唱妇随，爱情结晶，父爱无边，父女欢悦，父子快乐，母子情深，展望未来等。

第二阶段，生命之泉。

穿过生命之桥，映入眼帘的是一池清澈的喷泉。池中央有四座石雕巨人共同用力托起一只巨大的石盆，盆中涌出一股股泉水，沿盆边洒向池中不间断地循环。

喷泉四壁的浮雕，从婴儿出生开始，经过童年、少年、青年、壮年、老年直至死亡，反映人生的全过程。

而四角的树丛雕，一角是天真活泼的儿童，一角是情思奔放的青年，一角是劳累艰苦的壮年，一角是垂暮临终的老年，组成人生的四幅画面。

第三阶段，生命之柱。

生命之柱令人震撼，它直径3.5米，高17.3米，重270吨，类似中国古代华表那样的石柱，高高耸立在圆台阶之上。

柱上面密密麻麻交叠着雕刻有121个赤裸裸的形态不同、首尾相接、向上盘旋、竞求光明、奋力抗争的浮雕形象，描绘了世人不满于人间生活，而向天堂攀登时互相倾轧和互相扶掖的情景。他是维格兰先生，花费14年的心血雕成的。

人们有的沉迷，有的警醒，有的挣扎，有的绝望，组成了一个陡峭向上的旋律，令人惊叹不止。曹齐看着石柱密密麻麻的雕像，心中有一种酥酥麻麻的感觉。

圆台阶上分布着36座石雕，从婴儿开始，展现人生各个时期的形象：孩子们在捉迷藏，少年们在扭打玩耍，情人在窃窃私语，老人们熬度暮年，环绕一周，到第36座死亡球塔为止。

第四阶段，生命之环。

这是最后一组雕塑，由两对男女和三个孩子构成一个圆环，内径1.5米。告诉人们柱与环结合方能孕育生命，繁衍后代，生生不息，不断地轮回。

很多团友在生命之桥流连忘返，整座公园这么多裸体雕塑，这在世界上是独一无二的。

蒋多娇在"少女思春"塑像前徘徊良久，她虽不是少女，但是否在思春呢？

而陈龄拉着宋大江在"男欢女爱"雕塑前停留。裸体少女头部向右微倾，右手支着右下颌，左手横放在双乳下正在浮想，裸体男子双腿前后分开抱起裸体女子放于胸前，裸女右手扶着裸男的头，双腿夹住裸男的后腰，展现的是一副男女欢乐相爱的形象。

曹齐认为，这些裸体雕塑真实地反映了人一生各个阶段的状况，但没有淫邪的意味，而是非常纯洁的情感，直面人生真谛，包含少年的纯洁、青年的幻想、中年的重负、老年的回忆。

在这里，你可以解读出人生的价值和意义，生命的伟大和尊严，命运的无奈和痛苦。在这里，曹齐感到有一种力量在鞭策他，那就是把以前荒废的时间在有生之年补回来，力争能再做一点有益的事。具体来讲，就是尽可能多地游历未去过的国家，尽可能地写点自己感兴趣的文字。

雕塑公园面积较大，很开阔，园内繁花绿荫，美如画图。

我们知道有的雕塑家一生也只雕塑了少量的雕塑，但对维格兰来说，他创作了这么多著名的雕塑，数量之大、品种之多、形态之美、寓意之深，是别人不能企及的。

随后，大家集合上大巴准备去奥斯陆大学。在车上，导游介绍：

"奥斯陆大学是挪威王国最高学府，由丹麦挪威联盟时期末代国王弗雷德里克六世于 1811 年下令建立。为了纪念该国王，大学最初被命名为皇家弗雷德里克大学，1939 年更名为奥斯陆大学。

"奥斯陆大学在 200 余年的历史中，培养了五位诺贝尔奖获得者。除此之外，还培养了联合国第一位秘书长，世界卫生组织总干事，北约秘书长，挪威首相、国王及戏剧作家易卜生等社会杰出人物。"

下车后，团友们自由活动，曹齐夫妇走在开阔美丽的大学校园，感到十分开心。前面已叙述，如果在游览一个城市时能去参观该城市的大学，这是曹齐十分高兴的事，而且他多么希望在年轻的时候能够在世界著名大学留学。然而，根据当年的各种条件和历史背景，这是根本不能实现的幻想，现在能在世界各地游览，能顺便参观一些大学，这就很不容易了，曹齐的父辈乃至他的亲友，很多由于各种原因还未能像他这样游历呢！

对于这一点，他感到很知足，也感谢上天的恩赐，虽然得过大病，但现在还能有身体条件完成他的旅游计划。

晚餐后，陈龄很早就邀宋大江出去转一转。宋大江实在不想去，但奈何陈龄不断要求，还是跟她出去了。

陈龄这次是先下手为强，不让蒋多娇先约宋大江。

陈龄直接摊牌，见面就问："老宋，你挑花了眼吗？两个美女让你选，你好有福气。"言语间有不满、揶揄的口气。

"陈龄，你这样说未免太刻薄了！"

"我刻薄？上天让我们久别重逢，我们可以说是以前有坚实的基础，情投意合。你碰见学生，就花了心，见异思迁，你还有什么好说的！"

"我和你，和学生，都只能算初步接触，怎么谈得上挑呢？还根本没到那一步！"

"我通过你与学生的接触，也看清了你的灵魂，你以前说赤心相待，白头偕老，都是假的。"陈龄说完愤然离去。

宋大江长叹一声，回房间去了。

第二天早餐后，大巴从奥斯陆前往挪威世界级著名景点——松恩峡湾。

"松恩峡湾全长205千米，从挪威海岸一直延伸到东部，是挪威壮美的峡湾，也是世界上最长、最深的峡湾。（最深处达1308米）。松恩峡湾平均宽度4千米左右，而最窄的地方仅有250米，峡湾的两岸山高谷深，谷底山坡陡峭，垂直上长，直到海拔1500米的峡顶。峡湾两岸的岩石很坚硬，主要由花岗岩和片麻岩组成。"

6月的北欧，到处生机勃勃，窗外所见，多彩的房屋犹如童话中的景色。

积雪开始融化，树木染绿，山青青水粼粼，使人心旷神怡。车窗外不断变换的美景，让曹齐目不暇接。

导游说："北欧之旅就是'养眼'之旅。"导游介绍：

"中国大陆的海岸线长 1.8 万千米，然而面积比中国云南还小的挪威共有岛屿 15 万个。从而，挪威成了全球岛屿最多的国家。

"中国乃至整个亚洲都没有峡湾，除加拿大、智利等国偶有所见外，世界上 80% 的峡湾在欧洲，而欧洲的峡湾主要集中在挪威。挪威峡湾闻名于世，有'峡湾之国'之称。千万年来，挪威的海岸线不断地吞噬着陆地，而海岸边就是崇山峻岭，海水沿着峡谷深入大陆腹地，形成了举世无双的峡湾风光。挪威峡湾被联合国教科文组织列入《世界遗产名录》。"

峡湾还未到，大家已迷醉在去峡湾的路上。挪威是南北狭长的山国，斯堪的纳维亚山脉纵贯全境，高原、山地、冰川约占全境三分之二以上。从奥斯陆到松恩峡湾，必须穿过许多隧道，其中北欧最长的洛达尔隧道，长 24.5 千米，每 6 千米有一个蓝光区，供司机休息和缓解疲劳。

不一会儿，车到码头，大家纷纷下车活动活动身体。吃过中餐后，团友们上了游船，大家都很兴奋。不知不觉中，船已离开码头。峡湾的水犹如翡翠，水中倒映着青山，风景如画，正所谓"船在水中行，人在画中游"。

上船不久，看着壮丽的山、平静的水，曹齐一下形成错觉，仿佛在三峡中穿行，特别是天空云层密布的时候更像。不过，不一会儿，曹齐回过神来，这是在北欧的挪威！

这里群峰竞秀，层林叠翠，云雾缭绕，颇似仙境。有的山峰白雪皑皑，蔚为壮观。特别是那飞流直下的瀑布，或一线如注，斯斯文文；或狂奔激涌，豪迈大气，造就了壮美雄奇的景观，山与水的壮丽诗篇。

看到这里，曹齐觉得一切私心杂念皆抛去，心灵有一种纯净柔和的感觉。

各种颜色搭配自然的小屋，在山间、森林中若隐若现，似在向你讲述千百年来的沧海桑田。

最使人愉悦的是海鸥，它们理直气壮地向游客乞食，也毫不吝惜地展露自己美好的身姿,它们喜欢进入游客的镜头,它们才是峡谷的真正主人。它们跟着游船飞舞,尽情欢乐地歌唱。

很多团友带的面包、饼干都伸手给海鸥喂食完毕。团友们欢快地大笑,嬉戏的海鸥给这里的仙境又增添了无穷的生机和乐趣。

曹齐在观赏中有时也陷入沉思,不得不感叹世间的无穷造化,大自然的鬼斧神工。偷得浮生半日闲、置身于仙境,获得愉悦,率性自然,迷醉其中,放松自己,未尝不是最好的休息,也是继续前行的加油站。

经过两个小时的航行,游船已回到码头。团友们觉得整个行程是一次净化心灵、洗涤旅途风尘的过程,大家好像如梦初醒,又从仙界回到凡间。

晚上,宋大江约蒋多娇出来走走,蒋多娇略有迟疑,但还是出来了。

"昨晚她与我吵了一架。"一见面,宋大江就诉苦。"什么内容?"

"她讽刺我在两个美女之间挑选,还说看清了我的灵魂。""说得这么严重?"

"上纲上线嘛!"宋大江没好气地说。

"宋老师,你确实应该拿定主意,你自己选择,你选择她我没有意见,这是你的自由。"蒋多娇平静地说。她根本没有倚仗优势,强行要宋选择她的意思。

"我不是商品,谈什么挑选不挑选。"蒋多娇似乎对"挑选"一词有些生气。

"你不要生气,挑选这只是一种通俗的说法,肯定不准确。"大江对此加以解释,"我根本没有资格、没有条件用这个词,这只能是在特定环境下的巧遇罢了。"

"你这种说法,不是实事求是的态度。"蒋多娇加以肯定。

不一会儿,曹齐夫妇碰见他们。蒋多娇便告辞了。接着,宋大江也回到房间。

散步时,曹齐对老伴说,这老宋怎么回事?那天在火车上宋大江与陈龄相遇后，双方都那么惊喜，陈龄还把他们的情况如实介绍，毫不避讳。一方面说明她高兴，另一方面她也认为这段姻缘一定能成。谁知老宋怎么又和一位年轻女士谈了起来。这也难怪，关于蒋多娇的情况曹齐夫妇一无所知，当然有些困惑。

逛了一会儿，曹齐夫妇也回到房间休息去了。

第二天早餐后，团友们乘车返回奥斯陆。在车上，领队向大家宣布："为丰富旅途生活，也为了增加有关保健知识，特请武汉大学呼吸内科专家康大武教授和某三甲医院的内科专家廖若莎教授讲讲有关呼吸及心脏方面的保健知识。"

两位教授用既专业又通俗易懂甚至有些幽默的语言介绍了两科的最新动态和对有关疾病的防治知识，团友们听了很受启发，都认为受益匪浅。

在旅游车上，请有关专家讲解医学保健知识，曹齐还是第一次亲历，他认为领队这种安排，既丰富了旅途的生活，也增加了大家的知识，更增进了团友之间的友谊，的确是功德无量的好事。因此，两位专家讲完后，大家热烈鼓掌也是必然的。

车辆即将经过哈当厄尔峡湾时，导游介绍：

"哈当厄尔峡湾全长 179 千米，是挪威国内第二长的峡湾，是世界第四长的峡湾，最深处达 800 米。它是挪威峡湾中较为平缓的，也是柔美、具有田园风光的峡湾。

"这里的田园风光，最早应归功于 13 世纪将苹果种植技术引入当地的英国僧侣们。这里独特的气候与地理位置适宜种植苹果树，因此这里有很多苹果树和杏树。每到春天漫山的花盛开，真的令人有'乱花渐欲迷人眼'的感觉。"

团友们从窗外看到，峡湾湛蓝通透的海水蜿蜒在海峰之间，山坡翠绿，山花烂漫，农田绵延，村落安静，果园芳香，一片田园牧歌景象。团友们纷纷拿出相机，拍摄明媚的夏景。

在大巴上，曹齐思索不停，游览了两大峡湾，深港峡湾美不胜收，难怪挪威的峡湾曾被评选为"保存完好的世界最佳旅游目的地"和"世界美景之首"，可见挪威峡湾的魅力之大。

峡湾是挪威最有代表性的景观，因此挪威被称为"峡湾国家"，挪威人自称是"峡湾的子孙"。提到挪威，它壮阔的峡湾、茂密的森林、蔚蓝的大海、星罗棋布的岛屿、纯净的雪场、令人震撼的冰川、童话般的小镇渔村，还有这次团友没有机会看到的梦幻般的极光、奇特的午夜太阳等，无数世界级风光在这里汇集，世界上有几个国家同时有幸具备这么多的神奇景致呢？

挪威人是幸运的，游览挪威也是幸福的。

第二天早餐后，团友们乘大巴前往机场。

大巴开行不久，领队就说："曹老师针对此次旅游，用打油诗的形式写了一点感想，昨天我知道后请他今天在车上念一下，下面有请曹齐老师朗读。"于是就把话筒递给了曹齐。

曹齐说："经过这十天的旅游，我们增长了不少见识，大家亲如家人，下面我把我的感想念一下，献丑了。

俄罗斯

冬宫藏品很珍贵，夏宫景色真优美。

涅瓦大街有气派，购买套娃喜带回。

当年十月一炮响，电影看过无数遍。

如今一切有变化，漫步街头想联翩。

芬 兰

圣诞老人全球知，童话世界有故事。

钢管风琴造型妙，纪念音乐名大师。

岩石教堂很奇特，音乐盛会人醉痴。

露天市场有声望，顾客纷纷尝美食。

瑞　典

欧洲北方有瑞典，幸运无战两百年。

最穷成为最富国，矿产促成大巨变。

诺奖声名伴天下，多少才子恨无缘。

皇后岛上风景美，美泉妙宫似再现。

瓦萨沉船多悲壮，特色独具有慧眼。

皇后大街最繁华，来此不要怕花钱。

丹　麦

童话王国是丹麦，姑娘曾经卖火柴。

悲惨故事人落泪，哪比如今笑开怀。

世界闻名美人鱼，引得游客慕名来。

神女雕像气魄大，祖国家庭她都爱。

海上大桥很雄伟，水天一色有气派。

一天游览多景点，乐坏老头老太太。

挪　威

峡湾美景不胜收，心中激荡幻影留。

高山积雪多圣洁，大海进湾绿油油。

鬼斧神工造奇景，疑是三峡又重游。

融入自然无烦恼，管他冬夏与春秋。

155

"下面有一首打油诗献给司机，请导游翻译给他听：

司机来自爱沙，服务的确到家。

虽说块头很大，开车如同绣花。

穿越长长隧道，熟悉好像自家，

大家只有一句话，心里非常感谢他。

"对于导游、领队，我写了一副对联：

上　联

张口能讲，博古通今，来到第二故乡；

开朗幽默，谦恭有礼，深得大家喜爱。

即使挨饿，也笑眯眯。

下　联

抬脚就走，昼行夜奔，直穿斯堪半岛；

雄奇壮美，胜景似画，颇值团友留恋。

就是失眠，仍乐滋滋。

"最后对于全体团友，我也有一首诗献上：

开始

我们并不认识

北欧游让我们了解相知

这是一个团结的大家庭

职业虽不同心情都热炽

歌唱家嗓音优美声音带磁

女作家才情洋溢出口妙词

八十岁的老教授头发茂盛面色红赤

老太太非常阳光胸有大志

谁说老年人日薄西山

我们的青春永不消逝

旅游，旅游，旅游

青春永远常驻

感谢全团的关心

感谢领队、导游的照顾

让我们在地球村再次相聚

"谢谢大家！"

曹齐朗诵完毕，热烈的掌声响起，他的诗受到大家的赞扬。自己的创作受到欢迎，曹齐也感到高兴。曹齐在旅游中，对景点、领队、导游、团友写了这么多打油诗、对联、散文诗还是第一次，这说明他在旅游中深受感动，有话要说，才写出这些文字。

北欧之行即将结束，团友们将乘飞机赴莫斯科。

上飞机前，蒋多娇递给宋大江一张纸条。飞机起飞后，宋大江拿出纸条：

宋老师，经过反复考虑，我认为我与你在一起不合适。这不是我反复无常，是最后深思的结果，前几天打扰您了，请原谅。

祝您幸福！

您的学生：蒋多娇

看完纸条，宋大江很诧异，时间只过了三天，结果情景大异。想不到蒋多娇是个"快人"，一下陡然变脸，变成无情薄凉之人。但宋大江的心情没有太大波动，只是略有不快。

六、俄罗斯·莫斯科

经过一个小时的飞行，飞机在莫斯科机场降落。

出机场后，大巴早已在外等候，站在车门前的是俄罗斯导游罗光大。罗导上车后，首先欢迎朋友们来莫斯科旅游。随后他做了自我介绍，他是哈尔滨人，37岁，曾留学俄罗斯，并在此地生活了11年，做导游9年。他说，大家是游完北欧、峡湾以后来莫斯科，时间很短，从现在开始到下午4时许结束。他请各位抓紧时间，也祝大家旅途愉快！他也顺便介绍：司机是俄罗斯人，技术娴熟，请大家放心。

大巴直奔红场，曹齐心潮激荡。2012年，曹齐与昌剑曾来东欧旅游，第一次到过莫斯科并在此旅游一天。

大巴到达红场后，导游宣布了集合时间、地点，团友们便开始自由活动。

一到红场，曹齐有一种熟悉感、亲切感。他给老伴当起了"导游"。

红场今天摆了很多摊位，有各种商品出售。游客们好像逛临时集市，也有点像逛中国庙会。摊主全力推销，顾客谨慎购买，看来，世界各地的集市差不多。

由于瞻仰列宁墓的人很多，所以他们这次不打算参加这个活动。

随后，他们来到古姆百货商店，上一次曹齐与昌剑来过，这次是故地重游。然而由于人太多，特别是进出口处人更多，他们在一楼走马观花地逛了一下，便赶快出来了。

　　出来后他带老伴在红场转了一转，并在瓦西里升天教堂、历史博物馆、克里姆林宫、古姆百货商店等建筑外照了相。

　　团友集合后，大家又排队参观克里姆林宫。上一次来曹齐只参观了该宫外面，没有进去。也是上一次来莫斯科，曹齐才消除了以前的误解，知道克里姆林宫是一组建筑群，不是一幢建筑物，这一次终于可以入内参观了。

　　团队来到红石铺成的中央教堂广场。广场上耸立着三座金顶大教堂，分别是圣母升天大教堂、天使报喜教堂、大天使大教堂。教堂广场北侧是圣母升天大教堂，这是一座东正教教堂，从 1547 年到 1896 年，俄国历代君主加冕仪式在此隆重举行。

　　教堂广场南边有大天使大教堂，此教堂是彼得大帝以前莫斯科历代帝王的墓地，安放着莫斯科公国历代王公和俄国沙皇的灵柩，共有 46 口铜棺。

　　因时间关系，团队只参观了教堂广场西边的天使报喜教堂。它有 9 个金顶，规模不大，却最具魅力，是皇宫家用礼拜堂，也是皇族举行婚礼、皇子受洗的地方，里面保留着俄罗斯最古老的圣像壁画。

　　接着，跟着导游参观了钟楼外陈列着的一口大钟，高 6.14 米，直径 6.6 米，重达 200 多吨，表面上刻有浮雕人像和题词，据说声传 50 千米，被称为"钟王"。与钟王相伴的是一尊 5.34 米长、口径 0.89 米、40 吨重的"炮王"，这座古式铜铸大炮从 1540 年开始造起，一直到 1586 年完工，中间换了 8 个沙皇，至今尚未使用过，巨大的炮口内，同时可爬进两三个人。

　　随后，导游指着一座黄白相间的三层楼建筑说："这是总统办公楼。游客可以远眺总统办公楼和拍照，但不能靠近警戒线。"

　　导游还介绍："总统的停机坪就在克里姆林宫中，运气好的话可以看见总统上下班。"总统办公楼能让游客参观游览，这是很少见的，团友对这一点表示赞许。

　　参观完毕，团友们在导游的带领下坐大巴直达莫斯科大学。曹齐曾来过一次，这次与老伴一起来，意趣又有所不同。团友们对这所大学评价很高，纷纷留影。曹齐夫妇也合照了一张相。

结束参观后，团友们在导游带领下坐大巴直达某中餐馆用中餐。这一餐饭可以说是此次北欧行的最后集中用餐。而这家东北人开的中餐馆给大家的菜饭十分丰盛可口，更重要的是，餐馆的小卖部还有很多俄罗斯商品，团友们不上街就可以在这里购买各种商品留作纪念，可见东北老板很会做生意。

吃完中餐，陈龄把宋大江拉到外面，对他说："老宋，本来我想与你到武汉后就开始同居，以后视情况领证，但你与学生那么亲热，要交朋友，我实在受不了，作为年老色衰之人，我拼不过她，我自动退出，祝你好运。"

宋大江一听这话，顿时感到一阵眩晕，心中五味杂陈。他暗自思量："真是想不到，陈龄也会用这样的手段将我拒之门外。看来，我这是竹篮打水一场空，两边都没能讨到好。这或许是命运对我用情不专、见异思迁的惩罚吧。但仔细想来，我其实只是在权衡比较，想要找到一个更合适的人。然而，这种权衡本身就如同将女性当作商品一般进行比较，这是我内心深处的自私与不安在作祟。然而，现在我虽已经明白了这个道理，但一切都晚矣！"

真可谓"雨入花心，自成甘苦"！

宋大江本想找陈龄解释一下，表明自己没有与蒋多娇定下此事，但陈龄不容他多说，迅速离开了，只留下宋大江一人呆呆地站在那里。

现在是莫斯科下午，街道整洁，车流有序，行走的年轻人焕发出青春朝气。虽然旅游的风景总会使心情焕然一新，然而宋大江此时心情却是沉闷、压抑甚至痛苦的。原以为此次旅行是观光、婚事双丰收，结果婚事变得一塌糊涂。

至此，北欧四国加双峡湾、俄罗斯的旅游行程全部结束，晚上9时许，团友们登上飞机，经过9个多小时的飞行后，到达武汉。

第四章　爱琴海的传说

2015 年，曹齐夫妇是比较忙的。2 月 20 日至 25 日，正是春节期间，他们去迪拜旅游，4 月 17 日至 25 日，曹齐因背痛住进了医院。住院时，医生很紧张，要他千万小心，连坐在床上弯腰捡地面的东西都不允许，怕他发生意外。

曹齐问："以后能不能旅游？"

医生斩钉截铁地回答："绝对不能旅游！"

曹齐一听，万分灰心，似乎听成得重病的消息似的。不让他去旅游，等于要了他半条命，所以听到消息后，再也提不起劲来。

出院后，曹齐拿着 CT 检查报告单和胶片到另一家三甲医院，找当年动手术的医生——现在已经是心脏和大血管外科主任、博导咨询。答复是：在备好药，保持血压稳定的情况下，可以外出旅游。曹齐一听，大喜过望，主任的几句话使他像获得大赦和新生似的。于是，马上联系旅行社，6 月就到北欧、双峡湾、俄罗斯旅游了。7 月 20 日至 23 日，又到厦门玩了几天。借之后的十一小长假，准备到希腊旅游。

曹齐对希腊的了解是从希腊神话故事开始的。对于这个文明古国，一直想来看一看。曹齐的心愿正如康有为在《希腊游记》中所言："希腊为欧洲文明之祖，向慕之久，欲游数矣。"

古希腊曾出现一些伟大的哲学家，如柏拉图、苏格拉底、亚里士多德等，这些大家，曹齐在初中时就有一些了解。

曹齐曾看过一张照片，是圣托里尼岛海边蓝顶教堂和白色房屋的经典照片，它展示了人间天堂的绝妙美景，这更加驱动了他到希腊一游的愿望。

在古希腊语中，雅典是智慧与正义战争女神雅典娜的名字。据说，当雅典首次由一个腓尼基人建成时，波塞冬与雅典娜争夺为之命名的荣耀，最后达成协议：能为人类提供最有用东西的人将成为该城的守护神。波塞冬用他的三叉戟敲打地面变出了一匹战马。而雅典娜则变出了一棵橄榄树——和平与富裕的象征。因战马被认为是代表战争与悲伤，因此雅典就以女神的名字命名为雅典。女神很快将该城纳入她的保护之中。

雅典被称为欧洲文明的摇篮，建成已有 5000 多年的历史，古代雅典是西方文化的源泉，在艺术、哲学、法律、科学方面都有杰出的贡献，而众多保存至今的古老遗迹以气势雄浑而闻名。雅典还是现代奥运会的起源地，曾先后在 1896 年和 2004 年举办过首届和第 28 届奥运会。借十一小长假的机会，他们夫妇想来此一游。

为什么已经退了休的曹齐夫妇，还要等到公众假日再出门呢？因为他们二老还承担了照顾孙子的任务。因此只有借长假出门，长假期间，儿子和儿媳都休假，孙子有人照顾。平常他们要外出，只好请儿媳妇辛苦一点，或让儿子请假。

9 月 30 日晚，曹齐夫妇乘火车赴北京，第二天早上到京后，吃过早餐便乘出租车前往机场。从西客站到首都机场打车，曹齐夫妇也是花了不少钱。晚上 10 点多，团友们陆续到达机场。

领队贺直，是一个 30 多岁的小伙子。他召集团友们开会后，便办理登机手续。然后，团友们乘上了阿联酋阿提哈德航空公司的飞机。飞机经过 8 小时 40 分钟的飞行，于当地时间 5 点 30 分到达多哈。

多哈是卡塔尔的首都，团友们未出机场，于 8 点 50 分飞往雅典，经过 4 小时 50 分钟的飞行，于当地时间下午 1 点多到达，导游在机场外接机。

导游孙默之，40 岁出头，福建人，父母均在雅典居住，他 3 岁多时随父母移民希腊，对希腊很熟悉。

虽然大家旅途劳顿，但一到雅典，便开始游览，现在大巴驶向雅典卫城。

雅典卫城是世界新七大奇迹之一，这是希腊最杰出的古建筑群，为宗教政治的中心地。它位于雅典市中心西南部，始建于公元前 580 年，雄踞 150 多米高的卫城山丘之上，面积约有 4 万平方米，是城市的地标和古希腊的象征。从山下望去，非常巍峨壮丽，使人震撼。

一进入卫城，首先映入眼帘的是雄伟壮观的卫城山门。山门是卫城真正的入口，多利克式及爱奥尼亚式列柱巧妙地穿插并列，气势雄伟。

什么是多利克柱式，它在公元前 5 世纪达到成熟程度，它的主要特征是比较粗大雄壮，没有柱基，上细下粗，柱身另有 20 条垂直平行的凹槽，柱头由方块和圆盘组成，没有任何装饰。它的造型粗壮有力，给人以浑厚刚毅的感觉，近乎男性人体美，著名的帕提侬神庙即采用此柱式。

而爱奥尼亚柱式比较纤细秀美，又被称为女性柱，柱身有 24 条凹槽，柱头有一对向下的涡卷装饰。它优雅高贵的气质，广泛出现在古希腊的大量建筑中，如雅典卫城的胜利女神庙和厄瑞克忒翁神庙。

以前的卫城山门是由两侧的宫殿组成的，如今仅剩 5 个门的柱子。

卫城山门于公元前 5 世纪建造，这座门通往卫城的圣殿。门分三部分：由左至右为北翼中央楼及南翼中央楼，有 6 根粗大的多利克柱式列柱，入口共有 5 处，入门两侧各有 3 根爱奥尼亚式列柱。外侧多利克式列柱令人感觉威严，而内侧的爱奥尼亚式列柱则优雅迷人。

在导游的带领下，团友们继续游览了雅典胜利女神庙遗址。

雅典胜利女神庙位于山门右侧，神庙建于公元前 449 年至公元前 421 年，采用爱奥尼亚柱式，台基长 8.15 米，宽 5.38 米，前后柱廊雕饰精美。

1687 年，土耳其人在同威尼斯人争夺雅典卫城的战争中无知地破坏了这座建筑。1835年，考古学家们在这里细致地收集起无数大理石碎片，在幸存的完整地基上拼凑起了神庙的遗址。

卫城的中心，是著名的帕提侬神庙。这座神庙设计合理，规模宏大。帕提侬的意思是处女之地，是为崇奉雅典的保护神雅典娜而建造的。它由当时的著名建筑师伊克蒂诺斯和卡利克拉特在执政官伯里克利主持下设计，费时9年，于公元前432年完成。同年，著名雕刻家菲狄亚斯在神庙内建成高大的雅典娜神像。神庙为长方形周柱式建筑，建在50厘米高、70厘米宽的三层阶梯基座上。东西长约70米，南北宽不足31米，厚度超过13米。神殿四周由48根带半圆凹槽和锥形柱头的多利克式大理石圆柱支撑，圆柱直径1.9米，高10余米。神庙外观整体协调、气势宏伟，给人以稳定坚实、典雅庄重的感觉。另外，四根角柱比其他石柱略粗，以纠正人们从远处观察产生的错觉。神庙中大量以神话、宗教为题材的各类大理石雕刻成为艺术整体不可分割的一部分。

游览这座神庙，曹齐心情复杂，颇有些失落。昔日华美壮观的神庙，如今只剩残垣断壁，而且神庙屋顶无存，里面空空如也，女神像早已不在。乱石嶙峋间只有那几根大理石柱依然擎天而立，只能遥想当年的辉煌。

帕提侬神庙旁边，是著名的厄瑞克忒翁神庙，建于公元前421年。该神庙南面墙的西端，有一个著名的少女门廊，这个门廊的特别之处在于建筑设计师用6尊2.1米高的女像柱来支撑屋顶，她们体态丰满，仪表端庄，朝向北面，头顶平面大理石花边屋檐和天花板。雕刻栩栩如生，衣着服饰逼真。它们像神圣的女神，无言地注视着几千年的人世变换。它们是全庙最引人注目之处，是古希腊建筑的经典之作。

西数第二个女雕像被英国埃尔金勋爵盗运到伦敦。现在看到的优美女神像列柱并非真品，要看真品得到卫城博物馆及伦敦大英博物馆。

位于卫城入口南侧的阿迪库斯音乐厅（阿提卡斯剧场）建于罗马时代，是一个拥有32排座位可容纳6000人的户外剧场。该音乐厅三层式的建筑结构，半圆形的露天剧场直径38米，在任何一点都能听清楚舞台上演员的台词及音乐家的表演。舞台背景为罗马式的窗型高墙，壁龛处以雕像作为装饰。剧场经历无数兴衰及灾难，后遭遇一场大火将原有的西洋杉屋顶烧毁。中国歌手刘欢曾在此音乐厅举办"为中国喝彩——雅典演唱会"，刘欢独唱了《相信你》，与希腊女歌手娜娜·莫丝克伊合唱了《弯弯的月亮》，与娜娜·莫比克伊、黄英（中国）、马里奥·弗兰古利斯（希腊）合唱了《爱无极限》，与娜娜·莫比克伊、黄英、马里奥·弗兰古利斯合唱了希腊电影《美丽的星期天》的同名主题曲。

在参观卫城的时候，曹齐看到两个女团友与一位中年男团友接触非常亲密。

曹齐是教师出身，对于迅速记住人名很有兴趣。参加旅游团，他很希望迅速了解团友的姓氏，来自哪个地方，什么职业，他不是想打听团友的隐私，纯粹是一种习惯。当然，这与他想熟悉不断变化的社会，熟悉各种不同性格的人，以便以后写作也不无关系。

他主动与他们三人打招呼，并自报家门，介绍自己的姓、来自哪里、职业等。从他们那里得知，男团友姓汪，来自青岛，是一位商人；一位女团友姓方，系青岛某报社记者；另一位女团友姓沈，系青岛某电视台工作人员。他们是朋友，结伴来希腊旅游。

曹齐观察，汪姓男士，年龄40多岁，看起来他有一种不可思议的威严，同时又有一种动人心弦的力量。方姓姑娘美目含情，颇有风韵，楚楚动人，而沈姓姑娘姿容艳丽，灵动逼人，时而妩媚，时而风情，时而又十分清纯。总之，按武汉方言说，她们是美女，美得"冇得话说"。

曹齐心里想，他们三人是一种什么关系呢？怎么这个男人与两个年轻姑娘这么亲密呢？难道这位男士有"齐人一妻一妾"之福？

不一会儿，有一位女士主动给曹齐打招呼，叮嘱他二老走路小心，莫摔跤了。曹齐连忙谢谢。交谈中，得知男士50岁，妻子小他20岁，来自四川成都。

过了一会儿，卫城的游览全部结束了，团友们坐大巴去酒店，吃过晚饭各自休息。

导游在发放房卡前，汪西林对他说："我神经衰弱，如果有空房，我想要自己住一间房，另一张床的床位费我愿意出。"

导游说："没有问题，除非房源太紧张，就无法满足你的要求。"就这样，导游就把他一个人安排到305房，把他的两位女同伴安排在303房。

经过一天的相处与领队详尽的介绍，曹齐对本旅游团的成员有了全面的了解：

来自成都的两位游客，分别是已下岗的男士马千里与女士许能芸；

来自湖北某市的商人邹久久，54岁，携同他的妻子王幸珍，50岁，以及他们的女儿邹影，28岁；

江苏南京某大学的退休教授秦俭，68岁，与他的同行者——同校的退休副教授韦昌，66岁；

来自沈阳的一对母子，母亲杨平菲，60岁，儿子姜腾越，29岁；

江西南昌某公司的职工牛尚玉，50余岁，与他的同事吕海胖，45岁，黄金玉，48岁女士，以及秦仝卓，42岁男士；

大连的一家四口，父母均年约50岁，带着一个26岁左右的儿子和一个同龄的日本儿媳；

来自安徽的个体工商户林甲，30岁，独自一人；

再加上曹齐夫妇，来自青岛的三人。

本旅游团共计23人，成员们来自五湖四海，他们各自在当地的旅行社报名，最终会聚一堂，从北京启程，共同踏上前往希腊的旅程。

从卫城下山的路上，曹齐问了一下汪西林的职业，他微笑了一下说："做点小生意。"

曹齐教师习惯不改，又问方必静和沈阅的职业。方必静说，曹老师像查户口似的，大家笑了起来。后来得知小方24岁，青岛某报社记者；小沈，22岁，青岛某电视台工作人员。

她们主动说："我们业余都是汪老板的职工，或者叫跟班。"汪西林连忙说："她们谦虚，她们是我的助手和朋友。"

这时，小沈满怀感激地说："汪哥对我们真是无微不至的关怀，比亲哥哥还要贴心！"小方也一脸诚挚地回应："确实如此，来希腊之前，汪哥还特意安排我们去巴厘岛享受了几天的悠闲时光！"喜欢探究人际关系的曹齐，不禁陷入了深思，感觉他们三人之间一定有着不同寻常的情谊和经历。

汪西林出门时，刚好被 301 号房间南昌来的吕海胖看见，他因肚子不舒服准备找团友要点药。他和牛尚玉住在一间房，他也知道从青岛来的一男二女是一起的。但这么晚了，男的才从两个女的房间出来，他颇感奇怪。

实际上，汪西林也看到了吕海胖，因为互不认识，加上半夜三更，他就径直回房睡觉了。他非常镇定，不认为从两位同伴房间出来有什么不妥。

第二天早餐后，团友们坐大巴来到雅典宪法广场。

宪法广场是雅典的中心，所有庆祝活动和政治聚会都在这里举行，它位于希腊国会之前，得名于 1843 年 9 月 3 日奥托国王在起义后批准的希腊宪法。广场的人行道上设置了许多咖啡座，供市民休闲，常常座无虚席，早晨和傍晚，很多市民来这里散步、休闲。

无名战士纪念碑位于希腊议会大厦前，建于 1928 年，是为了纪念在摆脱土耳其统治的战争中捐躯的希腊无名英雄。无名战士纪念碑的主体是无名战士浮雕，一个戴头盔的古希腊战士仰卧在一块石板上，浮雕两边镌刻着公元前 5 世纪希腊著名政治家伯里克利在一篇悼词中的两句名言："这里是全世界杰出战士之墓""是安放无名战士的灵床"。浮雕左下方刻有 11 个地名，右下方刻有 12 个地名。这些地名都是历史上希腊军队同外国军队曾经进行过战斗的地方。

无名战士纪念碑前左右两侧由卫兵看守。这些卫兵身穿传统军礼服，脚蹬红色的翘头皮鞋，鞋头有黑色的绒球，纯白色的紧身裤外面套着卡其色的百褶连衣短裙，红色的军帽斜戴着一把长长的黑色流苏，配枪是带刺刀的旧式礼仪枪。看起来很古典，也很有民族特色。这些曾被海明威戏称"穿着芭蕾舞裙子打仗的男人"其实都是经过身高、意志、品质等众多严格考核后百里挑一选出来的，非常帅气，从他们身上依稀可以看出几千年前希腊强大军队的影子。

每逢正点，这里便上演一场挂彩的换岗仪式。亮点是士兵交接岗时的太空舞步：士兵正步放慢节拍，上肢挥舞过头，下肢的小腿部晃荡，显示太空失重的模样，节奏明显，特色鲜明，非久经训练，一般人都做不出来。

这些士兵每一小时准点时分换岗一次，每周日上午11时会举行一次大规模的换岗仪式。换岗仪式吸引无数观光客在广场驻足，已成为雅典的一个重要的旅游项目。

曹齐参观过不少国家的卫兵换岗仪式，任何国家的卫兵换岗仪式，都是展示国家和军队尊严、实力的形式，天安门广场的升旗仪式也是这样。不过他觉得希腊卫兵的换岗仪式有点近乎演出和搞怪的调调。

参观了换岗仪式后，大巴把团友们带到一条商业街口。导游给了大家一些自由活动的时间，曹齐夫妇开始在热闹的商业街参观。这里很繁华，有各式各样的服装店、鞋店、首饰店，还有很多国际知名品牌。至于食品店、咖啡店则目不暇接，销售各种当地特色食品、咖啡、牛奶等。很多希腊人就在咖啡店外面的小桌边坐下，边喝咖啡，边谈话，偶尔看看街上的行人。曾经有人说道："论闲散，在欧洲，第一是希腊，第二是西班牙，第三是意大利。"

在这里，还可以欣赏到一些街头艺术家的表演。在一处小百货摊位上，曹齐老伴给孙子买了一项白色的太阳帽，质地良好，花了4欧元。回汉后，孙子很喜欢。

曹齐在逛街时，感觉当地居民没有北欧富裕。两老在一家餐馆门前的凳子上坐的时候，也见到零星的乞丐。这些乞丐不像国内一些乞丐，伸手就要钱，有时还"强倒恶要"（武汉方言，意思是强行硬要），面相凶狠。

有一位 50 多岁的男士，拿着一盒餐巾纸售卖，其实是变相乞讨。他态度温和，颇讲礼貌，没有强行要别人购买。别人不理，不买，他态度平和，自行走开。

曹齐没有零钱，对方也没有零钱找，虽然同情，但也没买他的餐巾纸，心里有些愧疚。

吃过中餐后，团友们坐游轮去米克诺斯岛。在等待上游轮时，导游介绍：

"米克诺斯岛是希腊爱琴海上的一个小岛，这个岛屿位于雅典东南方约 200 千米处，面积 86 平方千米，常住居民 6200 人（2002 年），全岛主要由花岗岩构成，最高点海拔 364 米。岛上的淡水供给主要来自海水淡化。

"在这里，湛蓝的大海衬托着雪白动人的房屋，色彩鲜明，具有清新的建筑风格。这里还有天体营的'肉色'，当地人把蓝天、白色的房屋和人体戏称为三原色。

"米克诺斯岛驰名世界的是天体海滩和夜生活。天体海滩是一个传记中的'同性恋海滩'。这里安静、隐秘，来到这里的男男或者女女们，无拘无束地享受着'天体浴'。然而近几年，已见不到这些'同志'，可能已转移到更隐秘的地方了。

"爱琴海一直被看成世界上最浪漫的地方，每年有数以万计的世界各地游客来这里度假。其实，爱琴海就是地中海东部的一个大海湾，因岛屿众多，有 2000 多个，因此又被称为'多岛海'。爱琴海海岸线曲折，港湾众多，风景优美，气候宜人。

"爱琴海有一个美妙称号——'葡萄酒色之海'。春夏时节，到了夕阳落下的时候，海水会变成一种绛紫色，好像葡萄酒一样，令人陶醉。

难怪诗人荷马形容爱琴海为'醇厚的酒的颜色'。

"据记，爱琴海名称的由来，还有一个凄美动人的传说。在爱琴海上有一个叫作克里特的岛，岛上的王宫之内住着一头牛，叫作弥诺陶洛斯。这头牛每年要吃掉一对童男童女。在爱琴海北部的雅典国王，每年都要向弥诺陶洛斯供奉童男童女。传说有一位叫埃勾斯的雅典国王，他的儿子叫忒修斯。忒修斯懂事后，主动要求去克里特岛，杀死这只残暴的牛。国王埃勾斯同意了，并约定如果忒修斯平安归来，便将船上的黑帆换成白帆。

"忒修斯到达克里特岛后，与米诺斯王的公主相恋，公主得知他要杀掉米诺斯牛后，给予他帮助，忒修斯最后杀死了这头牛。当他返回时，忘记了与父亲的约定，并没有把黑帆换成白帆。埃勾斯看到后，以为自己的儿子死了，便绝望地跳进海里。最终人们为了纪念这位国王，就将这片海域叫作爱琴海。对于爱琴海，有人形容它：浩大而不威严，温和而不柔媚。"

现在，站在爱琴海海边，曹齐认为爱琴海是多情的，这点以上解说可以作为例证。它也是柔美的，在它的映衬下，希腊的几座名岛都显现出各自不寻常的特质和骄容。

上岸后不久，就见到一对新人在海边拍照。新娘穿着婚纱，脸上露出甜美的微笑，新郎身材高大，俊朗帅气。

碧海蓝天下，迷人海滩旁，大自然的优美风光，见证了新人幸福的婚姻。不少团友拿出相机，拍下这美好的一幕。

来到米克诺斯岛，曹齐感觉的确是名不虚传。来自世界各地的游客川流不息，可谓盛况空前。

靠海边的餐馆，由于欣赏海景，有得天独厚的优势，所以顾客很多。他们一边听着音乐，一边大快朵颐，品尝美食，一边欣赏刚刚日落后美不胜收的海天一色的景色，俨然舒爽似神仙。

在曲曲弯弯的小巷里闲逛，实在是一种艺术的熏陶和享受。"庭院深深深几许"，小巷深处，也是门窗洁净，鲜花怒放，在狭窄的小巷里，店家也把服装、鞋帽展示出来，让顾客挑选。

即使是小巷，店家也摆上桌椅，做起餐饮生意，也别有一番风情。他们的条件没有海边店家好，但也要拼搏一番。

曹齐仔细观察游客，男男女女都是一种愉悦的表情。情侣们手牵手漫步，浑身上下透露着幸福。老年人精神矍铄，稳健地迈步逛街。

团友们各自在外就餐后，到指定地点集合上大巴。时间不长，大巴便在酒店停下。

今晚，汪老板又是一人住一间房，多亏导游费心，在房间紧张的情况下，找酒店商量做出这样的安排。

汪西林今晚未去两位女士的房间，9时许，小方、小沈两人进了他的房间。

经过一段时间后，领队贺直与导游孙默之按照惯例，决定巡视团友们所住的房间，以确保每位游客的住宿舒适与安全。他们细心检查门窗的锁闭情况、热水的供应、洗澡设施的顺畅以及马桶的使用状态等，这样的服务不仅体现了对团友无微不至的关怀，也赢得了团友们的广泛好评，特别是为老年团友解决了不少实际问题。

当他们敲汪西林的房门时，汪西林正与小方和小沈一起玩斗地主。由于游戏进行得十分投入，他们并未立即察觉到门外的敲门声，房间的门并未立即打开。经过短暂的等待后，领队再次敲门，随后房门被打开了。

贺直与孙默之走进房间，他们注意到汪西林穿着休闲的家居服饰，脸上带着一丝尴尬却又不失礼貌的微笑。与此同时，方必静与沈阅因为夜晚依然逗留在男士的房间里显得略为慌乱。

在简单的交流后，贺直与孙默之便告别了汪西林，继续他们的房间巡查工作。

　　然而，这场误会却让汪西林感到不悦，他私下里责怪两位助手太过慌张。沈阅与方必静对此深感羞愧，但也意识到这只是一场误会，无须过分担忧。殊不知，在接下来的行程中，她们认为的"误会"在团友们的口中可不简单。

　　今晚房间的分配有点奇怪，曹齐夫妇房间的左边是汪西林的房间，右边是方必静、沈阅的房间。曹齐是几十年的"夜猫子"，一向睡得晚，但由于酒店房间的隔音效果很好，所以对于汪西林房间里发生的事情，他什么也没听到。

　　而住在汪西林房间对面的是邹久久一家人。邹久久的女儿邹影对男女之事异常敏感，两女一男结伴旅游，相处亲密，本身就很引人注目。所以她对汪西林一直很"注意"，所以今晚他房间的事，她也隐约有了一些猜测。她父亲邹久久从工厂下岗后，立即下海，从个体工商户干起，经营童装童帽童袜，生意越做越大，现在成了当地有名的老板，大批发商。其妻王幸珍精明能干，是丈夫的得力助手。此次是因为女儿休假，他们放下繁忙的生意，陪她出来玩儿几天。

　　曹齐今晚又失眠了，他想不通汪西林何德何能竟带着两个如花似玉的姑娘出来旅游，而这两个丫头又十分听他的话，由他"掰"（武汉方言，摆弄，引申为戏弄、玩弄）。

　　曹齐七想八想，很晚才睡着。但没一会儿，手机闹钟便响了起来。

　　早餐后，意犹未尽的团友，纷纷走出酒店，曹齐夫妇也出去转了一下。在海边有5座建于16世纪的基克拉泽式风车一字排开，靠海临风，散发着爱琴海的浪漫气息，成为米岛的标志。

　　据称，米岛有各式各样的教堂300多个，蓝色、红色、白色；圆形、尖形、方形；有的在海边，有的在山顶，有的在小巷。它们是米岛的又一风景，表达了人们对上帝的虔诚信仰。

　　基于昨晚汪西林房间所发生情况的微妙迹象，加之邹影心中已有的一些猜测，在清晨起床后，她便将此事私下透露给了自己的母亲。她母亲

　　王幸珍与成都来的许能芸似乎一见如故，非常谈得来。许能芸比王幸珍小上几岁，是成都某副食品公司的会计，其丈夫马千里是同一副食品公司经理，由于改制，加之一些其他因素，这家副食品公司就变成了他们两口子的私人企业。马千里当老板，许能芸还是当会计，这样一来，一家"公"字号企业变成"私"字号企业了，他们的自由时间多了，也出来旅游了。

　　曹齐老伴与许能芸聊天的时候，许能芸快人快语，眉飞色舞地把汪西林的情况如实告知。

　　许能芸又与来自江西南昌的黄金玉，经过几天接触，也成了好朋友。于是，黄金玉也知道了这件事。

　　黄金玉听说这件事时，其惊愕的表情，好像听说此地要发生地震似的。

　　可见，在旅游中，团友们能迅速找到知己，并迅速成为好朋友，这是特定的环境、时间促成的。在旅游结束以后，可能这些好朋友关系无疾而终，但在旅游过程中，"好朋友"还是很像好朋友的。

　　于是，关于汪西林昨夜有两美女到他房间去的事，在不少团友中传开了。

　　"好事不出门，恶事传千里"，这种带有"桃色"的"传闻"很有刺激性，的确使一些女士心情亢奋，她们想不到汪西林竟如此大胆，两个姑娘竟如此作践自己。

　　看来八卦新闻总是老少咸宜的。

　　而汪西林由于心里没鬼，所以也根本不在乎人们异样的眼光，与两个姑娘照样亲密无间，完全不在意别人有什么看法。他的淡定，更激起了一些人的不满。

　　由于汪西林有时帮曹齐夫妇搬行李，曹齐夫妇对他的感谢之词，经常挂在嘴边。他都说："这点小事，不值得感谢！"

　　后来闲谈起来，曹齐才知道汪西林是青岛有名的商人，主要经营房地产，也经营百货、建材批发。当然，这些情况都是两位姑娘介绍的，汪西林反而说："这不算什么！做事比我好的老板多的是！"而两位姑娘笑着说："他太谦虚！含而不露！"

汪西林话少，这无疑是一个优点，因为他深谙"多言取困"的道理。

曹齐夫妇有几次与汪西林同桌吃饭，汪西林非常客气，主动给他二老添饭，主动把一条鱼用筷子划开，夹给他们吃，夫妇十分感动，连称谢谢！

事后曹齐想，如果他那种事成立的话，在桌面上又如此敬老礼貌，那这个人的性格就有些复杂，优点与缺点都看得出来，使人难以捉摸。

吃过中餐，团友们乘大巴来到港口，准备坐游轮到圣托里尼岛。

在船上，导游介绍："圣托里尼岛面积96平方千米，人口约14000人，多为希腊人。该岛在雅典南200千米处，这里以蓝白建筑和蔚蓝色的爱琴海闻名于世，是全球情人们眼中最温馨最浪漫的旅游胜地。"

进岛后，大巴载着团友，直奔圣托里尼岛的皮尔戈斯小镇。

有人这样形容："如果说克里特群岛是一串散落在爱琴海里的珍珠项链，圣托里尼就是坠子上最亮的那颗钻石。"

皮尔戈斯小镇位于圣托里尼岛中部的丘陵上，是圣托里尼岛的最高点，在此可以纵览整个圣托里尼岛迷人的风光。现在，团友们正兴致勃勃地在该镇游览。

该镇具有典型的中世纪风格，遍布着狭窄、复杂的街道，长长的小巷依山势而建，四通八达。每家每户的庭院装点得都很精致，蓝天下的雪白楼梯，一股清新的气息扑面而来。小巷房屋的台阶、门框上，都摆放着小商品。手工制作的小商品带着地中海风情，干净而多彩，很逗人喜爱。

这里种植的葡萄全是低矮灌丛栽植，以防大风，而且不用人为浇灌，全靠海风带来的湿气来滋润。

随后导游让大家上车，把团友带到一家酒庄的品酒区。这里是全镇最高处，面对大海，在桌旁坐着品酒，不喝也醉。曹齐多年前就戒了酒，他老伴从不喝酒，然而今天在曹齐的提议下，他俩碰杯品尝了本地的优质葡萄酒。

举着酒杯，看着浩瀚的爱琴海，曹齐心潮澎湃。老两口在异国他乡，在明媚的阳光下，面朝大海，品尝葡萄酒，这情景有点像电影的镜头，的确使人难忘。可以这样说，亲友中没有人来过希腊。两个退休老人，领着微薄的退休金不远万里，来到这里，他们的父母想都没有想过。所以，曹齐夫妇是幸运的，也是幸福的。

为什么这里的葡萄酒这么甘醇可口呢？因为这里特有的土质和气候，使其成为最适宜种植葡萄的地区之一。因此制作出来的葡萄酒有着与众不同的特质和味道，很受酒友们的喜爱。

汪西林和他的两个同伴围坐在一张桌前，品了一杯红葡萄酒后，又请服务生拿酒来，结果又喝了一杯白葡萄酒。两个姑娘连称好喝，还要喝，被汪西林制止了。

他们这一幕，不少团友都看见了，有的团友还露出鄙夷的神色。

品酒完毕，团友离开酒庄，乘大巴前往伊亚小镇，这是游米岛和圣托里尼岛的重头戏。

盘山路很窄，一边紧贴山岩，一边建在悬崖边（没有护栏），窄的地方甚至只能通过一辆车，宽度也只能勉强算作双车道。

也许是司机熟悉路况，虽然路窄坡陡，安全设施不好，加之车又多，但司机却一路飞驰，或飙车或错车或慢行，动作流畅，一路如赛车手般熟练操作。

伊亚，蔚蓝色大海，白色房子，蓝色屋顶，暖色阳光，还有希腊式风车，来自世界各地的游客，等待一场华丽的"日落爱琴海盛宴"。

团友们走在一条宽约 1 米的小巷里，两旁并列着咖啡馆、餐厅、工艺品店等小店，这些小店的房屋主人在房前屋顶种植香气扑鼻的鲜花。

随后，团友们走过一段东西向的上坡路，尽头处是一座小广场。一座坐西向东的蓝顶教堂耸立在广场上。

曹齐夫妇在小广场上，找到一处地方坐下，稍事休息。

只见很多游客匆匆向北走去，原来他们是去寻找观赏日落的最佳地方。

曹齐夫妇坐了一会儿，也开始逛了起来。伊亚的神奇之处在于，你无论在哪里驻足，无论在哪个角度，所见皆是一幅令人赏心悦目的风景画。不一会儿，他们从一个角度看见那幅"经典"画面：白色蓝顶的教堂，依山建筑的白色小屋，蔚蓝色的爱琴海。正是看见这幅照片，他们才坚定了来希腊的决心，而且是一次单独来一个国家，且费用不菲。

曹齐夫妇为了近距离感受一下，慢慢下坡，来到这三座白色蓝顶教堂周围，看着教堂周围的房屋、山坡，再看看大海，深感充满浪漫气息。

"活着真好，活在无尽的旅游途中，更好，更美！"曹齐感叹。

在美好景色的熏陶下，人们的善良、正直、友好、无私的品质都被进一步唤醒和发掘出来。

离日落还有一个多小时，人们找到正对太阳的方向。沿爱琴海边的巷弄，阶梯上都有人开始占位或寻找最佳观赏日落位置了。旅客们小声议论着，情侣们依偎着，人们好像等待一场盛典开始，也像等待一曲伟大的戏剧开幕。

曹齐夫妇也找到一处位置坐下等待。他们看过国内外一些景点的日落景观，他们期待着今天这闻名世界的日落盛宴。

现在太阳在海面上投射出一条波光粼粼的金色通道，悬崖上错落有致的白房子被染上了一层暖黄。不一会儿，太阳将西沉，用那无力的金光亲切抚摸游客的脸。过了一会儿，太阳收敛起刺眼的光芒，以缓慢的速度靠近海平线，天海都变成了一片暖红色，美丽的夕阳，使人震撼。

当太阳沉入海平面的那一瞬间，时间仿佛都停滞住了，伊亚小镇一片寂静，曹齐感觉自己的心脏好像咚咚连跳不止，当太阳完全消失于海平面，每个游客都情不自禁地热烈鼓掌，向伟大的大自然致敬，致敬它的最杰出、最完美、最动人心弦的佳作！难怪这坐落在圣托里尼岛西北角的伊亚小镇，被世界旅游组织评为十佳观赏落日的地点之一，这里落日和漫天彩霞的奇观，真是令人震惊。

经过数日的细致观察，汪西林对那位来自安徽的女团友林甲产生了深深的爱慕之情。她拥有如雪般洁白、晶莹剔透的肌肤，仿佛轻轻一触就会破裂；她的眼睛纯净清澈，犹如深山中清澈的溪流；高挑的身材更添了几分迷人的倩影。在汪西林眼中，林甲无疑是团队中的颜值担当。

他心中不禁泛起了涟漪，决定要进一步与林甲接触，希望能有机会邀请她成为自己特别的"助手"。起初，他尝试着主动与林甲打招呼，而她则以不卑不亢的态度，礼貌而简单地回应了他。然而，这并未打消汪西林的热情，反而更加坚定了他想要与她深入交流的决心。

今天，在风景如画的伊亚小镇，汪西林鼓起勇气，邀请林甲在欣赏完壮丽的日落之后，与他们三人共进晚餐。他期待着这次晚餐能成为他们情感交流的契机，也希望借此机会让林甲更加了解他，或许还能为他们的关系翻开新的一页。

"那怎么好意思？"她说。

"团友之间吃餐饭又有什么？又不是我单独请你一起吃饭，何况还有我的两个女助手参加呢！"

她早就看出他与两位助手的不寻常关系，今天与他们在一起，可以近距离地了解一些情况，对丰富自己的经验和阅历不无好处，于是她答应了。

两位助手听说要请林甲吃饭，不但没有醋意，反而很高兴。

其实方必静和沈阅都有男友，后来他们得知女友成了汪老板的"助手"，于是强烈要求她们离开汪老板，但两人心中坦荡，认为自己与汪老板之间并无任何不当之举，加之汪老板向来慷慨大方，所以对于离开汪老板的建议她们一直也并未放在心上。就这样，两对"恋人"的关系，在汪老板的介入下，濒临死亡。

林甲大学毕业后，先当文员，后来自己创业，开了个小店，生意尚可。

太阳落山后，汪西林等人找到林甲，便一起逛了起来，老汪选中了一家不错的餐馆。晚餐很丰盛，葡萄酒很爽口。两位助手比汪西林还热情，对林甲照顾有加，又是倒酒，又是夹菜。方必静随口问林甲的年龄，她说："30 岁。"

"你还是我们的姐姐呢！"方必静笑道。

林甲也问了一下她们的年龄，听说后，她说："你们比我小得多呢！正当妙龄。"

沈阅说："不敢当！"

林甲已有一位男友，名叫章元壮，他外表气宇轩昂，风度翩翩。然而，即便他已与林甲相处了两个多月，竟连林甲的手都未曾牵起，是个十足的既无风情又缺乏勇气的男子。

林甲内心深处渴望着浪漫与惊喜，她希望章元壮能够展现出大胆、热烈且略带霸道的一面。遗憾的是，章元壮似乎对男女间的微妙情感毫无察觉，宛若一个不解风情的"呆子"。他不仅未能如林甲所愿那般"凶猛"，就连一丝细微的温柔与关怀也未曾给予。这让林甲感到既愤怒又失望，最终，她决定独自踏上旅程，去寻找那份她所向往的浪漫与激情。

说实话，林甲对汪西林提出的请吃饭要求能答应，除了其他原因外，还有一个重要原因，那就是她横看竖看，汪西林不像坏人，他身材高大，雄强孔武，而且和善，令人信任。她相信自己的直觉，第一次见汪西林，她就对他有好感。

团友集合上车后，大巴直奔酒店。到酒店后，汪西林运气好，仍然是一人一间房，看来导游并没有亏待他。也没有因上次查房那件事，而让汪西林与别人共住一间房。既然汪西林要求照顾，那么在可能的条件下，能照顾就照顾。

分房完毕不久，沈阅就奉命到林甲的房间，请她到汪西林的房间打牌。她稍一迟疑，沈阅就催快走。

一进汪西林房间，她发现方必静已在那里。方必静见她来了，连忙起身冲了四杯咖啡。

"贵客驾到，欢迎！欢迎！"汪西林微笑着说。于是他们边品咖啡，边打起牌来。

他们白天游玩，看日落，赏美食，晚上又喝着咖啡打牌，作为旅游者也够惬意的。

汪西林感受到难得的惬意和放松，于是提议再小酌几杯以助兴。

不一会儿，沈阅拿来四个酒杯，一一斟满。汪西林说："第一杯酒为我们三人结识林小姐干杯！"说完一饮而尽。沈阅与方必静见状，相视一笑，毫不犹豫地跟随汪西林的步伐，将各自杯中的美酒倾入喉间。林甲本不想喝，但见三人皆已痛快淋漓地饮尽，便一闭眼，把杯中酒全喝完了。接着，汪西林拿出白天买的希腊名点心香煎脆皮起司给大家吃，他说："这个点心外酥内软，非常可口，希腊人都吃上瘾了呢！"

四人喝了第一杯酒后，沈阅又斟满了酒，方必静端起酒杯说："为我们这次愉快的希腊之行干杯！"于是她分两次把酒干了。

他们三人干完后，都看着林甲，形势逼人，她只好喝下第二杯。

由于林甲平时根本不喝酒，两杯酒下肚后她面色赤红，心跳如鼓，冷汗直冒。不久，林甲便感到头晕目眩，起身走向床边，躺下休息。

随后，两位助手向汪西林告别，他也没有挽留。方必静看了一眼休息的林甲，便与沈阅一同离开。其实两人早就希望汪西林能找个伴侣，如此，她们二人还能减轻些工作压力，但无奈汪西林除了旅行就是工作，身边一直也没有什么合适的人选。林甲的出现使她们感到非常高兴，并计划在这次旅行结束后提出辞职，希望不要为了金钱而荒废青春和失去爱情。

汪西林看着熟睡的林甲，内心泛起一股冲动，但最终理智战胜了欲望，他轻轻地拿起毯子盖在她的身上，自己则拿了一把椅子坐在旁边继续小酌。

过了不久，林甲醒了，虽然头依旧昏昏沉沉，但比之前清醒了许多，她看到汪西林坐在旁边，并未因为她醉酒而对她做出什么不良举动，心里便又生出几分对他的好感。

于是，林甲借着三分酒意把心中的疑问问了出来："汪总，你是不是对我有意思？"

汪西林被林甲这么突然一问，愣了一下，随后便笑了笑，说："我承认我喜欢你，不知道你是什么意思？"

林甲则说："你已经有了两个如花似玉的助手，怎么还打起了我的主意？你也太贪心了。"

汪西林连忙摆手，诚挚之情溢于言表，他缓缓说道："林甲，你误会了。我郑重声明，我与我的两位助手之间，绝对是清白的，不存在任何越界的举动。当初邀请她们一同旅行，实则是我个人的虚荣心在作祟。自几年前太太离世后，我饱受失眠之苦，她们的出现，除了满足我那份浅薄的虚荣外，也确实为我乏味的生活带来了一丝慰藉。"

林甲听后，眼神中流露出对汪西林的深切同情，她温柔地说道："汪总，真正的老板风范，源于内心的丰盈与强大，而非外在的浮华装饰。频繁地以美女相伴，非但不能真正提升你的身份地位，反而可能让人质疑你的内在价值。"

汪西林闻言，连忙点头，神色中透露出几分醒悟："林甲，你说得对，是我过于肤浅了。从今往后，有了你的陪伴，我不会再让任何人介入我们的旅程。"

林甲听后，脸颊泛起一抹羞涩的红晕，轻声笑道："汪总，你可别急着下结论，我还没答应要与你同行呢。"

两人相视一笑，那笑容里，既有对过往误会的释然，也有对未来可能的期许。

第二天吃过早餐后，大家乘大巴到码头，随后乘邮轮离开圣托里尼岛回雅典。

邮轮上的设施比较完善，中餐是自助餐，菜品也比较丰富、可口，大家吃得比较满意。

在船上，大连来的一家人中，50多岁的女士与曹齐老伴坐在一起，她的老伴坐在她旁边，他们的儿子、媳妇坐在后一排。

前几天曹齐夫妇碰见过他们两口子，他们主动与曹齐夫妇攀谈起来。她们对曹齐老两口这大年纪还出来旅游，表示钦佩。

曹齐夫妇对这家人并不陌生，有一次同桌吃中饭，他们注意到这对夫妇对20多岁的日本儿媳呵护有加，特别是那位女士，时而帮儿媳夹菜，时而帮她舀汤，对儿媳比对儿子还好。

不一会儿，那位女士小声问曹齐老伴："那个青岛的商人带两个女助手，你知不知道？"

曹齐老伴说："知道。"往下就都不谈了。

经过八个多小时的航行，邮轮到达雅典，随后团友们乘大巴去酒店。

在分房时，导游告诉汪西林，由于酒店房间紧张，他今天不能一人住一间了。汪西林听了笑眯眯地说："没问题！"于是，汪西林被安排与江西来的吕海胖住在一起。

不一会儿，汪西林就来到两个助手的房间，同时小沈又把林甲叫来，四人又打起牌来。由于旅游接近尾声，他们打牌到11时许就结束了，汪西林和林甲各自回到自己的房间。

第二天早餐结束后，团友们乘坐大巴前往风景如画的大学街游览。行进途中，导游巧妙地策划了一场即兴惊喜，他兴致勃勃地宣布："我曾有幸聆听过汪总与他的两位助手演绎京剧，那韵味十足，今日何不趁此机会，请他们在车上为我们再现那段精彩？"

汪西林闻言，笑着摆手道："那不过是闲暇时的娱乐，我们的唱功实难登大雅之堂。"导游则热情回应："汪总太过自谦了，就让大伙儿一饱耳福，如何？"

"实话说，我们的表演确实粗糙，还望各位多多包涵，权当是为旅途添一份乐趣吧！"汪西林谦逊地说。

就这样，三人表演了京剧《二进宫》选段，由汪西林演唱徐延昭唱段，沈阅演唱杨波唱段，方必静演唱李艳妃唱段。三人唱得有板有眼，很有韵味，特别是沈阅唱的杨波唱段，颇有京剧名家女老生王佩瑜的风采，受到大家的欢迎。

舞台上，汪西林与他的两位女助手展现出了非凡的大方与默契，他们的唱腔高亢而和谐，完全不见丝毫拘谨或羞涩。这一幕，对于那些私下里对三人关系充满好奇与揣测的团友来说，无疑是一场意外的"好戏"。在这光鲜亮丽的表演背后，是团友们窃窃私语的声音。

知晓内情的林甲目睹此景，心中不禁生出几分无奈。她深知，人与人之间的关系远比外界所能轻易洞察的要复杂得多，也微妙得多。虽然汪西林带两个美女来旅游会给人带来无限遐想，但短短数日就十分笃定地给人贴上标签显然不是明智之举。想到这里，她轻轻地摇了摇头。

"人生如戏，戏如人生，旅途中的这一幕，真正是一出好戏。"不明就里的曹齐看着大家的不同反应不禁感慨。

在雅典市中心有一条街，当地人习惯叫它"大学街"。在这条街上，并排矗立着三座由丹麦建筑家汉森兄弟设计、19世纪建成的具有新古典主义风格的著名建筑，合称为"新古典主义三部曲"，它们分别是雅典科学院、雅典大学和希腊国家图书馆。这些建筑风格稳重，威严气派，并分别以精美的雕塑、漂亮的壁画和丰富的历史藏书而闻名，吸引着众多游客前来参观。

看到这些精美的建筑，曹齐不禁想到意大利著名画家拉斐尔的一幅名画《雅典学院》。《雅典学院》是意大利画家拉斐尔于1510—1511年创作的一幅壁画作品。现收藏于意大利梵蒂冈博物馆。该画借用古希腊哲学家柏拉图兴办雅典学院的主题，塑造了不同时期、地域、学派的著名哲学家、数学家、音乐家、天文学家共聚一堂，热烈讨论学术的画面，形成了一个百家争鸣的氛围，寄托了作者对美好未来的向往，表达了对人类追求智慧和真理的集中赞扬。

如前所述，曹齐夫妇对于参观大学是很感兴趣的。雅典大学位于"三部曲"中间，是"三部曲"中最先完成的建筑。雅典大学的外墙上画有希腊的主要天神像，非常优美。雅典大学门口高柱子上的雕塑，左边为女神雅典娜，右边是战神阿波罗。两边分别是先哲柏拉图和苏格拉底的塑像，曹齐夫妇在这里留影作纪念。

参观完"三部曲"，大巴又把团友们带到热闹的街区。团友们在这里自由活动，吃中餐，然后到时间集合。很多团友继续上街购物，更多的是买一些纪念品，准备分送给家人和亲友。

今天就要离开雅典，离开希腊了，人们对于这座城市，对希腊，有些不舍。古建筑恢宏的遗址，热闹的街区，美丽的米岛和圣托里尼岛，一幕一幕像电影一样在脑海中闪过，留下的是永远难忘的美好印象。

在机场，汪西林拉着林甲到另外一个地方，这里没有他们团队的人。于是他们走到一个角落，汪西林亲吻了一下林甲的额头。随后他们互相留下电话号码，并约定十天后找一个地方，他们再见面。

到此，令人难忘的希腊之行圆满结束！

第五章　伊比利亚的阳光

　　曹齐在游了东欧、西欧、北欧以后，还想去游欧洲，那就是想去西班牙、葡萄牙、英国。有人把意大利、葡萄牙称为南欧。根据旅行社组团安排，他们把意大利纳入西欧，而对德国、奥地利，东欧旅游团把它们纳入东欧范围，西欧旅游团则把它们纳入西欧范围。所以笔者只是根据旅行社的组团范围来书写，并不是准确的地理学上的划分。至于西班牙、葡萄牙，像希腊那样，笔者也不给予地理学上的划分，包括下一章的英国也是如此。

一、西班牙

　　关于西班牙，曹齐最早知道的是，15—16世纪哥伦布发现美洲新大陆，麦哲伦完成人类首次环球旅行，都是以西班牙作为起点的。更重要的是"日不落帝国"这个称号并不是英国的专属。早在英国登顶世界之前，世界上就已经出现过一个"日不落国"，即西班牙。

　　西班牙崛起于公元16世纪，短短几十年的时间，西班牙殖民者的脚步遍布全世界，从大西洋到美洲，从太平洋到东亚，西班牙人征服了一个又一个文明，掠夺了大量财富，实力急剧膨胀，很快便成为欧洲大陆上的顶尖豪强。尤其是在西班牙国王兼神圣罗马帝国皇帝卡洛斯一世统治的时代，西班牙先后挑战了法国和奥斯曼帝国两大对手，确立了自己在欧洲大陆的强国地位。另外，西班牙在美洲还征服了古老的阿兹特克和印加帝国，成功压过葡萄牙，成为当时的"海上霸主"。

卡洛斯一世对此骄傲地说道："在朕的领土上，太阳永不落下。"西班牙的"日不落帝国"由此而得名。

另外，作为一个中文系毕业生，曹齐很早知道塞万提斯，并读过他的作品《堂吉诃德》。塞万提斯是西班牙小说家、剧作家、诗人，出生于马德里附近的埃纳雷斯堡，被誉为西班牙文学世界里最伟大的作家。《堂吉诃德》达到西班牙古典艺术高峰，是欧洲文学史上第一部现代小说，同时也是世界文明的瑰宝之一。

曹齐想来葡萄牙旅游的原因很简单，澳门被这个国家强占这么多年，现在澳门虽已回归，但该国有必要来看一看。

2016 年 6 月 2 日，曹齐夫妇于 7 时赶到天河机场 T3 航站楼，7 时 30 分团友们在此集合，准备飞往巴黎。团友们一见面，都表现出热情、友好的态度，大家都有一见如故的感觉。

领队曲景，武汉人，30 出头，是一位丰满而有韵味的女人。按惯例她召开了一个小会，交代了有关登机的事情，团友们精神饱满，对这一次旅游充满期待。

经过与少数人的交谈，曹齐了解到，这个团不少人都不是第一次去欧洲，很多人游过西欧，也有人游过西欧、东欧，还有人像曹齐这样，已游过东欧、西欧、北欧，因此对于欧洲，大家已有一定了解。

经过将近 12 小时的飞行，当地时间下午 6 时多，抵达巴黎。然后又于晚 9 时转机，飞往巴塞罗那。当地时间近晚 11 时到达。出机场后，导游黄长庚在大巴前迎接。

在车上，他做了简单的自我介绍，他是浙江温州人，大学毕业后在法国当导游，在法国待几年后又来到西班牙，之前从事别的工作，最近几年又从事导游工作。他说："各位肯定以前到过欧洲，但为什么要到西班牙来呢？因为不到西班牙，大家会感觉缺点什么。有些团友可能不知道，最早被称为'日不落国'的是西班牙，不是英国。西班牙世界遗产的数量排名世界第三，仅次于中国和意大利，也是一个知名的旅游目的地国家。大家今天刚到，我不想多论，但愿大家睡个好觉，调整好时差，明天我们好好地来看看这个国家。"

第二天早餐后，团友们乘大巴赴神圣家族教堂。导游介绍：

"巴塞罗那是西班牙第二大城市，位于西班牙东北部，是加泰罗尼亚自治区首府，有'欧洲之花'的美誉。1992年，巴塞罗那主办了第25届奥运会，更让其名扬四海，让更多的人认识了巴塞罗那。虽然巴塞罗那有'欧洲之花'美誉，但当地人更乐意称之为'高迪之城'，高迪把他的作品和艺术精神贯穿于巴塞罗那的血液之中。

"巴塞罗那地标性建筑，高迪建筑艺术巅峰之作，也是未完成之作，世界上唯一一座尚未完工就被列入世界文化遗产名录的是神圣家族大教堂。圣家堂有18座高塔，分别代表耶稣、圣母玛利亚、四位福音传道人及12位耶稣门徒。

"安东尼奥·高迪正式接手圣家堂是1883年，此后他花费40多年的心血在教堂设计上，甚至搬到教堂工地上住，直到1926年的一天，他从教堂出来时被有轨电车撞倒，不幸去世。当时他穿着太简朴，没有多少人认出来，以为是流浪汉，后来是被一位认识他的女士认出来的。高迪出生时，圣家堂还未建，去世时，圣家堂还未完成，后人把他安葬在圣家堂的石板下面。

"圣家族指的是圣父、圣母、圣子。圣家堂有三个立面，分别代表耶稣的诞生、荣耀和受难。

"团友看到的东立面是高迪生前所建，主题是耶稣诞生。高大的拱门上设计繁复，密密麻麻的人物雕塑，展示圣母玛利亚怀胎到耶稣成长的故事。中间最大的拱门上的雕刻，展现赞美耶稣诞生，天使吹号、拉琴、弹琴等场景。"

从这个大门进入教堂内参观。教堂内一根根高大的柱子，像一根根巨大的树干，阳光透过色彩斑斓的玻璃花窗，透过"树干""树叶"星星点点照进来，游客似乎在枝繁叶茂的森林中穿行。

随后，团友们从受难面的西门走出。这个立面描绘耶稣受难、复活和升天，与诞生面粗细、繁复不同，受难面的雕塑风格简洁。根据规划，整座教堂将于2026年，也就是高迪逝世100周年时建成。

参观完圣家堂，大巴又开往奎尔公园。导游介绍：

"奎尔公园位于西班牙巴塞罗那北部，占地20公顷，建于1900—1914年。是高迪著名的杰作，也是高迪居住的地方。1984年被联合国教科文组织批准为世界文化遗产。

"天才建筑师高迪一生的作品中有17项被西班牙列为国家文物，7项被联合国教科文组织列为世界文化遗产。高迪手法大胆，作品独特，给人以强烈的视觉冲击感。从1906年到1926年，高迪在这里工作和生活了整整20年。

"奎尔公园入口处有座小房子。这个小房子的色彩和顶端的造型颇为有趣，好像剥开糖纸后的一颗几欲融化的牛奶糖，所以很多人亲切地称它为'糖果屋'。这座小屋是公园的标志性建筑。

"奎尔公园除了这个'糖果屋'外，以色彩缤纷的马赛克拼贴最为出名。公园不管是台阶、石柱、石椅或是喷泉上都贴有各式各样的马赛克瓷砖。入口处的蜥蜴喷泉全部由瓷砖拼贴而成，色彩绚丽明亮，富有童趣。下雨天时，从百柱厅流下的雨水从蜥蜴嘴倾泻而出，格外生动活泼。另一个喷泉采用蛇的形态，蓝色环形。

"著名的百柱厅有86根用于承重和防止积水的罗马柱，柱子顶部装饰了圆形马赛克瓷砖，使整个大厅不显得单调。百柱厅屋顶也是一大景点，在屋顶平台能够看到公园的全景，巴塞罗那的海景也能尽收眼底。

"另外，在屋顶平台上，拥有世界上最长的石椅，蜿蜒曲折的石桥上，贴着细碎的马赛克瓷砖，在阳光下熠熠生辉。"

两个景点的参观，使团友们眼界大开，这种建筑设计的确世上少有。

在浏览奎尔公园时，刘佳梦和程浮走在一起，而且相谈甚欢，两个不认识的人为什么这么熟呢？这要从飞机上讲起。

在从武汉到巴黎的飞机上，刘佳梦坐在程浮左边。

刘佳梦是武汉某公司业务员，30岁上下，她长着一张甜甜的脸蛋，清丽可人。

程浮是北京大学中文系毕业的博士生，毕业后应聘到某校，从讲师到教授，后任教务处处长，40有余。他身材高大，有一种"陌上人如玉，公子世无双"的英俊。飞机飞行一个多小时，两人都互不讲话。又过了半个多小时，程浮准备上卫生间，刘佳梦坐在走道边，于是主动站起来让程浮通行。程浮微笑说："不用起来，把腿偏一下就可以了！谢谢！"刘佳梦嫣然一笑，一双眼睛射出亲切、动人的光芒。

经过这个小插曲，他们便开始交谈了。

"我这样出出进进，恐怕打扰了你，我们换个座位吧！""没关系。谈不上打扰，不用换！"

"请问贵姓？"程浮问。"我姓刘！"刘佳梦回答。

"我姓程，禾旁程，在某大学工作。"就这样，他们开始交谈了。

而谈到某大学，刘佳梦说，她丈夫是从那个学校毕业的，学的是经济类专业。

"你先生现在在哪里工作？"

刘佳梦略微迟疑了一下，说："在某高中教书，但专业不对口，教的是语文。"

"高中语文要教好，很不容易呢！"程浮说。

"是的啊，这是个吃力不讨好的工作，升学率压得每个老师喘不过气来。"

接着，他们又谈到以前各自去过什么国家，对哪个国家印象最深，什么原因促使他们来西班牙、葡萄牙旅游。他们越谈越投机，各自都有一种说不出的愉悦。

到达巴塞罗那以后，参观圣家堂两人不在一起，但到了奎尔公园后，两人便走在一起了。

"真是不简单！"刘佳梦说。

"是的，他的确不简单！"程浮表示同意。"他的建筑风格是什么？"刘佳梦问。

程浮回答："依我看来，第一，他喜欢大量运用曲线，在他的建筑作品中几乎看不到直线和直角；第二，他的作品中善于运用色彩缤纷的瓷砖和瓷砖碎片。例如在这个公园内，大部分墙面、地面，甚至座椅长凳上，都嵌满了瓷砖。这样的设计，既表现出地方风格，又给观者留下巨大的视觉冲击和无限想象的空间。"

"哎呀，你的评价太妙了，使我增长了不少知识。你学过建筑？"

"没有，我只是业余喜爱绘画而已，也曾经打算考建筑学，但我的速写是弱项，没有考成。"程浮实话实说，没有隐瞒自己的不足。这一点令刘佳梦很赞赏，因为有不少男人对其他女人都不愿透露自己的缺点，更不用说心仪的女人。

望着英气逼人、谈吐优雅的程浮，刘佳梦爱意渐生。

这个旅游团有一个人数较多的小集体，就是由郭凡希带队的税务部门十人团。郭凡希，44 岁，某市级税务局副局长，也算年轻有为。他身长面白，眉宇英挺，也属于"帅哥"之流。他们这个团队是利用假期出来玩的，由两个市的税务人员组成。从他们的穿着可以看出，他们拿的工资不低，待遇是不错的。

有趣的是来自某三甲医院的医生黄清江，看见曹齐后，对他的妻子郑必秀说："你看他多像胡适！"他妻子郑必秀点了点头。曹齐听了，明知是开玩笑，但心里还是感觉很开心，毕竟这位先生说的是自己的偶像——大名鼎鼎的胡适。事实上，前十几年，曹齐的相貌更像胡适。

参观完毕，团友们乘大巴前往海港。

导游介绍：

"巴塞罗那著名的兰布拉大道南端尽头便是港口区域，这里首先看到高耸的哥伦布纪念塔，这是进入港口最主要的标志性建筑物。纪念塔上哥伦布手指的方向即威尔海港，侧后则是奥林匹克港。

"哥伦布纪念塔在兰布拉大道南端尽头，由西班牙艺术家阿尔契设计，为纪念发现美洲 400 周年而建，1888 年万国博览会展会期间落成，如今这里是巴塞罗那最具代表性的景观。

"这里是哥伦布第一次航行到达美洲后，返回西班牙的地点。当年，哥伦布在西班牙国王的支持下，四次出海远航发现新大陆，为西班牙开启了海上霸权之路，拉开了西班牙对南美殖民统治的序幕。为纪念这位历史人物，西班牙人在此修建了这座塔，也是西班牙最大的哥伦布纪念塔。

"纪念塔高 60 米，顶端矗立哥伦布雕像，他凝神远望，右臂指向前方海洋。上有'光荣属于哥伦布''向哥伦布致敬'两行大字。环绕主体中部雕有 5 个凌空飞舞的女神，底座四周雕有 8 只巨大的黑狮，还有记载哥伦布航海事迹的碑文，和当时资助他远征的国王费迪南德和王后的雕像。塔的顶端有一座瞭望台，可乘坐内部电梯直达 122 米高处，观赏城市与港区的全貌。

"威尔海港也叫旧港，在兰布拉大道的南端尽头，它是巴塞罗那港最早开发、至今仍使用的部分。如今，这里已成为豪华游艇的停泊地，一个现代的水上娱乐中心。

"除了日常的海港业务外，这里还被开辟为一处时尚的休闲码头，修建了木桥、木椅、波浪形雕塑。港口里帆船、汽艇、游艇、轮渡等停泊在这里，还有仿古游轮，看起来颇为壮观，十分繁荣。你可以在这里享受海风吹拂，看落日，坐在岸边饮酒、喝咖啡，品尝各种美味。"

随后，大家来到奥林匹克港，又叫新港。新港位于威尔港东面，是巴塞罗那为举办 1992 年奥运会，拆除原港口周边废弃工厂和建筑物而建的新港、新景区，也是奥运村的中心和水上运动区。这里举办过巴塞罗那奥运会的帆船项目比赛。如今，集中了巴塞罗那最漂亮的海滨浴场、最大的赌场和最多的海鲜美食。奥林匹克港和奥运村同属一个区域，除港口之外的部分，一般称为奥运村。

1992 年奥运会后，奥运村将当时运动员居住过的公寓公开发售。如今，这里已成为优雅的现代社区。

在港口游览时，宋江南与郭凡希聊上了。

"你们是税务部门的团队吗？"宋江南主动问郭凡希。"你怎么知道？"郭凡希问。

"我听领队说的。"

"你来自哪个单位？"

"我来自某建筑设计院。""好单位！"

"哪有你们单位好！你们是收钱的部门！你又是当官的。"

"哪里，我们是替国家收钱，我算什么当官的，只是个芝麻绿豆官。""芝麻绿豆官也是官嘛！"宋江南说。

谈话时，宋江南讲她的一个表哥也在税务部门工作。一问郭凡希，认识，这样他们的距离又拉近了一步。

郭凡希打量了一下宋江南，发现她容貌绮丽明亮，声音温柔甜美，是那种使人一见倾心、心神荡漾的女性。

宋江南是与五位同事一同出来旅游的，她今年 31 岁，是 6 个人中年龄最小的，也是唯一未结婚的。

宋江南至今没有结婚的理由只有一个："低不就！"她没有发现比她条件好的，只遇见比她条件差的，所以她谈不上"高不成"。就这样，从大学到硕士毕业，一直未遇见心仪的人。她今天主动找郭凡希搭话，对于她来讲是第一次。这是经过多年自省，在父母的一再"教导"下才开的口。但开口后，她后悔了，这位男士肯定成了家，那么这种询问有什么意义？虽然是一种无谓的社交，但是不知道怎么搞的，她明知对方已成家，可还是要问，这种无效劳动完全事出突然，没法控制。

随后，大巴把团友们带到兰布拉大街。

兰布拉大街是巴塞罗那所建的第一条宽敞的大街，和常见的街道不同，兰布拉大街中间是宽阔的步行街，两侧种着高大的法国梧桐，枝叶在顶部密密交会，连接成一条美丽的树荫大道。步行街的两旁才是窄窄的行车道。

兰布拉大街纵贯巴塞罗那的繁华市区。这里不仅是让游客流连忘返，也是本地人常来的地方，它已经成为欧洲最著名的林荫大道之一。据统计，每年到这条街游览的游客超过 5000 万。

在明媚的阳光照耀下，这条大街迷离而梦幻。宫殿、剧院、博物馆、教堂，市场汇成一道独特的风景。

在逛街时，曹齐看见程浮和刘佳梦在一起。本来与程浮一起来的，还有他的部下，教务处职员唐宣宣，这是一位 40 岁，精明能干的中年人。他发现程处长有时与刘佳梦在一起，他自觉回避，从不过问。

至于刘佳梦，她是一人出来旅游的，丈夫有事不能陪她出来。

在逛街时，曹齐夫妇发现街道两旁的露天小酒吧、小餐馆很多，它们依次排开，游客和当地市民在这里悠闲地消费。各种书店、书报亭鳞次栉比，显示出这里浓厚的文化氛围。爱读书、爱看报，这是一种很好的习惯，反映了人们的文化素养，营造出巴塞罗那浓郁的城市文化氛围。

在农贸市场，瓜果蔬菜、奶酪、香肠、火腿、禽蛋和冷鲜肉类，琳琅满目。水果摊贩把货品摆出艺术构图，色调艳丽，花店的鲜花品种多样，娇艳欲滴，展露妖娆和妩媚。

这条街上，来自世界各地的流浪艺人云集。有三五成群的乐队，有街头画家，有真人雕塑，行人与"雕塑"并肩拍照、拉手、搂肩。只需给一些硬币，就可与他们亲密接触。

曹齐夫妇去过世界各地不少的步行街，他们觉得兰布拉大街是最热闹、人流最密集、商品最多样丰富、最有文艺气息的步行街。

时间已过下午3点，他们感到有些饿，于是买了三支吉拿棒。所谓吉拿棒，相当于我们国内的油条，蘸着巧克力吃，也别具风味。

无独有偶，曹齐夫妇又看到程浮和刘佳梦，他们坐在露天食品摊的座位上，喝着咖啡，吃着小食品，俨然是一对恋人。

集合时间一到，大家陆续上车，大巴把团友带到诺坎普足球场。该足球场是巴塞罗那足球俱乐部的主场。可容纳10万人，为欧洲足联五星级球场，是仅次于巴西马拉卡纳的世界第二大专业足球场。由于不开放，团友们只在门外照了相，喜欢足球的团友都说遗憾！

随后，团友们上车回到酒店。晚餐特别安排了西班牙海鲜饭。

西班牙海鲜饭是西餐三大名菜之一，与法国蜗牛、意大利面齐名。西班牙海鲜饭源于西班牙鱼米之都——瓦伦西亚，是以西班牙产艮米为原料的一种饭类食品。黄澄澄的饭粒中加上虾子、螃蟹、黑蚬、蛤、牡蛎、鲜鱼，热气腾腾，令人垂涎。

团友们吃的海鲜饭与正规的海鲜饭虽说有差距，但味道绝对鲜美。品味了南欧风味，团友们纷纷夸赞。

夜深了，程浮还是睡不着。他的夫人已从当初高挑美女变成土、肥、圆大妈，他与她实在没有什么话好谈。但他又不敢提出分手，有一次，他半开玩笑说出这个意思，她马上翻脸，恶狠狠地说："你敢这样做，我要你好看！"想想自己可爱的儿子，想想白发苍苍的父母，他不敢再向她提出类似的问题。但是，刘佳梦的确招人喜爱，虽然他不是那位花心到"可以追逐任何一个穿裙子的女人"的罗素，但要他不爱刘佳梦，似乎不可能。

第二天早餐后，大巴载着团友前往萨拉戈萨，导游在车上介绍：

"萨拉戈萨是西班牙阿拉贡自治区首府，是西班牙第五大城市，位于东北部，是工业地区，面积17252平方千米，人口65万。2008年，在萨拉戈萨举办了以水资源利用为主题的世界博览会。

"我们主要参观两个重要景点。一个是皮拉尔圣母大教堂。皮拉尔圣母意为'柱子圣母'，相传耶稣十二使徒之一的圣雅各传教至萨拉戈萨，在公元40年1月2日见到圣母玛利亚在一根柱子上显灵，要他将基督教带给这个国家，据称这是她升天之前唯一的一次显灵。教堂兴建于1681年到1872年，为巴洛克建筑风格，呈矩形，长130米，宽67米，11个圆顶，4座高高矗立的尖塔，是萨拉戈萨的标志性建筑，人们从远处可看见其壮丽身姿。教堂由一个中殿、两个走廊和两个用砖建成的小礼拜堂组成，非常壮观。大教堂被认定为西班牙国家级历史建筑，也是西班牙最重要的教圣地之一。教堂外是皮拉尔广场，它是欧洲最大的步行广场之一。除皮拉尔大教堂外，还有市政厅等。大教堂的两端有着两个大喷泉，西班牙喷泉和戈雅喷泉。

"另外，还有一个重要景点，那就是阿尔哈菲利亚宫。这是一座建于11世纪下半叶的中世纪伊斯兰防卫城堡。它是巴努哈德王朝统治者的居所。这座庞大建筑融合了多种建筑风格，外部的多个圆柱塔，强化了其稳固及戒备森严的感觉。而内部回廊及穹顶上繁复的雕刻，则突出了典型穆斯林式装饰的精美。"

经过3个多小时，团友们到达萨拉戈萨，随后大巴把大家带到皮拉尔圣母大教堂。

进入教堂后，团友们被高大宏伟的建筑所震撼，地面全用大理石铺垫并形成图案。穹顶均为半圆弧形，上有精美的雕塑，内部装饰华丽，凸显巴洛克的设计风格。殿内陈列着精美的装饰件和艺术品，天花板和墙壁上的壁画是本地著名画家戈雅的作品。

大厅正中有一座祷告厅，全部用大理石建成，正面是黄金装饰的圣母像，非常精致。据说，在西班牙内战时期，两枚炸弹投在该教堂屋顶，居然一枚都没有爆炸，因此人们认为是圣母显灵保护了教堂。

随后，大巴又把大家带到阿尔哈菲利亚宫。导游介绍：

"阿尔哈菲利亚宫，是建于 11 世纪的阿拉伯人王宫。12 世纪阿拉贡王国定都于萨拉戈萨后，成为基督教国王的宫廷，它是西班牙保存最好的伊斯兰统治时期的建筑，位于萨拉戈萨老城边缘。现在是阿拉贡大区议会的办公所在地。这是西班牙最重要的古迹之一，带有明显的穆德哈尔风格。

"王宫至今仍保留着防御部分的遗迹，环绕有一道宽且深的护城壕，拥有若干圆形塔堡。"

阿尔哈菲利亚宫是一个主体为长方形的宫殿，具有独特的摩尔式建筑特色，如拱门、小型清真寺、墙壁上朝麦加方向开的洞，等等。柱廊、拱门都布满了华丽、精美、细腻的雕饰。许多房间分布在露天庭院的周围，庭院栽了观赏用橘树。

曹齐在这里参观，有点到迪拜游览的感觉，由于西班牙与北非离得近，有些建筑有伊斯兰风味。而阿尔哈菲利亚宫是西班牙保存最好的伊斯兰统治时期的建筑，它是为穆斯林统治者享乐而建的宫殿。

晚餐后，大家各自回房间休息。郭凡希与沈植昌住一房间。沈植昌50 多岁，是郭凡希的老部下，他与郭共事多年，看着郭从一个不谙世事的小伙子变得精明强干，最后爬到领导的岗位。两人关系融洽，可说是"铁哥们"。

晚上 8 点多，宋江南敲了敲郭的房门，沈植昌问："哪一位？"宋江南声音脆亮地答道："我，宋江南！"

"哪个宋江南？"沈植昌又问。"一个旅游团的！"宋江南答。

结果，郭凡希快速冲到沈的前面，把门打开，连声说："欢迎宋小姐光临！"

"啊！是宋小姐，失敬，失敬！"沈植昌打着哈哈。宋江南一进来，一股清香气飘入两人鼻腔，非常好闻。"有何贵干呢？"郭凡希开着玩笑！

"到领导这里转一转，密切联系领导嘛！"小宋也油腔滑调起来。随后，郭凡希拿出一罐汽水招待小宋，小宋连声谢谢，但不喝。"怎么，你怕我在里面下了迷幻药？"郭凡希开玩笑。

"怎么会呢？"小宋说，于是打开喝了起来。

"宋小姐，参观一下，我出去锻炼锻炼。"沈植昌开门出去了。

"你看，你看，老沈把我们当成什么人了，给我们单独留下谈话的空间。"郭凡希也幽默起来。

老沈一走，房间倒安静下来，两人都没有说话。

"我觉得西班牙真值得来，热情奔放，风情万种。"郭凡希首先开口。

"我有同感！"宋江南说，"这个国家真是有很多特别的地方，比如斗牛，比如下午长时间午睡。除了大型超市以外，所有的商店都大门紧闭，人们都在午休。西班牙人容易接近，经常大笑，世界闻名，他们很懂得享受生活。"

谈到西班牙后，话题又转到中国的男人和女人。

郭凡希说："中国的女人很勤劳，但是有个很大的缺点。""什么缺点？"小宋问。

"爱嚼！"老郭说，"在武汉方言中，'嚼'就是爱批评、指责、唠叨，而且喋喋不休，往往脾气很好的男人都被'嚼'疯了。"

"我举个例子。"老郭接着说，"我有一个亲戚，他的邻居某男士一辈子勤劳、朴实，还是一个厂长。结婚以来，几十年都让着老婆。但老婆有个最大毛病，就是爱'嚼'，有一次为某件小事，他老婆又'嚼'起来了，无休无止，丈夫几次忍着气，要她不要再'嚼'了，但她越'嚼'越厉害，忍无可忍的情况下，他激情犯罪，于是惨剧发生了，一刀把她杀了。"

"这种女人是少数，也有温柔贤惠的！"小宋说。"我同意！"老郭说。

"有些男人吃喝玩乐不顾家，也该'嚼'！"小宋气愤地说。"你找我，到底有什么事？"

"没有什么事，只是聊聊天而已！"

"敲门聊天，恐怕影响不小呢！"老郭意味深长地说。

"那怕什么，团友之间合得来，聊聊天有什么关系？"小宋不在乎。

在迷离的灯光下，她羞涩地粲然一笑。

不一会儿，宋江南突然说："时间不早了，我回房间去了！"

郭凡希虽有挽留之意，但没有说出口。于是，他热情地把小宋送到门边，并用力握了一下她的手。

第二天早餐后，团友们坐大巴前往马德里。

在大巴上，导游介绍：

"马德里是西班牙首都及最大城市，市内人口约340万，都会区人口则约627.1万，均占西班牙首位，其建成于9世纪，是在摩尔人边贸站'马格立特'旧址上发展起来的城市。1561年，西班牙国王腓力二世将首都从托莱多迁于此。

"马德里位于伊比利亚半岛梅塞塔高原中部，瓜达拉马山脉东南麓的山间高原盆地中，海拔670米。南下可与非洲大陆以水为限的直布罗陀海峡相通，北越比利牛斯山可直抵欧洲腹地，地理位置十分重要，历史上素有'欧洲之门'之称。

"马德里是西班牙的商业中心和'总部经济'中心，也是南欧地区的旅游、文化中心，历史文化遗迹丰富，现代旅游设施齐全，服务业发达。

"马德里有'三多',即塑像多,广场多,喷泉多。"

经过三个多小时的行驶,大巴抵达马德里。在导游的带领下,团友们首先参观马德里皇宫。

在排队进入宫殿之前,导游继续介绍:

"马德里皇宫是仅次于凡尔赛宫和维也纳美泉宫的欧洲第三大皇宫,建于1738年,历时26年才完工,是世界上保存最完整、最精美的宫殿之一。皇宫外观呈正方形结构,类似法国卢浮宫,内部装潢则是意大利风格,富丽堂皇。室内藏有无数的金银器皿和绘画、瓷器、壁毯及其他皇室用品,皇宫已被辟为博物馆,供游人参观。

"走进皇宫,迎面就看见了一座高大的人像石雕,那是著名的菲利普五世,正是他决定建造这座皇宫的。石雕后面是鲜红色的幔帐,挂着西班牙国徽、皇冠和骑士勋章的图案。

"宫殿主体结构全部用石头和砖建造,没有用木头。占地13.5万平方米,共3418个房间,供游客参观的仅50间左右,主体建筑每边长180米。"

团友们参观了帝国厅。厅内拱顶画展现了西班牙君主时代的故事,特别突出了18世纪诸位国王的统治。除了在皇家作坊生产的装饰品,也有远道而来的奢侈品,如威尼斯的枝形水晶吊灯、那不勒斯的天鹅绒刺绣、罗马的青铜狮像。

接着,又参观了绘画长廊。这里收藏了各种绘画流派画家的作品,其中包括胡安·德·弗朗德斯的《天主教女王伊萨贝拉的多联画屏》、卡拉瓦乔的《莎乐美和施洗者约翰的头颅》,以及委拉斯开兹和戈雅的作品。

豪华餐厅,可容145人用餐,1879年为庆祝阿方索十二世迎娶第二位皇后而设,是欧洲王室宴会厅之最华丽者。四周挂有16世纪法兰德斯壁毯,天花板上是德国画家门斯和巴耶等大师作品。

圆柱厅,因墙内的大圆柱而得名,天顶画出自贾昆托手笔。圆柱厅是王室舞厅和举行重大活动的场所，它见证了许多重大事件，如 1985 年，西班牙加入欧共体的协议在此签署等。

镜厅，因室内 6 面大镜子而得名，它是卡洛斯四世为王后布置的新古典主义风格梳妆室，正中的桃木镏金桌和悬挂其上的金色王冠形吊灯都极具特色。

随后，导游带领团友来到西班牙广场。

西班牙广场是西班牙马德里市中心的一个大型广场和热门旅游目的地，位于格兰维亚大道的西端，马德里皇宫在广场南面不远处。

团友们看到广场中心是米格尔·德·塞万提斯纪念碑，包括上方的塞万提斯石雕，前方的堂吉诃德和桑丘·潘沙铜像，以及代表堂吉诃德真爱的两尊石像：平凡的村姑阿尔东沙·罗任索和想象中美丽的杜尔西内娅·台尔·托波索。

据导游介绍，广场的建筑大部分修建于 1925 年到 1930 年，1957 年完成。广场上有马德里最高的两座建筑：142 米高的马德里塔和 117 米高的西班牙大楼。广场四周布满了古罗马式的回廊、拱门、柱头，以及阿拉伯和西班牙建筑风格浑然一体的塞维利亚风格建筑，被誉为西班牙最美丽的广场。

导游继续介绍："'马约尔'的西班牙语就是'大'和'主要'的意思。该广场是西方被写入建筑史的几个顶尖著名广场之一。1619 年，菲利普三世主持修建。"

随后，导游带大家来到马约尔广场。该广场是马德里的主广场，临近太阳门广场，为长方形，长 129 米，宽 94 米，中央有修建者菲利普三世骑马雕像。周围环绕着四层建筑，有 237 个面临广场的阳台，共有 9 个拱门通向外面。这里布满饭店、咖啡店、礼品店，广场四边是露天餐屋和画摊等。广场上的主要建筑之一面包房之家，至今仍在行使市政和文化功能。外墙布满了壁画，令人眼前一亮。

团友们看到，阳光下各种各样的街头艺人正在展示自己的绝活，到处是观光休闲的市民和游客。

导游介绍："该广场以其鲜活的民风被称为'西班牙大院'。几百年来，该广场都是举办集市和戏剧表演的场所，也是各种宗教活动、斗牛表演和节日庆典的中心。大仲马将马德里湛蓝的天空比作马约尔广场'最美丽，绘画最精美的屋脊'。"

紧接着，大家来到太阳门广场。

团友们看到的是广场四周的商业店铺鳞次栉比，以广场为中心放射出十条商业街。街上橱窗五光十色，商品琳琅满目，市民、游客、情侣很多，"真人秀"千奇百怪，人流络绎不绝，人声鼎沸，这是一座与马德里人的生活息息相关的大广场，活力四射，充满勃勃生机。热烈张扬、痛快淋漓是这个国家的性格。

马德里有300多个街心广场，最有名的就是太阳门广场。

团友们看到，广场上矗立着一尊马德里第一任国王卡洛斯三世的骑马铜像。广场中央有一座花坛，坛里矗立着一座攀依在莓树上的棕熊的青铜塑像，这是马德里的城徽。

导游介绍：

"闻名于世的'谣言场'和咖啡馆中的'闲谈会'都在这里。大约从16世纪开始，太阳门广场西边，圣弗利佩教堂门前宽阔的台阶就成了有名的'谣言场'，直到19世纪马德里第一张报纸问世的时候，这个谣言才没有了。'闲谈会'是过去马德里的名人在咖啡馆联络感情、神聊或者评论时事的产物。

"保安局大楼是广场中最突出的建筑物，这是一座18世纪末新古典风格的宫殿式建筑，楼顶的钟楼是1867年加建的。每当除夕，成千上万的人群便涌向这里，辞旧迎新之际，这个古钟楼响起悠扬的钟声之时，每个人便迅速吞下手中的12粒葡萄，祈愿第二年12个月万事如意，月月交好运。吃过葡萄之后，人们开始饮酒、跳舞、唱歌，欢度佳节，直到第二天黎明。这个传说从 19 世纪一直延续到今天。"

在太阳门广场，程浮和刘佳梦走在一起，而郭凡希也与宋江南在一起逛，他们有说有笑，宛如一对对亲密的恋人。

参观完了广场，导游又把他们带到格兰比亚大街。

格兰比亚大街是马德里中心的黄金大道，是西班牙著名的商业街，大街东部从大地女神喷泉开始到西班牙广场。它两侧耸立着至今保存完美的中世纪建筑，隐约可见当时被称为日不落帝国的西班牙曾经的辉煌。

沿路商场、酒店、餐厅、电影院等吃喝玩乐设施林立，可领略西班牙的浪漫风情。

团队成员们在完成参观行程后，还将体验另一项精彩纷呈的活动——观赏激动人心的斗牛赛事。对于观看斗牛，大家非常兴奋和期待，很多人都准备在这次旅游中看一场斗牛，因为斗牛是西班牙的两大国粹之一（还有一个是弗拉门戈）。这是他们来西班牙的"重头戏"之一。

海明威曾经说过："生活与斗牛差不多，不是你战胜牛，就是牛挑死你。"斗牛中牛和斗牛士之间是一场你死我活的决斗。

西班牙斗牛起源于西班牙古代宗教活动（杀牛供神祭品），13 世纪西班牙国王阿方索十世开始这种祭神活动。后来，演变为赛牛表演。真正的斗牛表演则出现于 18 世纪中叶，每年 3 月 19 日（圣约瑟夫日）至 10 月 12 日（西班牙国庆节），这长达 7 个月的时间成为斗牛季。有时每天都斗，斗牛已成为西班牙的国技，被视为一种高贵的艺术。

西班牙斗牛选用的公牛是一种血统纯正的野生动物，一般是生性暴烈的北非公牛。正式比赛的斗牛体重在 400 ~ 500 公斤。在表演中，没有被斗牛士刺死的牛最终也将被引入牛栏，被他人用剑刺死。

在西班牙乃至整个西语世界里，斗牛士被视为英勇无畏的男子汉，备受国人的敬仰与崇拜，其地位高出一般的社会名流和演艺界人士。这个独特的人群具备高雅、勇敢的灵魂，他们将技术和体力、柔美和勇猛完美地结合到一起。

吃过晚餐，团友们来到马德里文塔斯斗牛场。此时，太阳还未落山，因为当地22点才是黄昏。

团友们去的斗牛场是一座古罗马剧场式的圆形建筑，直径60多米，可容纳观众两万多人。进去时，场上已经基本坐满了观众。团友们见空找座位，三三两两坐在一起。

据称，西班牙人干什么都拖拖拉拉，只有观看斗牛准时。一场斗牛由三个斗牛士出场，分6节进行，每节斗牛一头，约20分钟，每场要斗6头牛。

晚上7点，斗牛表演以斗牛士入场拉开序幕。两位前导一身16世纪装束，骑着马首先上场。而后，乐队奏起了嘹亮的斗牛士进行曲，乐声中，三位斗牛士各自率自己的一班人马分三列队同时上场。斗牛士身穿绣花紧身衣、紧腿裤，头戴三角帽。斗牛士一般20来名，他们的队伍由两名骑士率领绕场一周，向观众致意。这之后由主持人宣布斗牛开始。

非常幸运的是，导游正巧坐在曹齐左边，这样一来，他好像成了曹齐的专属解说员。

主持人宣布开始后，斗牛场的旁门一打开，一头凶暴的公牛便冲进场内，它左冲右突，在沙地上漫无目的地狂奔着。只见斗牛士挥舞着红、绿两面的斗篷，交替着来挑逗它、刺激它，以使它狂怒起来，消耗其最初的锐气。

接着，两名骑着高头大马的长矛手，手持长矛，直奔公牛而来。公牛毫不示弱，朝着身披护甲的高头大马直撞过来。只见长矛手找准时机直刺牛背，刺破其血管，进行放血，同时为主斗牛士开一个下剑的通道，所骑之马都用护甲裹住，双眼蒙上以防胆怯。

只见牛背血流如注，惨不忍睹，宋江南见此连说："可怜，可怜！"然而公牛不顾身负重伤，继续奔跑，显然性情变得更加暴躁。

长矛手完成任务后，紧接着花镖手出场。花镖手徒步上场，手执一对饰以花色羽毛或纸、前端带有金属利钩的木制杆——花镖。孤身一人站立场中，并引逗公牛向自己发起冲击。

导游说："花镖手必须将带弯钩的梭镖准确无误地插入正在流血的牛背处，每次两镖，共投三次。"

只见花镖手对直冲来的公牛，迅捷将花镖刺入公牛背颈部，利钩打在牛颈背上，鲜血直流。见此，宋江南又叫起来："太残忍了，我不想看了！"刘佳梦劝她："既来之，则安之！"就这样，花镖手连续刺中四支花镖后退场。

公牛中镖后，疼痛难忍，变得更加怒不可遏，难以控制，见到什么对象就会红着双眼冲过去。

宋江南一边看，一边又说："斗牛太残忍，牛太可怜！"刘佳梦说："这是西班牙的国粹，是艺术！"

宋江南说："艺术就非要把牛刺死？"导游劝他们暂时不讲话，以免影响别人。

最后，手持利剑和红布的主斗牛士上场，开始表演一些显示功力的引逗及闪躲动作，如胸部闪躲，即让牛冲向自身时，腿一侧滑，牛贴身冲过，此动作危险刺激，令观众紧张。刘佳梦叫了一声："好险！"

有时斗牛士原地不动，引逗着牛围着身体打转，环体闪躲，也十分紧张。

最后，斗牛士将一把带弯头利剑瞄准牛的颈部，尔后，既引逗牛向其冲来，自己也迎牛而上，冲上前把剑刺向牛的心脏。于是，牛慢慢倒地。

这时，装束着花饰的骡子车出场将死牛拖走。观众报以热烈的掌声、欢呼声，有的投去鲜花。

宋江南大叫："太悲惨了，我再也不吃牛肉了！"刘佳梦说："你还是会吃的！"

第二节斗牛结束时，有一匹骡子竟不敢拉车，吓得跑开了。

看到第三场快结束时，曹齐的老伴有点坐不住了，一来是心脏不舒服；二来也觉得残忍，便提前出场。宋江南和有些团友也出了场。

出场后，团友分成两派，一派认为斗牛太残忍，这是把"刽子手"当成英雄来景仰，不能进行这种表演；一派认为可以进行，这是一门勇敢者的艺术，是勇敢善战的象征。

说到底，有些国人还是不喜欢斗牛，他们认为牛是勤劳的动物，最后还要被人宰杀吃掉，太不公平。还有人认为，斗牛不是一对一单挑，是许多斗牛士合伙欺负一头牛。有的人刺杀了不会说话的牛，还当上所谓"英雄"，而且杀牛时，那么多人观看、呼喊，简直说不过去。你既是"英雄"，为什么不跟雄健的狮子、老虎去斗呢？

有三位团友后悔不该花 1000 元订自费的牛尾餐，看了斗牛，真是不想吃牛肉了。

第二天早餐后，团友们乘车前往科尔多瓦。导游介绍：

"科尔多瓦是一个拥有无数文化遗产和古迹的城市，是比传奇还要传奇的人物——拉赫曼大帝一世的都城，也是古代阿拉伯在欧洲的核心。拉赫曼一世系阿拉伯帝国的王族倭马亚家族的直系后代。750 年，倭马亚王朝被阿拔斯王朝取代。为重振倭马亚王室，756 年年初，率部从塞维利亚北进，于同年 5 月，同阿拔斯王朝驻西班牙总督优素福决战于瓜达尔基维尔河畔，优素福败逃。他攻入科尔多瓦，以此为自己的都城，自称埃米尔，建立后倭马亚王朝。

"科尔多瓦是一个拥有许多文化遗产和古迹的城市，它是科尔多瓦省的首府，如今只是一个中等大小的城市，人口 28.4 万（1981 年），但它在老城区却拥有许多令人过目难忘的建筑遗址。据估算，科尔多瓦在 10 世纪时，有 50 万居民，曾是西欧最大的城市。"

到达后，在导游的带领下，团友们开始游览。科尔多瓦大清真寺及周边旧城区构成了该地区的历史中心。

导游介绍：

"科尔多瓦有着西班牙最迷人的老城小巷，它仍然保留着中世纪的风格，有着窄窄的街道、白色的墙、舒适的花园。狭窄的街道对爱花的西班牙人来说有些遗憾，所以他们把花都挂在墙上，形成一道风景。

"科尔多瓦5月有庭院节，科尔多瓦人既爱花，又懂花，在这段时间，他们各显身手。在此向世人展示自己的园艺天分，家家户户的庭院都是鲜花盛开。"

在游览时，程浮和刘佳梦、郭凡希和宋江南走在一起，无拘无束地交谈。

看见整洁漂亮的小巷，程浮发出感叹："这样狭窄的巷子，却又这么干净，真是难得。"

刘佳梦说："的确难得！在一些国家里，如果是这种情况，早已是垃圾遍地，臭气熏天了。"

"还有一些欧洲城市，也有狭窄的街道，一样也非常整洁、干净。"刘佳梦接着说。

看见墙上挂着各种鲜艳的花，宋江南叫了起来："回去后，我也把花挂在墙上！"

在这鲜花盛开的小巷，曹齐觉得西班牙人热爱生活、热爱美，把陋巷装点得如此漂亮，有一种高雅的情趣。比起世界上一些地区城市街道狭窄，垃圾遍布，臭气熏天，简直是天壤之别。

随后，导游带大家来到大清真寺。导游介绍：

"科尔多瓦大清真寺是穆斯林在西班牙遗留下来的最宏伟美丽的建筑之一，具有摩尔建筑和西班牙建筑的混合风格，是西班牙伊斯兰教最大清真寺之一，也是一个有着穆斯林风格的天主教堂，它是建筑史上的一个奇迹。

"6世纪时，它原本是天主教修道院。8世纪，穆斯林在此建造了清真寺。13世纪，清真寺被改用为教堂。16世纪，在其中建起一座哥特式基督大教堂，经历了修道院—清真寺—天主教堂的历史变迁。大清真寺成为一座伊斯兰教文化与基督教文化并存的特殊建筑物，两种宗教文明在此交汇，以美丽的形式呈现。

"1984年，科尔多瓦古城和大清真寺被列入世界文化遗产。清真寺平面为长方形，北面大殿为主要建筑，东面长126米，南北宽112米，殿内装饰华丽，有间距不到3米的18排柱子。按南北轴线方向排列，柱为古典式，高3米，上承两层重叠的马蹄形卷，用红砖和白云石交替砌成。"

曹齐一进来，见石柱密布，如同进入石柱森林。一种空旷、宏大、神秘的感觉油然而生。虽然他不信仰任何宗教，但也被这种氛围感染，连脚步都走得比较轻慢。相信有他这样感受的团友也不少。

该寺主要分宣礼楼、橘树院、礼拜正殿、圣墓等几部分。宣礼楼是一座尖塔状的建筑物，寺内的宣礼员可按时登楼呼唤信徒做礼拜。18世纪时，这座楼被天主教徒改为塔楼。

橘树院内有一水池，是穆斯林在礼拜前履行净礼的地方。

礼拜正殿建筑宏伟，装饰豪华，石柱由斑岩、碧玉和各种颜色的大理石构筑而成。现在殿内尚存有的850根石柱，将正殿分为南北19行，每行各有29个拱门的翼廊，每个拱门又各有上下两层马蹄形的拱券，整座正殿玉柱林立，拱廊纵横。

16世纪初，清真寺改建，正殿中的石柱和拱门近三分之一被毁，从中建起了一座文艺复兴式大教堂，包括主座堂、王家小礼拜堂、唱诗班几部分。唱诗班的椅子全是带有华贵的巴洛克雕饰的精湛工艺品。两个讲道台是用桃花心木、大理石、碧玉等镶嵌制成。

参观结束，团友们上车，准备前往格拉纳达。

今天清早，大家看到宋江南上穿粉红色的薄毛衣，下穿同色的西服裙，身材凹凸有致，这套衣服穿在她身上，合身、挺括，非常有韵味。38 岁的同事，也是宋江南同房间的团友郑竹惊呼："小宋闪亮登场了！"

大家一看，她果然不同凡响。只见她灵动逼人，举手投足之间都展现着熟女的魅力。

税务局的姜子虹，跟着附和："小宋的美貌，持久耐看！"她比小宋大一岁，也是这几天混熟的，而且熟得像亲姐妹。

在大家夸赞宋江南时，郭凡希也打量着宋江南，他认为大家说得对，宋江南的确有风韵，也有一种特殊的妩媚。他看见宋江南脸上有汗，就微笑着递了一张纸巾给她擦汗，她也笑眯眯地接过去了。

此时，喜欢观察的曹齐说话了："刚才很热闹，气氛很好，老夫献上一首打油诗给大家助兴：红衣女郎今出门，游客一致有好评。中国美女有特色，郎君一旁献殷勤。"

团友们听了，都叫好。郭凡希笑着说："曹老师真会开玩笑！"曹齐说："图个乐呵，图个乐呵！"

郭凡希随后单独与小宋在一起时，把他未说出的赞美单独告诉她。她嫣然一笑："得到你的夸奖，荣幸之至！"

在大家夸赞宋江南时，刘佳梦保持着善意的沉默，她想："宋江南今天穿得这么靓丽，太招摇了！"

郭凡希与宋江南、程浮与刘佳梦，这两对在旅游中结识的"对子"，团友们都知道。曹齐想，难道正如德国作家黑塞所说："旅游就是艳遇。"

到达格拉纳达后，团友们吃完餐，各自回房间休息。

在深夜的静谧中，刘佳梦轻叩程浮的房门，同室的唐宣宣识趣地退出，留给两人一个独处的空间。刘佳梦身着一件轻薄的肉色内衣，外搭一件宽松的蓝色衬衣，曼妙身姿若隐若现，空气中弥漫着一丝微妙的香气。

程浮的目光在刘佳梦身上停留了片刻，心中涌起一股难以名状的情感。他欣赏她的美丽，更被她那份不经意间的风情吸引。然而，他的内心却像被一道无形的锁链束缚，那是对家庭的责任感和对妻子的忠诚。尽管他的妻子性格泼辣，但对孩子和老人却有着无微不至的关怀，这份感觉让他无法轻易迈出那一步。

刘佳梦见程浮神色复杂，心中不免有些失望。她原本以为，凭借自己的魅力，足以让这个男人为她所倾倒。然而，程浮的沉稳和克制却让她感到意外。她明白，这个男人不是那么容易被"征服"的。

于是，她收起心中的波澜，与程浮聊起了轻松的话题。他们的对话时而幽默，时而深刻，仿佛是两个久别重逢的老友在分享彼此的生活。

终于，她起身告辞，程浮礼貌地送她到门口，并邀请她有空再来坐坐。刘佳梦微笑着点头，心中却暗自决定，这样的"坐坐"或许再也不会有下次了。

第二天上午，团友们在导游的带领下开始游览。

在车上，导游介绍："格拉纳达位于西班牙南部，是格拉纳达省的省会，位于内华达山脉山麓，达罗河和赫尼尔河汇合处。西班牙语中，石榴就叫'格拉纳达'，整个城市充满着阿拉伯异域风情。格拉纳达依山而建，城市不大，街道窄小，古迹众多，新建筑少，就像是一个露天博物馆。"

随后，导游把大家带到阿尔罕布拉宫。导游介绍：

"阿尔罕布拉，在阿拉伯语中意为'红色城堡'。来自北非的摩尔人用当地的红土烧砖炼瓦，在巍峨的萨彼卡山腰上修筑了这座宫殿。山腰海拔730米，地形险要。宫殿的围墙东西、南北各长200米，高达30米，它是伊斯兰风格的建筑，细腻、精巧、辉煌、奢靡，是西班牙文化的瑰宝。

"这座宫殿是当年欧洲最美的宫殿，是摩尔人留存在西班牙所有古迹中的精华，有'宫殿之城'和'世界遗迹'之称，1984年被联合国教科文组织列入世界文化遗产名录。阿尔罕布拉宫是西班牙伊斯兰教最后的军事要地和历代国王的王宫，主要由阿卡萨巴城堡、纳塞瑞斯皇宫及卡洛斯五世宫组成。"

进入阿尔罕布拉宫后，团友们在导游带领下，重点参观纳赛瑞斯皇宫，该宫是阿尔罕布拉宫的核心建筑，以其精美的建筑和装饰而闻名。

因时间关系，主要参观了两个最负盛名的宫院。

第一个是"桃金娘宫院"，这是一处引人注目的大庭院，也是阿尔罕布拉宫最为重要的群体空间，是外交和政治活动的中心。它长约 42.7 米，宽约 22.6 米，中央有大理石铺砌的大水池和漂亮的中央喷泉。四周植以桃金娘花。南北两厢由无数大理石圆柱构成的走廊柱子上，全是精美无比的图案，手工极为精细。

第二个是狮庭，大家通过桃金娘宫院东侧，来到狮庭，也即苏丹家庭的中心。在这个宫院中，四个大厅环绕一个中庭——狮庭。列柱支撑起雕刻精美考究的拱形回廊，从柱间向中庭看去，其中心处有 12 只强劲有力的白色大理石狮托起一个大水钵（喷泉）。大水钵布局呈环状，水从石狮的口中泻出，经由这两条水渠流向围合中庭的四个走廊。走廊由 124 根棕榈树般的柱子架设，拱门及走廊顶棚上的拼花图案相当精美：其拱门由石头雕刻而成，做工精细、考究、错综复杂，走廊顶棚也表现出极其精湛的木工手艺，可以说这是一个伊斯兰的世界。皇宫内部阿拉伯风格的纹饰、繁复的天窗、精美的蜂巢天花板，散发着香气的雪松、醉人的水池，绝妙的园林美景，令人眼花缭乱。

"哎呀，真美呀，我恍如处在空灵的圣地之中！"郭凡希团队 42 岁的女士邓笑笑发出赞美。

"说得对！我好像进入了仙境！"设计院团队 38 岁的美女郑竹附和道。

曹齐一边欣赏，一边怀疑自己是否在非洲某个著名的阿拉伯王宫漫步呢？

团友沿着螺旋状阶梯来到守望台，此为阿尔罕布拉宫最高点，可以瞭望格拉纳达全景。

"你们听过《阿尔罕布拉宫的回忆》这首名曲吗？"导游问大家。程浮和 53 岁的外科专家黄清江教授几乎同时回答："听过。"

导游请黄教授介绍一下，他谦虚地请程浮讲："处长讲。"程浮请他不要客气。

于是，黄教授讲："《阿尔罕布拉宫的回忆》是近代吉他音乐之父、西班牙著名吉他作曲家兼演奏家弗朗西斯科·塔雷加 1896 年谱写的最有名的代表作品。这首曲子有吉他世界中'名曲中的名曲'之美誉。全曲采用轮指技巧（即震音技法）长达三四分钟，给人以珠落玉盘的感觉。乐曲的副标题为《祈祷》。充分表现了作家迷蒙、回忆、幻想、憧憬，以及感慨万千的心绪。"

黄教授一讲完，团友们都鼓起掌。他的夫人郑必秀微微红着脸，脸色微红地说："你们算找对了人，老黄是个吉他爱好者。"言语中显然含有一丝引以为豪的表情。

"我们没有吉他，否则请黄教授弹一曲！"导游打趣道。

"另外，"导游接着说，"1829 年春天，美国作家，被称为'美国文学之父'的华盛顿·欧文来到这里访古探幽，沉醉于摩尔人文化的他，流连忘返住了三个月，写出了集随笔与传奇于一体的文学巨著《阿尔罕布拉宫的故事》，宛如西班牙的《天方夜谭》。"

称曹齐很像胡适的黄清江很有兴趣地问曹齐："曹老师，你知道这本书吗？"

"知道，但没有详细读过。"曹齐实话实说。"曹老师真谦虚！"黄清江说。

参观完阿尔罕布拉宫的主要宫院后，团友们回酒店休息。第二天早上，团友们早餐后前往马拉加。

导游介绍："马拉加位于西班牙南部海岸，是西班牙第二大港口，年平均气温 23 摄氏度，气候宜人，人口 60 万，经济高速发展使之赢得了'南欧之都’的称号。马拉加是天才画家毕加索的故乡，诺贝尔文学奖得主阿莱克桑德雷·梅洛赞誉这片美丽的地方是‘天堂般的城市’。”

到达以后，导游带大家直奔毕加索博物馆。

刘佳梦说："毕加索虽有名，但他的画我看不懂。"税务局邓笑笑也说："我觉得不怎么好看。"

导游说："欣赏毕加索的画，不能以画得逼真这个审美标准来衡量。古典审美追求的标准是在二维平面尽可能地还原眼前所见。而随着科技和工业化的发展，这个创作诉求早已不适应社会发展的脚步了。所以，很多艺术家想打破这个桎梏，寻求各种不同的方法和角度去重新表现艺术的美。"

唐宣宣接着说："毕加索本人是立体主义的创始人之一，立体主义是具有毕加索风格的一个技术流派。这个流派以观察到的物体的不同面用最接近的几何形状表示并拆解后，布置到画布上的方法作画。"

刘佳梦说："我不会绘画，你们说的我似懂非懂！"

"我们也不会绘画，对于毕加索，我们也只了解了一点皮毛！"导游说。

"我也不懂，只是来之前做了一点功课。"唐宣宣说。

马拉加的毕加索博物馆是按巴勃罗·毕加索本人的意愿建立的。他希望自己的作品放在故乡展出。博物馆位于圣奥古斯汀大街的布埃纳维斯塔宫殿，这个宫殿是安达卢西亚文艺复兴时期的代表性建筑。230多件油画、版画、素描和雕塑等藏品，展现了这位天才画家不同时期的艺术风格。其中最有名的画就是《戴白帽子的保罗像》。这座城市与毕加索有着命中注定般的缘分。丰沛的阳光和绚丽多彩与毕加索画作的风格是契合的。马拉加的弗拉门戈、斗牛等风俗、风物，激发了毕加索日后创作的源源不断的灵感。

说实话，曹齐粗略懂得一点绘画，但还是看不出毕加索的画好在哪里。

中国画家徐悲鸿（代表作《田横五百士》）、刘继卣（代表作《武松打虎》）、贺友直（代表作《山乡巨变》）、颜梅华（代表作《杨志卖刀》）、冷军（代表作《蒙娜丽莎——关于微笑的设计》）、萧继石（代表作《老武汉风情》）的作品，他都认为很好。这证明，曹齐等一大批观众，习惯于欣赏"画得逼真"的画作。

对毕加索的画，他们虽然知道这是世界著名画家的大作，但是欣赏能力有限。

随后，导游把大家带到海滩。

马拉加海滩没有特别出名的景点，没有众多的旅游团，也没有它的邻居城市有名，但这里有一年 300 天以上的太阳和蔚蓝的地中海。

毕加索曾说过："没有体会过马拉加阳光的人，就创造不出立体主义的绘画艺术。"

世界各地的海滩，曹齐夫妇也去过一些，但这里的海滩不嘈杂，也不脏乱，人群也不密集，海边港口停了大大小小的豪华游艇。据称，夏季不乏有人在海滩上来个全裸日光浴。

团友们在漫步时，还是见到一位年轻女子赤裸着上身与男友亲热。团友经过时，她并不回避，也不停止动作。对此，团友们都很平静地走过，没有盯着看，也没有大惊小怪。毕竟团友们在国外旅游时多少见过一些世面。而这位女子也毫无羞涩之感，仍然我行我素，与男人亲吻。

由于时间紧，团友们随后上车，大巴向龙达驶去。

在车上，导游介绍："龙达是位于西班牙南部的港口城市，3000 年前，这座白色天空之城矗立在 750 米高的万丈悬崖之上，给人一种惊心动魄的壮美之感。它是西班牙最著名的两座悬崖小镇之一，被称为'城堡之城''建在云端的城市''悬崖边的白色小镇'。"

"海明威笔下，这里是全世界最适合私奔的地方。"导游说到这里，宋江南想："私奔到这里有什么好？"

　　龙达的老城区始于新桥，这是一座飞架于90米悬崖上的石桥，它横跨塔霍大峡谷，将新旧城区衔接起来。桥身庞大而笨重，桥的巨大并没有掩盖，反而凸显了悬崖的深邃，桥下深渊里清凉的溪水流动着。

　　团友到达后，大家看到龙达古城的悬崖峭壁时，不禁感到惊心动魄、景色壮丽、无与伦比。

　　这里也是斗牛的发源地，斗牛是暴烈与优雅并存的竞技游戏，来此可感受到斗牛之城特有的热情和血脉偾张的感觉。西班牙现今斗牛的方式，起源于龙达，有两百多年的历史。

　　团友来到斗牛场，知道斗牛就是在这座斗牛场诞生的。大家发现门口立着斗牛士的青铜雕像，喜欢看斗牛的团友在这里照了相。

　　午餐时分，团友们分散就餐，其中14个人在导游引领下步入特定餐馆，每人需支付1000元享用龙达特色炖牛尾。曹齐劝慰犹豫的妻子，此乃难得的品尝异域美食的机会，不能错过。而宋江南虽在观看斗牛后誓言不再吃牛肉，但欲转让他人未果，最终还是品尝了美味佳肴。

　　炖牛尾的材料很简单：新鲜牛尾、红酒、各式蔬菜等。炖牛肉刚出锅时肉汁饱满，嚼起来完全不费劲，很鲜嫩。

　　这家餐厅是以著名斗牛士佩德罗名字命名的主题餐厅，一进门，满墙都是斗牛士们的照片、服饰。

　　说来也奇怪，整洁宽敞的餐厅除了曹齐等人，没有其他顾客。他们在一长条桌上，面对面坐下，两边各坐7人。

　　团友们比较兴奋，对这顿大餐也有所期待。一开始，上的是罗宋汤，酸酸甜甜又加之凉凉的口味，实在令曹齐夫妇吃不惯，他们吃东西，一向是吃热乎乎的。于是，请侍者拿去热一下，侍者连忙端走，态度很好。

　　其他团友喝着罗宋汤没有什么不适，接着又上了现炸的薯条，黄灿灿的，引起人们的食欲。不一会儿，重头戏来了，每人上了一盘牛尾，切成块状的牛尾，又粗又大，呈酱色，牛尾炖得酥烂，柔软多汁。

宋江南一看，叫道："太恶心了，我走了！"

郑竹一把把她拉住，说："既来之，则安之！难道你真的不吃牛肉？"宋江南于是坐下。

而声称看了斗牛后再也不吃牛肉的邓笑笑，却大口吃了起来，连称"好吃"。

曹齐夫妇吃了一点，感觉用红酒和香料炖的牛尾，的确酥烂、味美。这个不加酱油而有酱油色的牛尾，很有特色。

特别令人难以忘怀的是端上来的四大块牛尾，生的起码将近两斤重，可见西班牙人很实在，没有偷工减料。但两位老人怎么吃得完呢？果然，他们一人只吃了一块牛尾肉。

曹齐吃的时候，不禁想起斗牛场刺死牛的场景，这种文明社会的野蛮行为，实在令他再也咽不下口，他老伴也有此想法。

午餐后，团友们上车，前往塞维利亚。在车上，导游介绍：

"塞维利亚是西班牙安达卢西亚自治区和塞维利亚省的首府，是西班牙第四大都市，是南部古都和文化中心，也是唯一有内河港口的城市，人口 65 万，瓜达尔基维尔河从市中穿过。

"塞维利亚的重要工业有造船、飞机和机械制造，是享誉世界的名酒'雪莉酒'的出产地。文学巨著《堂吉诃德》就写于该城，是著名的'弗拉门戈舞'的发源地。同时也是世界著名航海家哥伦布发现美洲新大陆航海的起点和终点。"

曹齐作为文科老师，他对塞维利亚也有一些了解。塞万提斯在这里度过青年时代。一些非西班牙籍的作家和诗人，喜欢把自己作品的主角活动场所，选定在塞维利亚，如法国作家博马舍写了《塞维利亚的理发师》，其主角费加罗，读者很熟悉。法国另一作家梅里美，把吉卜赛姑娘卡门也安排在塞维利亚。英国诗人拜伦写的《唐璜》，开头便是："他出生在塞维利亚，一座有趣的城市。"这些文学大师的作品，客观上宣传了塞维利亚，更加使它声名远播。

第二天早餐后，导游首先带大家到塞维利亚大教堂，并介绍：

"这座教堂与梵蒂冈圣彼得教堂，意大利米兰大教堂，并称为世界三大教堂。它位居世界第三大教堂。1987 年被联合国教科文组织宣布为世界文化遗产。哥伦布的灵柩 1898 年由古巴运回西班牙后，葬于教堂的石棺中。

"塞维利亚大教堂是一座哥特式的大教堂，大教堂正门面对国王圣女广场，有 5 个正厅（主厅高 36 米）。它的主体是 116 米长，76 米宽的矩形建筑。教堂共有三扇大门，正门为王子之门，其余分别为洗礼之门、亚松森门。

"教堂所在地原为塞维利亚大清真寺，15 世纪清真寺被拆毁，在原址上建造了塞维利亚大教堂。教堂旁边有一座高耸于所在建筑物之上的方形高塔，这就是有名的希拉尔达塔。塔高 98 米，塔身墙面上，有各种标志阿拉伯艺术特色的花纹图案，显示了阿拉伯建筑艺术的魅力风采。塔内没有楼梯，而是环形坡道，以便相关人员骑马到塔顶。登上 70 米高的瞭望台，可以一览塞维利亚全景。"

因为时间关系，导游带大家主要参观了主礼拜堂。主礼拜堂由椭圆形的穹顶覆盖，巨大的石柱四五个人才能环抱，形成高大的空间。主礼拜堂是宗教活动的主要场所，集各种建筑风格于一身。他指出祭坛供奉的是塞维利亚守护神"国王圣母"，祭坛浮雕描绘着基督生平的 36 个场景，装饰极为华丽。

礼拜堂栅栏为雕刻繁复的银匠式风格，唱诗班的座席是穆德哈尔风格，穆德哈尔风格是指伊斯兰和西方建筑风格融为一体的艺术结晶，是西班牙王国中伊斯兰教、基督教和犹太教文化并存的结果，而管风琴则为巴洛克风格。

费尔南多三世和阿方索十世父子都安葬于此。

接着，导游带大家参观皇家阿尔卡萨尔王宫，西班牙王室成员也时常在这里居住。王宫富丽堂皇，内部装饰的几何图案精美复杂，色彩斑斓。这座王宫是欧洲最古老的皇家宫殿，始建于 1181 年。王宫展现了不同时期文化、建筑和艺术风格，包括伊斯兰式、穆德哈尔式、哥特式、文艺复兴式、巴洛克式等。摩尔人高超的建筑艺术融合欧洲基督文化，形成了此地特有的穆德哈尔风格，其精美难以言表。

进入大殿，那繁华的墙面雕刻，镂空精致的拱门，伊斯兰艺术独有的那些曲线，令团友们震撼。狮子门是王室的入口，左边的城墙是最古老的城墙，进门后，伊斯兰式的庭院是走道与私人居所之间的一个缓冲地带。

佩德罗一世宫建于 14 世纪，在此可以同时看到哥特式建筑元素和伊斯兰黏土建筑风格，因此，它是穆德哈尔式建筑的典范。佩德罗一世宫内有两座御用园：娃娃园和少女园。园内建筑分上下两层，下层是大厅和过道，上层是排列的房间。娃娃园是皇家内室所在地，其特点是僻静幽深；少女园则是宫廷所在地中心。这里列于两旁的叶形拱廊，宛如叠云缭绕，引人入胜，是一个美丽的阿拉伯庭院。

在游览时，唐宣宣情不自禁地喊道："阿拉伯式庭院多美呀！"郑竹却说："还是哥特式建筑美，看习惯了！"

少女园的大使厅是国王接见各国来使的地方，其周围的瓷砖地面、围墙和镶嵌式天花板巧夺天工。那耀眼的木制包金拱式天花板，是 1427 年由木匠迭哥洛易兹拼合安装的。

走出王宫，展现在眼前的是一片广大翠绿的皇家园林，这片园林占地 7 公顷，是西班牙最重要的园林之一。

随后，导游带大家参观黄金塔。黄金塔建于 1220 年，是一座军事瞭望塔，塔身为等边 12 面体，每个面代表一个方位，主要目的是监视河港的船只。之所以名为黄金塔，是因为以前建筑的四周涂有一层金粉，闪闪发光好似黄金。不过现在金粉已经脱落了，但在夕阳西下的时候，还带点金闪闪的意思。黄金塔临时储存从拉美殖民地运回的黄金，以待上缴王室。该塔曾作为监狱、仓库、邮局等使用，现在是航海博物馆。

曹齐在黄金塔前对老伴说："西班牙掠夺了大量黄金白银，最后成为欧洲二流国家，这里面的学问可多呢！"

正好黄清江医生路过时听见，他说："曹老师这个问题提得好！我不懂政治、经济，我认为西班牙的衰落，第一个原因是，花掉的钱比掠夺的财富还要多，长期与'异教徒'作战，热衷宗教战争，连连失败，花钱很多。西班牙的国王们对宏伟建筑有着很狂热的嗜好，花费巨资修建宫殿。第二个原因则是，西班牙'一夜暴富'养成社会上好逸恶劳的恶习、对辛勤劳作的鄙视和对不劳而获的渴望。"

"黄医生分析得很精辟！"曹齐称赞。

"如果要详细分析这个问题，那得由专家们来讲解了！我只是讲一点心得！"黄医生谦虚地说。

参观完黄金塔，导游把大家带往西班牙广场。西班牙广场惊艳迷人，最富有西班牙典型风情，被誉为西班牙最美的广场。广场建于1929年，是塞维利亚最受欢迎的景点。华美恢宏的广场呈半圆形，外围是带弧线的红砖建筑，古罗马式的回廊、拱门、柱子，仿佛穿越了时空。广场中有一条护城河，广场中间有个喷泉。红砖建筑物的墙壁上有58个彩瓷壁龛画，代表西班牙58个不同区域的历史画面。游客可以乘坐马车行驶在广场，还可乘船游览。河水清澈，有几个蓝黄色瓷砖砌成的拱桥。

随后，导游带着大家游览西尔皮斯街。这条街旧时曾经是皇家监狱所在地，《堂吉诃德》的作者塞万提斯就曾经被囚禁于此。从19世纪开始，逐渐成为商业街区的西尔皮斯街，现今是塞尔维亚最重要的商业街。沿街两侧拥有大量出售陶器、刺绣、弗拉门戈舞服饰等当地特产的店铺，此外还有大量赌场和咖啡馆，是斗牛士、文化名流聚会的场所。这里也是圣周游行队伍的必经之路，吸引了世界各地大量游客在这条街上观光游览。

大伙儿回酒店用完晚餐后，跟着导游去看当地的特色歌舞表演——弗拉门戈舞。弗拉门戈舞是集歌、舞、吉他演奏为一体的一种特殊艺术形式。

14 世纪、15 世纪，吉卜赛流浪者把东方印度的踢踏舞风、阿拉伯的神秘伤感风情融合在自己泼辣奔放的歌舞中，带到了西班牙。该舞体现了西班牙国家的民族文化特色，它与斗牛并称为西班牙两大国粹。

团友们到达剧场后，需要上二楼观看表演。工作人员见曹齐老伴腿脚不方便，便请她坐扶手电梯上二楼。上下扶手电梯都对她给予帮助，服务很周到，二老连声称谢！

一进场，舞蹈已经开始了。曹齐除了喜欢京剧外，对观看舞蹈也有一定的兴趣，他曾多次观看中国及俄罗斯、美国芭蕾舞及中国民间舞蹈。也从电视上观看过弗拉门戈舞，但在弗拉门戈舞发源地看该舞蹈，这倒是第一次。他觉得弗拉门戈舞代表着一种慷慨、狂热、豪放和不受约束的生活方式。吉卜赛人说："弗拉门戈舞就在我们血液里！"他们的表情凶悍、高傲；他们的舞蹈动作灵动热情，幅度较大；他们的音乐节奏强烈，富有激情，意在抒发一种反抗、示威的叛逆情感，展现热情自由的灵魂。

舞台上出现的女舞者，她既不像芭蕾舞女主角那样纯洁端庄，也不像国标舞中的女伴那样热情高雅，她往往是一个人出场，耸肩、抬头，眼神落寞。

一般观众观舞，如果是技巧相等，那么年轻、苗条的舞者更受欢迎。

曹齐认为，以京剧为例，如果两位女演员唱功一样，那么年轻漂亮的演员肯定比年龄大的演员受欢迎。很多老观众克服困难赶到剧院，就是要看要听这里演员的演唱。

然而弗拉门戈舞却有点例外，最受欢迎的、跳得最好的，往往是中年女子。有些女舞者，相貌并不漂亮，甚至有些中年发福，初看令人有那么一丝厌烦，然而由于她跳得好，却大受欢迎。现在台上表演的这个舞者，的确不算漂亮，她身着色彩艳丽的大摆长裙，随着舞姿的转动，裙裾飘飘，宛如绽放的花朵。她的舞技好，照样获得热烈的掌声。在双人舞中，她和男主角忽远忽近，若即若离，引起观众遐想。这个女舞者表达的爱情，不是纯情少女的爱情，也不是痴情女子的爱情，而是表达一种看透世界以后一种"我们共同生活"的姿态。她向观众传达一种热烈、奔放、自由的舞蹈灵魂。

男演员着装干练，或是衬衫马甲配马裤，长筒皮靴；或是威武的军装，尽显男性的阳刚之美。他们的舞蹈比较复杂，用脚掌、脚尖和脚跟击地踏响，节奏快捷，舞步如踢踏舞，飞快踢踏有声的舞步让观众随舞者一起激情澎湃！

看完舞蹈后，一表人才的程浮和明艳动人的刘佳梦意犹未尽，又在酒店花园散起步来。对于他们两人的接触，团友们都习惯了，不以为怪。有的人瞟了他们一眼，也就走开了，而他们也不感到难为情。他们认为男女两人有缘在一起聊聊，也无伤大雅，旁人看见了也没有什么，反正他们也未做出任何出格的事。

他们谈话的中心内容是，程浮认为今晚的弗拉门戈舞跳得有水平，激情飞扬，体现了西班牙人的豪放性格。而刘佳梦则认为这种舞没有多大意思，没有芭蕾舞好看，芭蕾舞给人一种高雅美好的感觉，而弗拉门戈舞则给人一种狂放、粗野的感觉。

刘佳梦说："打个不恰当的比方，芭蕾舞像一个书香人家出身的小姐，而弗拉门戈舞则像一个贫苦农民家出身的丫头。"

"你的观点我不敢苟同。"程浮说，"你把这两种舞蹈相比，就像把中国的昆曲与楚剧相比一样。昆曲的观众可能文化水平要高一点，知识分子观众多一些，楚剧的观众可能文化程度要低一点，一些引车卖浆者流看得多，仅凭这些不能判断它们的高下。有些文化低的人，可能也喜欢看昆曲，而一些文化高的人，也可能喜欢看楚剧，这些都可能存在。"

两人交谈得热火朝天，并都非常珍惜在一起聊天的机会。因为他们都知道两人在一起的时间不多了，回武汉后能否继续交朋友，就要看两人的缘分。有很多在旅游中谈得十分投机的男女，旅游团解散，各自回家后就没有什么联系了。虽然旅游是用脚步丈量世界，用眼睛记录风景，用友好结交朋友。但在旅游中的交往也只是在特定时间、特定环境下一种互相"临时"的需求，真正在旅游中结成的异性朋友关系，能保持下来的，恐怕少见，故很难得。

二、葡萄牙

第二天早餐后，团友们结束西班牙旅游后，坐大巴前往葡萄牙。

国人对于葡萄牙都很熟识，因为澳门被葡萄牙占领多年，直到 1999 年 12 月 20 日才回归祖国。曹齐和一些团友来葡萄牙旅游，也是想看看这个国家到底是什么样子？

在车上，导游介绍：

"葡萄牙，首都里斯本，位于欧洲伊比利亚半岛的西南部。东、北连接西班牙，西、南濒临大西洋。总面积 92226 平方千米，海岸线长 832 千米。

"葡萄牙是世界最大的软木生产和出口国，素有'软木王国'之称。葡萄牙是全球第九、欧洲最大的储锂国，占全球锂储量的 0.35%。

"首都里斯本南临伊比利亚半岛的特茹河入海口，西濒大西洋。它是葡萄牙的政治、经济、金融、文化和科技中心，是欧洲大陆最西端的城市，南欧著名的世界都市之一，葡萄牙主要的港口城市之一，也是葡萄牙高等教育机构最集中的地方。它也是欧洲著名的旅游城市，西部大西洋沿岸有美丽的海滨浴场。行政上的里斯本市在历史城区，占地 100 平方千米，周边卫星城属于里斯本大区，人口约 287 万。"

到达里斯本后，前往罗卡角。

罗卡角是葡萄牙境内一个毗邻大西洋的海角，是一处海拔约 140 米的狭窄悬崖。在辛特拉山地西端。距离里斯本大约 40 千米，处于葡萄牙的最西端，也是整个欧亚大陆的最西点。

人们在罗卡角的山崖上建了一座灯塔，和一个面向大洋的有着十字架的白纪念碑，碑上以葡萄牙语写着著名的一句话："陆止于此，海始于斯。"这是"葡萄牙的屈原"，被塞万提斯称为"葡萄牙的珍宝"的葡萄牙著名诗人、诗魂卡蒙斯的名句。据称，这两句话是徐志摩翻译的，既高度概括，也意味深长。罗卡角曾被网民评为"全球最值得去的 50 个地方"之一。

曹齐和老伴站在这里请团友照了相。悬崖上风很大，几乎要吹掉曹齐的帽子，但曹齐并没有马上离去之意。

陡峭的崖壁让你有种迷失在世界尽头的感觉，据说历史上有多位诗人、艺术家留恋此地时，激情燃烧起来，情不自禁地跳下悬崖，永远沉寂在大西洋底。

曹齐没有恐高症，但他每每站在悬崖边时，往往下意识想道：这跳下去是什么滋味呢？老伴说他这种想法是变态，有的朋友则认为这是一种变相的"恐高症"。

一般来说，曹齐从不站在悬崖太边缘的地方，害怕一失足，滑了下去。游览美国的科罗拉多大峡谷时，也是这样，不敢站在太边上。

面对浩瀚的大西洋，回味卡蒙斯的两句话，曹齐思索不断："罗卡"的意思是岩石，陆止于此，有一种无奈的悲壮，这里是大陆的尽头，然而到了尽头，就再没有大陆了吗？

关于罗卡角，不能不提到它正是 007 的诞生地。弗莱明这位英国悬念小说大师，与罗卡角的缘分可谓鬼使神差。二战期间，他曾作为英国间谍头目之一被派到附近的海港卡斯卡伊斯，这里是二战时各国谍报人员交换情报的聚集地。二战结束后，弗莱明难忘卡斯卡伊斯的美丽景色，于是，他选择回归。故地重游，让弗莱明不经意就爆发了自己的文学潜能。据说，某天深夜，他在本地的赌场挥霍一空后，独自跑到罗卡角的灯塔下散心，正好遇见一位来自南美的女子，于是邂逅遭遇激情——正在一场乍惊乍喜中，007 系列小说的开篇之作《皇家赌场》横空出世。之后，他每天都要沿着卡斯卡伊斯的海岸线散步到罗卡角的灯塔，坐在悬崖的岩石上静思，不断捕获如大西洋般汹涌的灵感，以每年一部的高速创作，相继出版了《生与死》《永远的钻石》等十多部007系列小说。罗卡角险峻的地势、凌厉的海风和谜一般的浓雾，确实带给了弗莱明创作灵感。写下《皇家赌场》时，弗莱明已经45岁了，但其游戏人生的性情丝毫未改。从《皇家赌场》开始，弗莱明一发不可收，在文学创作上大展拳脚，将自己对人生的看法，特别是对待社交、烟酒、赌博，还有女人的态度，尽情地挥洒在他的书中。

主角邦德成为弗莱明的影子——他年约40，经验丰富，游历甚广，能讲多种语言；他懂得如何飞车，如何专业地杀人；他也懂得如何把女人摁倒在床，如何享用最高档的松露和美酒；他使用卡地亚袖扣、纯金百达翡丽腕表、金质登喜路打火机和费伯奇雪茄盒；他穿帛柏丽风衣、深蓝色单排扣西装、白衬衫和黑色真丝窄领带……他简直就是男人的终极形态，女人的终极梦想。

弗莱明将自己的喜好完整地投射到邦德身上，弗莱明常跟朋友们抱怨"一夫一妻制是多么可怕"，弗莱明对和有夫之妇发生关系毫无抵抗之力，于是，邦德周围美女如云，走马灯似的更换。

面对浩瀚无边的大西洋，人们仿佛产生到了天边的感觉。这里是大海的起点，然而大海的"终点"，或者说在大海的那一边，又是什么情况呢？无数航海家从这里启航，踏上了发现新大陆的征途，人们不会停止探索。

这里是欧洲的"天涯海角"，是远航的水手们对陆地的最后记忆。15世纪，当葡萄牙探险队从里斯本启航后，他们正是绕过罗卡角，才得以向着更为广大的未知世界前进，由此开始海上之路。使葡萄牙发展成为盛极一时的海上帝国。因此，此地令人向往。

环球航行的航海家、探险家麦哲伦，从欧洲绕好望角，到印度航海路线的开拓者、航海家、探险家达·伽马都是葡萄牙人。

黄清江与妻子郑必秀，在返回停车场时，郑必秀说："这里没有什么亭台楼阁，没有什么高大威武的建筑，也没有繁花似锦、大树挺拔。但是，它还是吸引了那么多人来这里。"

黄清江说："因为它地理位置特别，仅凭这一点，人们都要来。"随后，大家参观贝伦塔。导游介绍：

"贝伦塔是葡萄牙港口最经典的地标建筑，从远处望，贝伦塔威严、雄壮。这座矗立在里斯本的河口、有着 500 多年历史的古城堡，见证了海上帝国葡萄牙在大航海时代的辉煌和荣耀，也目睹了海上帝国日渐衰落的全过程。

"贝伦塔是一座五层防御工事，整个塔身全部用大理石建造，底部原为储藏室。起初作为守护里斯本的军事要塞，也曾做过海关、电报站、灯塔，后来用来关押囚犯。每当涨潮时分，顶部的塔楼如浮在河面上，漂浮不定，美若仙境。海水退去，它又与陆地相连，在天与海，海与地之间永恒地屹立不倒。

"贝伦塔对于里斯本的意义，犹如凯旋门对于巴黎的意义，勃兰登堡门对于柏林的意义。它像耸立在美国纽约入港处的自由女神像一样，是里斯本的地标，葡萄牙的象征，世界文化遗产，它见证了葡萄牙作为曾经的航海大国的辉煌历史。它还以独特的建筑风格和特殊的地理位置吸引了世界各地旅游观光者，是里斯本最上游客镜头的一个景点。

"无数航海的先驱，面对波涛汹涌的大海，都以顽强的意志甚至以生命为代价去探索地球、人类的奥秘。同时，经由航海所运回的黄金、宝石、丝绸、香料、珍奇植物，不计其数，缔造了葡萄牙在 16 世纪的繁荣。贝伦塔在大航海的水手们心中享有极其重要的地位。在水手间流行的一句话：'看到贝伦塔，就像到了家。'"

接着，导游带领大家参观著名的海洋发现纪念碑。这是 1960 年为了纪念航海家亨利逝世 500 周年而修建的标志性建筑，位于里斯本贝伦区的巴西利亚大道边上，坐落在特茹河河口的北岸，碑体通高 52 米，被设计成一个卡拉维尔帆船的形象。碑上刻有亨利及其他 80 位水手的雕像，再现了葡萄牙航海家们周游世界、搏击风浪的英雄壮举。船头站立者为亨利王子的塑像，他手捧帆船模型，其身后为其助手伽马。现世尊他为航海事业的鼻祖，他的远见卓识让葡萄牙先于西班牙开始了大航海。在他身后，船帆东、西两侧的坡道上，各排列着 16 个人物雕像，他们都是一些随团出发的航海家，以及葡萄牙历史上有名的将军、传教士和科学家。碑体正中为长方形的板状结构，高出船帆部分的东、西两边分别都雕有两个葡萄牙方形盾徽。碑体北面（船尾）被雕饰成一把竖立的巨剑，下方是展览厅的入口。紧挨碑体两边的地面上各有一座浑天仪，安放在石质台基上。游人可以登上碑顶，眺望附近的景色和海港风貌。碑前的地上刻有一幅世界地图，上面刻有发现新大陆的日期，以纪念葡萄牙 300 年来开拓海洋的光辉历史。

在此处可以眺望"4 月 25 日大桥"，这是一座横跨塔霍河的公铁两用的悬索桥，连接里斯本和对岸的阿尔马德，全长 2278 米。该桥上层 6 车道，下层双轨铁路。它是为了纪念葡萄牙人民在"丁香革命"中推翻军政府而建造的。在 1966 年 8 月 6 日正式开始通车。全部工程都由建设旧金山奥克兰海湾大桥的美国公司建造，外观颜色近于美国的金门大桥。

曹齐夫妇去过旧金山，也觉得该桥很像金门大桥。这座斜拉桥气贯长虹，壮美无比，确实为里斯本增色不少。

此处也可以远眺耸立在柯尔马达海岸边一座高达 110 米的大耶稣雕像，它与巴西里约热内卢的耶稣像相似，似乎正在对你无声地诉说这里是一片上帝庇护的乐土。

一座斜拉桥，一个耶稣雕像，留给游人的是不尽的思索。

曹齐想到，家乡雄伟壮丽的万里长江第一桥——长江大桥，何尝不是留给人们无限的回忆和思考呢？

随后，导游带团友们来到贝伦蛋挞店。据介绍，这家店 1831 年开业，是世界上第一家蛋挞店，出品最正宗的葡萄牙蛋挞。团友们早就知道葡萄牙蛋挞世界有名。一到这里，大家发现有很多人排队，店堂里面也坐满了人。由于生意火爆，营业员一字排开接待顾客。店里的装修不错，全部用青花瓷做一米多高的墙裙，上面用青花瓷贴出各种绘画。这里的蛋挞外皮酥脆，挞心香滑，带着蛋奶天然的清香，还可以撒糖粉或肉桂粉在上面。

曹齐一辈子爱吃甜食，像蛋挞这类甜品，他当然很爱吃。曹齐品尝了一口，觉得蛋挞口感相当顺滑，入口即化，饼皮酥脆可口，馅料饱满甜润，比国内做得好些。作为葡萄牙的"国民小吃"，蛋挞在任何一家咖啡厅、餐厅都可以见到。保卫葡萄牙传统糕点联盟的成员维森特德·卡斯特罗说："每天售往海外的葡式蛋挞比整个国内消费还多，街头巷尾四处都是蛋挞，每个葡萄牙人都和蛋挞有着千丝万缕的联系，每个人的生活都和蛋挞脱离不了关系。"

之后，曹齐夫妇和一些团友信步来到罗西欧广场。

罗西欧广场始建于13世纪，在里斯本市中心，大部分巴士和电车均会经过此地。该广场面积不大，设计仿巴黎协和广场，广场中央耸立着国王佩德罗四世的雕像，它居于大理石柱的顶端，在雕像底部有4个女性小雕像，分别象征着正义、智慧、力量和节制，这是国王对自己的评价。在雕像不远处，还有个群雕喷泉，令人赏心悦目。最使人称奇的是用马赛克拼图而成的黑白相间的地面图案，好像道教的太极拼图。广场的建筑大多是白色的，有大量装饰性的石柱、窗户和拱形门，构成了极具特色的建筑风格。

罗西欧广场不仅是一个景观美景，也是里斯本的文化中心。它是里斯本的一个必去之处，充满了活力和魅力，这里有葡萄牙最重要的政治、宗教和文化活动。

随后，曹齐夫妇和一些团友来到自由大道。自由大道全长1.2千米，有点像法国巴黎的香榭丽舍大街，该大道路面很宽阔，约有百米宽，中间是主干道，两侧各有林荫道、副车道和人行道。主车道是双向6车道，林荫道上栽有五排树木，绿树成荫，葱翠喜人。副车道能并行两辆车，人行道有五六米宽，整个路面很宽阔。大道两侧有很多品牌商店、高级公寓和豪华酒店，这里已经成为购物者的天堂。自由大道有三个广场，从北至南依次是庞巴尔侯爵广场、光复广场、罗西欧广场。

自由大道的林荫路上，不仅有雕塑，还有不少花坛和座椅。曹齐在这里看到，郭凡希和宋江南，程浮和刘佳梦，都分别双双在椅子上坐着，俨然是两对情侣。

"旅游马上结束了，过得真快呀！"宋江南不无留恋地说。

"因为过得愉快，所以觉得时间一晃而过！"郭凡希说，"没有关系，旅游结束了，回武汉以后还是可以聚的。"

"回武汉后，各人忙各人的事，时间可没有像在外旅游这么集中，是整块的。"宋江南说，"举个例吧，如果我要找你，你很可能在忙公务或家事，并不能我随约，你随到！"

"那倒是的，很可能有事而不能赴约。"郭凡希同意小宋的说法。

而在另一张椅子上，程浮说："我真不想马上结束旅行，好想再玩几天！"

"我们是跟团游，又不是自由行，时间一到就要结束旅游。"刘佳梦说。

"因为认识了你，所以我希望再玩几天，如果不认识你，也不存在想多玩几天的想法了！"

"看来你很看重我呀！我的大教授！"

"当然看重你啰，不然我怎么会和你坐在一起呢？"

他们四人就这样有一句没一句地聊着，话语中透着依依不舍的真情实感。

很多团友都去乘坐了电车，曹齐夫妇也随大家一起乘坐。里斯本拥有欧洲最古老的有轨电车，这种老电车起源于 1872 年，目前保留了 5 条有轨电车线路和大约 60 辆老电车，现在已成了里斯本最美的一道流动风景和这个城市的标志。这种具有传奇色彩的有轨电车，被漆成向日葵的金黄色，镶着木头边，圆圆滚滚，招人喜爱。它在里斯本狭窄的街道中蜿蜒穿行，时而扭动，时而拐弯，让乘客伴随着"叮""当"的响声，能够瞥见狭窄街道沿途的一幕幕都市景色。

在电车上，团友们看了一路风景。古老的建筑、鲜花盛开的窗台、挂满衣服的院落、街边阿拉伯风格的店铺、庄严的教堂、高耸的城堡，一一映入大家的眼帘。

团友们在里斯本玩了一整天，虽然累，但是很快乐。结束里斯本旅游后，大家回到酒店。

吃晚餐时，导游向大家宣布："今天晚上8点，召开团友联谊会，地点在酒店二楼会议室，请大家准时参加。"

团友们一听，都很高兴。都说这种安排很好，很有创意，以前旅游从未参加过这种活动。

晚上8点，团友们准时来到会议室。

首先，由领队曲景讲话："各位团友们，明天早上我们就要离开里斯本，飞往巴黎，然后转机飞回武汉了。在旅游结束前，导游黄长庚与我商量，决定召开一次联谊会，大家从四面八方来参加一个旅游团，这是非常难得的，这是一种缘分。经过这十天的接触，大家都由不认识到认识，由生疏到熟悉，甚至成了朋友，这是人生中的一种美好经历，是永远不会忘记的。我希望大家踊跃发言，共度美好时光！"

接着，导游讲话："请各位发言，至于讲的内容没有什么限制，比较广泛，包括以前的旅游故事，自己所知道的有趣故事，自己所经历的往事等。也可以表演节目，包括唱歌、跳舞、诗朗诵等。反正内容不限，请大家积极参加。"

领队和导游讲完后，会场上有些团友小声议论起来，但还没有人出来开讲。

"请哪位打头阵？"领队启发道。

"我先来献丑，"黄清江说，"我是某医院的医生。"

"也是教授。"他太太郑必秀用不易察觉的自信表情补充道。

"我太太是本院内科医生。在茫茫人海中，我们这些爱旅游的人要聚到一起，组团进行西班牙、葡萄牙旅游，我认为这就是缘分。根据领队、导游的安排，我们今晚在美丽的里斯本聚会，团友们各自交流，进一步增进了解和友谊，我认为非常有意义，在以往的旅游中，我从来没有参加过这种活动，我感到神奇和兴奋。

"我要讲的是一个自己拯救自己的故事：42 岁的尼尔·巴特勒是美国一位大自然的爱好者。2000 年 10 月，他驾驶越野吉普车长途跋涉来到了人烟稀少的加拿大西部。有一天，巴特勒正在雪地行走，突然一个钢铁般的东西将他的一只脚夹住了，他大叫一声，跌到雪地上。一时间，他剧痛难忍，他用死劲扒开积雪，发现自己被捕熊器牢牢夹住了脚。他根本无法动弹，想到晚上当地温度会降到零下几十摄氏度不等，天明他就会被冻死，他一时万念俱灰，认为自己必死无疑。

"雪地荒原，根本无人无车经过怎么办？他苦苦思索着，最终他决定自己给自己截肢。他从口袋里摸出一把弹簧刀，将自己头上的棒球帽咬在嘴里，防止疼痛时咬破舌头。随后，他用白雪反复擦着弹簧刀，以此作为消毒。接着他卷起裤腿，右手紧握刀柄，对准左腿腓骨处，尽量靠近捕熊夹所夹的部位下了刀。

"鲜血顿时涌了出来，为防止失血过多，他扯下一截衣服，扎在小腿上止血，再割开小腿皮层后，他用锯齿刀锯自己的腓骨，钻心的疼痛几乎使他晕过去，一个多小时后截肢成功了。他将自己从捕熊器中解救出来，忍着剧痛用雪将断肢埋好。他希望医生能将它重新接上。

"他拖着一条腿爬到小木屋，点燃打火机，将伤口炙烧消毒，又用一块布将伤口包好，等他费力地将自己弄上吉普车，天已经完全黑下来了。他以顽强的意志驱车 150 千米来到森林边的一个医疗站，当他挂着根橇棒一跛一跛地拐进急救站后，便昏倒了。

"他醒来的第一句话是，我的脚还在雪地里，但由于时间过长，医生无法再将那只截下的脚与他的腿接上了。经过治疗，巴特勒很快伤愈出院。尽管他必须靠拐杖行走，但他仍一如既往地热爱大自然。

"我们都知道关云长刮骨疗伤的故事，在没有麻药的情况下，刮骨的确很不简单，但那毕竟是医生来医疗，而且没有截肢。巴特勒的行为，没有非凡的毅力、坚强的意志、强烈的求生欲和娴熟的动手能力是救不了自己的。

"毫无疑问，巴特勒的经历令人惊叹。他创造了一个奇迹。"

黄教授一讲完，热烈的掌声便响起来。团友们都议论纷纷，认为这个巴特勒真不简单，是自己救自己的英雄。

黄教授讲完后，郭凡希开讲了，他说："我要讲的是'为什么狐狸精都爱书生'。"此话一出，大家都笑了起来，这个题目有意思。

"首先声明我不是书生，所以狐狸精不会爱我。"这句话又引起了大家的哄笑，宋江南不觉脸红了起来。

"我不是搞文化研究的，但我知道要研究传统文化一定要研究齐鲁文化，因为山东盛产中国传统文化思想史上最经典的三种人。第一种人，圣人，像孔子、孟子、孙子、诸葛亮都是山东人；第二种人，就是响马，造反派水泊梁山 108 好汉，隋末唐初贾柳楼 46 友反山东，都是山东的；第三种人，狐狸精，这里把它们当成'人'。

"山东人蒲松龄的《聊斋志异》是中国古代狐狸精文化的集大成者。遍览世界各国，唯独中国对狐狸精钟爱有加，描写得特别美妙，很多爱情对象都是狐狸精。

"有一个法国女作家写了一篇论文，题目是《从〈聊斋志异〉看中国男人的爱情观》。她提出了一个令人瞩目的问题，《聊斋志异》里的天仙、地鬼、狐狸精这些形形色色的人都特别钟爱书生。但是这些书生又很可恨，他们老是变心、出轨、祸害人。法国女作家的结论是，聊斋志异里的书生代表中国男人，特别是男性高级知识分子在恋爱过程中的六大劣根，分别是胆小、怕事、吃软饭、花心、好色、不负责。

"书生这么可恨，为什么狐狸精还那么喜欢书生？每次书生犯完错、出完轨以后，狐狸精都很大度，都能摒弃前嫌，破镜重圆，还能跟他结婚，幸福地生活在一起。更有甚者，结婚以后，狐狸精居然会把自己的姐姐、妹妹，什么兔子精、刺猬精、长虫精都介绍给书生调剂他的业余生活。

"貌似售后服务，你看离不离谱，这是为什么？

"对于这个问题，这位女作家想不明白，我们放眼望去，中国古代文化所有优美的爱情故事，唐诗宋词元曲，清代笔记小说等，男一号一定是个书生。为什么书生就这么可爱呢？一生搞文史哲的人也都想不明白。他们忘了一句流传悠久、影响甚广，甚至现在还在起作用的一句话：'书中自有颜如玉。'

"实际上，答案很明显，因为写书的人本身是个书生，如果是一个木匠或泥瓦匠写《聊斋志异》，那狐狸精就会喜欢木匠或泥瓦匠了。从管理学心理学的角度看，这叫利益点决定观点。通俗地讲，就是'屁股决定脑袋'。屁股坐在哪个利益点上，你脑袋中就会自然有哪种想法？这是不受主观意志控制的。"

郭凡希讲完，大家也都热烈鼓掌。"老郭，你就是个书生！"

"我不是书生，我没有那水平！"郭凡希笑着说，"我刚才说过。"两位团友讲完后，大家都说讲得很好，很有趣。

接着，刘佳梦开讲了。她说道：

"我要讲的题目是'答案是什么'。一位高一语文老师曾给同学们讲过一个故事，一对夫妻在结婚六七年后第一次外出旅游。一路上，丈夫用心呵护着妻子，两人愉快地欣赏着美好的风景。最后，他们在海上坐游轮去另外一个城市，两人都是第一次见到无边无际的大海，他们心里特别激动，站在甲板上看着远远的海天之处，心绪飞扬。然而，不幸降临了，出现了危急的一幕：游轮即将下沉，人们纷纷涌向已经被放下水的救生艇。丈夫护着妻子，一路挤到救生艇前，就在这个时候，发生了惊人的变故。

"艇上只剩下一个位置，男人却把女人推向身后，自己跳上了救生艇。此时，救生艇迅速启动，离开了游轮，女人站在渐沉的轮船上，向着男人大声喊出了一句话。老师讲到这里，问下面的学生，你们猜在那样的时刻，女人会喊出一句什么话？学生听了老师讲的半个故事，纷纷都沉思起来。

"女生们发言积极，她们无比愤慨，说的都是'我恨你''我瞎了眼''无耻的渣男'等怨恨的话语。

"男生们则理智许多，他们的回答大都是'我不怪你''我爱你'一类的话，他们说在那样的危急时刻，女人如果依然会喊出'我爱你'，则比'我恨你'更有杀伤力，更能让男人内疚羞愧，会一辈子良心不安。

"有一个学生，别人都发言完了，他一直一言不发。老师问他，他说：'老师，我认为女人会喊出的话，一定是照顾我们的孩子'。老师吃了一惊，问：'你听过这个故事？'学生否认，只是说：'母亲去世时，就是这样对我父亲说的。'教室里一时沉默，老师说：'回答正确，请大家听我把这个故事讲完。'轮船沉没了，女人永葬海底，男人逃出活命，男人回家后全心全意抚养自己5岁的女儿。但男人的所作所为很快就传了回来，一时间谴责声铺天盖地，男人选择沉默，于是人人疏远他、嘲讽他，虽然生活非常艰难，他克服各种困难把女儿养大。不幸的是，女儿长大后也知道了这件事，于是对他万分憎恨，此时他依然不辩解，照旧承受着女儿的无比恨意，女儿考上大学那天，他自杀了，没有人同情他的死。女儿也不伤心，在她心里，这个男人15年前就该死了，活着的应该是妈妈。在整理家里的物品时，女儿发现父亲多年前的日记，翻开后一下呆住，禁不住泪流满面，后悔不已。原来母亲患癌后，医生说她只能活十个月，为了实现她的心愿，男人常带她出来旅游。而在救生艇只有一个位置的情况下，男人只能冲向那唯一的生机，因为他要承担抚养女儿的重担。

正如他父亲在日记中所写："我多想和你一起沉入海底，可是我不能，为了女儿，我只能让你一个人长眠在深深的海底……'"

刘佳梦讲的故事，博得了热烈的掌声，不少女士眼睛都是湿润的。

之后，一位男士开讲："我叫熊一本，是某大商场管理人员。我要讲的题目是'饭桌上的高人'。生活中高人无处不在，即使是最平常的饭桌，也能成为他们大展身手的舞台。对于有些人，包括我在内，点菜既是一门大学问，也是一件伤脑筋的事情，面对满桌的亲朋，把几本菜谱翻遍，都拿不定主意。服务小姐站在你旁边，像监考官一样注视着你，点多点太贵了，囊中羞涩，点太普通了，似乎对客人不敬，又太失脸面，着实令人窘迫和棘手。

"你还不能向小姐咨询，你一咨询，她一口气能推荐十几道菜，全部是高档菜，有的好看不好吃。小姐笑眯眯的，神情却有挑衅，甚至瞧不起的意味。话里话外检测你的财力，使你更加窘迫。

"如果有高人在场，那就好办了，高人点菜技艺娴熟，几分钟就能搞定，似乎毫不费脑筋，看他点菜漫不经心，菜上来却是冷热搭配，荤素兼有，色彩配得花花绿绿撩人食欲。仔细观察，急火爆炒的、文火慢炖的，每样菜都有一种做法，都适合大多数人的口味，最关键的是这桌菜虽然以实惠可口的普通菜为主，但总有两三道高档菜让客人们唇齿留香，印象深刻，既给做东的抬了脸面，也照顾了他的钱袋。

"饭桌上还有另外一种尴尬，就是冷场。你的朋友、他的朋友、你的亲戚、他的熟人、相识的、不相识的、半生不熟的甚至不认识的人坐在一起很难找到共同的话题。再说，彼此不太了解，很多话就不能随便说。你在这里大批贪官，说不定对面的那位就是贪官的公子，冷场几乎是无法避免的。

"但是如有高人在场，气氛永远都不会冷下去，高人们很会说一些人人都会笑得喷饭的段子，或者机智地把大家的注意力引到一个人人都乐意参与，且无伤大雅，毫无危险的话题，不知不觉间气氛就热闹起来。

正如基辛格所说：'人们在饭桌上比较容易接近。'

"高人虽然在饭桌上很忙，多方照顾，十分活跃，却不会影响自己吃菜，也没影响别人交谈，因为他有个法宝，自己说的话并不多。同样，高人举着酒杯招呼这个招呼那个的，别人以为他喝了很多，很佩服他的酒量，其实他并没有喝多少，每次只喝一小口，一桌人都喝趴下，他也未必能喝高。

"快快乐乐、嘻嘻哈哈的饭桌上，每个人都觉得高人不错，吃完饭，他的美好印象都尚在大家脑海里。再有饭局，大家都惦记着这个人缘良好的高人。都要把他招呼上，你说高人是不是水平高？这种人既逗人喜欢，又令人佩服。"

熊经理的讲话不时引起大家会心的微笑。当然，结束时，他也得到热烈的掌声。

接着程浮开讲："我是某大学教师。"沈植昌插话："教务处长。"

"我要讲的题目是：'廖翠凤凭什么征服了林语堂？'

"大家都知道，林语堂是现代著名作家、学者、翻译家、语言学家，作品有小说《京华烟云》《啼笑皆非》及散文、杂文、译著等。对于林语堂，廖翠凤首先主动示好赢得婚姻。林语堂第一次来她家，她主动将林语堂换下的衬衫拿去洗得干干净净，林语堂顿生好感，更重要的是，她不嫌林出身贫穷，愿意下嫁。其次，患难相随赢得真心。婚后，林语堂赴美读书，廖陪同。后失去生活来源，廖外出打工担起养家糊口的重任，甚至不惜卖掉陪嫁的首饰补贴家用。更重要的是，大气包容，巧退情敌。

"林对旧爱陈某念念不忘，廖从不吃醋。有一次陈上门，廖盛情接待，亲自下厨做饭，让他们好好聊天。又一次，廖见林接了陈打来的电话，林一下午坐立不安，廖主动让林去见陈，林在外面转了一圈又回来了，坚决打消了去见陈的念头。

"最后，廖熟悉林的生活习惯，吃定了林离不开她，林经常要找眼镜、烟斗、皮带、袜子等生活物品时，廖像变戏法似的，把林要找的东西放到他面前。总之，廖洞悉林的自由天性，然后略施小计，继而进一步征服了林语堂，使得林结婚后撕掉结婚证，决心一辈子与廖白头偕老，绝不离婚、再婚、纳妾讨小。"

程浮讲的故事又受到大家热烈掌声欢迎。

随后，有三位团友分别讲了"抱怨没有用处""中国人为什么喜欢嗑瓜子""可恨之人必有可怜之处"，都受到大家欢迎。

此时，领队一看，曹齐老先生一直没发言，于是他点将了，请曹齐发言。

曹齐开讲："我是一个退休的大学老师，大家讲得都很好，很有意义和趣味。在这里，我要讲发生在我身上的真实故事。2013年9月，我与我的朋友昌剑一起到柬埔寨和越南旅游，像我们这个团一样，大家和睦相处，有30余人。我们先游览柬埔寨的几个景点，吴哥窟、巴戎寺、女王宫、洞里萨湖及金边王宫等。后来又游览越南美拖市，乘船畅游湄公河，坐独木舟去热带树林探险，夜游西贡河，接着去胡志明市红教堂、邮政大楼、市政厅、独立宫等，整个柬越之行，大家都非常愉快。

"即将分别前，为了表达自己的旅游感受，答谢领队导游，我写了一首打油诗，在旅游大巴行进途中，借用领队的扩音话筒念了起来。由于记录我随身常带，这里就念给大家听一听。

"柬越六天五晚行，湘陕鄂广一家人。湘女多情又有德，欢歌劲舞喜盈盈。西北汉子豪气壮，意气风发出三秦。九头之鸟心眼直，快人快语忘年龄。深圳老板含不露，遇事冷静有分寸。还有七六年长客，他是一位老革命。领队导游不简单，热情服务献真心。四方拼团不容易，聚在一起是缘分。相逢何必曾相识，谈谈笑笑有风生。但愿有缘再相会，何愁友谊不加深。

"念完以后，大家热烈鼓掌。因为团友们参团，从来没有遇到过团友车上念诗的情景。

"此时，突然后面快步走来一个湖南美女来到我坐的第二排前，正好我坐在走道边，她说：'你的诗写得真好，我很感动。'就拿出一瓶饮料给我，我说我有。突然她上前将我拥抱起来，我猝不及防，脸也红了，但还是与她拥抱了一下。我的朋友昌剑反应很快，迅速把她与我拥抱的情景抢拍下来。照片中，司机回头笑容满面地看着以及拥抱的情景都拍了下来，昌剑真不愧是一个优秀的业余摄影师。

"事后我反复思量，一位30岁不到的美女为什么拥抱我这60多岁的老头呢？其一，这位女士是与大她四岁的姐姐外加父亲三人一起出来旅游的，在广州飞往暹粒的飞机上，该女的姐姐正好与我坐在一起，然后我们两人由不认识到相谈甚欢，谈话内容主要是旅游和写作问题。该女士是位机关干部，所谈内容都有共同点，所以很谈得来。我与这个女士谈话的情景，这位妹妹都看在眼里，她见姐姐与我谈得投机，所以印象不错。其二，途中我对全团最年长的游客，她们76岁的父亲很尊敬，所以她也看在眼里。其三，这是最重要的一点，她没有经历过在车上听团友念诗的情景，于是一时激动，前来拥抱我。下面，我把夹在旅游本上朋友抢拍的照片给大家看一看。"

不用说，曹齐的讲话获得了大家的热烈掌声。照片传看中，团友说："曹老师好幸福啊！"

有的说："这就是旅游艳遇，这件事你老伴知道吗？"

"当时她不在场，因为有事情没出来旅游，像东欧旅游一样，是和昌剑出来的。"

这位团友接着说："如果你老伴在场，恐怕那个美女就不会拥抱你呢！"

大家谈笑风生，十分愉快。

曹齐讲完后，后面有两位女士和一位男士各唱了一首歌，这场座谈会就圆满结束了。

在领队曲景宣布开团友联谊会前，邓笑笑找到一个机会低声对宋江南说："散会后我有重要的话对你讲，请保密。"最近几天，宋江南与税务局的邓笑笑接触较多，两人迅速成为好朋友，甚至有点无话不谈的味道。

虽然大家在联谊会上讲的故事都很精彩，但宋江南总像心里有鬼，猜测邓笑笑有什么话要对她讲。因此，她在听讲时多少有点心不在焉。

联谊会结束后，邓笑笑与宋江南会合，两人心照不宣地走向酒店花园，也有些团友在花园里闲逛。因为这是在里斯本最后一夜，天知道什么时候才能再来，多数人认为永远不会再来，即便再来，还要考虑时间、金钱、身体条件、兴趣等诸多因素。因此，这一夜非常重要，这是本次旅游的最后一地。

没等宋江南开口，邓笑笑就说："通过这段时间接触，特别是最近几天的交往，我们成了好朋友，我始终有一件事想对你讲，但头脑中总有反对的声音，不要我讲，不要我管闲事。经过反复考虑，我认为对你讲是应该的，也是对你负责。"

"笑笑，到底是什么事呀？看你讲得多么严肃正经。"

"我对你讲的，你不要对任何人讲。郭凡希，那个在商界声名显赫的人物，他的私生活其实远比表面复杂。几年前，他开始与一些女性保持着超越友谊的关系，但纸总包不住火，郭的老婆最后察觉了，最近，他的妻子似乎察觉到了什么，在家中掀起了一场风波。有一次，情绪失控的她甚至带着人当街与其中一位女性发生了冲突，场面一度失控，成为街头巷尾议论的焦点。"

宋江南一听，好像前胸被人打了一拳，很有些疼痛。虽然对郭凡希有好感，想往那方面发展，但总觉得有点不伦不类。更重要的是，她隐约觉得，郭有事瞒着她。宋江南的这种想法，也只是支离破碎的判断，纯属一种猜测。现在邓笑笑讲了出来，那就非常肯定了。

"谢谢你，笑笑，你讲的对我有很大帮助。"这正是"旅游结成伴，世上多情谊"。

邓笑笑说："我看你对他似乎动了真情，我经过反复考虑，虽然我们交往时间短，但也是好朋友，必须把真相告诉你，免得你吃亏上当，后悔就晚了。"

回到房间后，宋江南久久不能平静，她没有想到郭凡希竟是这样的人，幸亏邓笑笑告诉她这一秘密，否则，她的结局会难堪而悲凉。

无独有偶，联谊会结束后，刘佳梦又进入了程浮的房间，同房间的唐宣宣见她来了，心里虽然不快："这么晚了又来干什么？"但嘴巴还是甜的，出口就是："欢迎刘小姐光临。"随后知趣地走了。

刘佳梦感激地望着小唐的背影。

程浮说："刘小姐光临有何指示？"

两人闲聊了几句后，刘佳梦理了理头发，说道："我们在芸芸众生中走到一起旅游，这的确是缘分，我们两人从不认识到相谈甚欢，更是缘分。在旅游结束之际，我向你提一个请求，请你把我那位调到你们学校。"

程浮听了，心里一震，但仍平静地说："你这个请求恐怕办不成，这里既有我的能力和影响力问题，更重要的是要看你先生的条件。"

程浮干脆地把这个"门"给关上了。刘佳梦听了，显然有些不悦，闲谈了几句便走了。

夜晚深沉，万籁俱寂，程浮在床上辗转反侧，难以入睡。他回想起刘佳梦的种种举动，心中渐渐明朗。原来，她那些看似不经意的接近与示好，并非出于对他个人的倾慕，而是另有图谋。她想要利用男女之间的微妙情感，作为筹码，以换取丈夫在工作岗位上的调动。这个发现让程浮感到震惊，他不禁对刘佳梦的心机感到一丝寒意。

他庆幸自己在这场情感的旋涡中保持了清醒，没有轻易踏出那一步。

第二天早餐后，导游陪同团友们到机场。此前，领队知道曹齐写了一首诗，便请他朗读。

曹齐也不客气，说道："我这不算诗，只是顺口溜，表达一下感想，请大家指教。"

　　说完，领队、导游和团友们都鼓起了掌。曹齐念道：

　　　　西葡十天跟团行，遇见一群好心人。

　　　　主动照顾我二老，帮扶问候很关心。

　　　　略作小诗表心意，衷心感谢团友们。

　　　　领队小曲颇优雅，工作负责又认真。

　　　　二老一路蒙照顾，感觉温暖又贴心。

　　　　带领全团来旅游，大家一路好心情。

　　　　平时话语虽不多，工作努力很先进。

　　　　黄导带团经验多，热情认真又严谨。

　　　　景点讲解很专业，几乎博古又通今。

　　　　各种关系处理好，优秀导游算一名。

　　全团不少"娘子军"，还有一些俏佳人。

　　　　端庄优雅又风趣，一路谈笑又风生。

　　　　团员以前很陌生，现在同车来旅行。

　　　　大家来自各单位，聚在一起是缘分。

　　　　巴塞罗那欧洲花，高迪建筑有灵魂。

　　　　奎尔公园韵味足，精妙之处耐人寻。

　　　　海滩男女很开放，阳光之下半裸身。

　　　　亲热过头家常饭，哪管身边有游人。

　　　　萨拉戈萨有名气，世博建筑很新颖。

　　　　西国首都马德里，皇宫豪华世所闻。

　　　　一场斗牛票难求，全场接近两万人。

　　　　初看斗牛是外行，不知不觉心发紧。

可怜公牛倒地死，不知斗士在拼命。

曾经心里发感叹，牛肉今后不进门。

科尔多瓦古迹多，古阿在欧有核心。

清真天主合一体，两教优点都保存。

阿宫建筑很精致，处处洋溢阿风情。

遥想当年宫内斗，至今依稀闻血腥。

游人宫内漫步走，赏心悦目润心灵。

西国文物保护好，用手摸柱有人禁。

名胜龙达斗牛城，此地壮美又安宁。

牛尾美食有特色，可惜胃肠难适应。

弗拉门戈有朝气，舞者技艺均超群。

男士跺脚踩鼓点，女士舞纱如彩云。

一曲斗牛人激奋，观众鼓掌又欢迎。

塞维利亚名气大，尽人皆知有卡门。

广场雄伟又壮观，壁画如生很传神。

令人惊异又震撼，绝对没有虚此行。

环城马车可代步，车夫矫健待客勤。

世界美女都一样，一笑灿烂百媚生。

西国各地游人多，全球都是大家庭。

结束西国往前走，下站便去里斯本。

欧洲天涯和海角，此处开始远洋行。

耶稣雕像很雄伟，蛋挞酥脆很著名。

虽然此行意未尽，可惜行程安排紧。

再见美丽西和葡，难忘如火之激情。

再好筵席也要散，再好团队也返程。

我团堪称"三好团"，领队导游团友们。

行要好伴住好邻，承蒙关照意未尽。

两国行程虽结束，美好记忆永留存。

祝愿大家都幸福，度过美好之人生。

祝愿有缘再相会，欢声笑语地球村。

曹齐念完，大家热烈鼓掌。建筑设计院 46 岁的钱前说："曹老师把我们旅游的过程用诗的形式精辟地总结了。"

"过奖了，过奖了。"曹齐说。

"这次没有柬埔寨那样有美女拥抱你呀！"黄清江打趣道。曹齐笑着朝他瞪了一眼，他老伴也笑了。

到了机场大门，团友们与导游、司机热情告别，感谢他们全心全意的服务，随后领队带大家进入机场。经过两个半小时的飞行，飞机安抵巴黎，随后从巴黎飞武汉，到机场后散团。

西班牙、葡萄牙之旅圆满结束。

第六章　不列颠的诗与远方

英国是曹齐欧洲旅游的最后一站，曹齐第六次去欧洲，就是专门去英国旅游。

很多人这样认为："无论你去过欧洲多少国家，没去过英国，等于没去过欧洲。"此话虽然偏颇，但也反映了英国的重要。

曹齐老伴听说要去英国，兴致很高，连忙把股票卖了一部分，以筹集经费。

大不列颠及北爱尔兰联合王国，简称英国。英国分为英格兰、威尔士、苏格兰和北爱尔兰四部分，首都为伦敦。英国是世界上第一个完成工业革命的国家，国力迅速壮大。18 世纪至 20 世纪初期，英国统治的领土跨越全球七大洲，是当时世界上最强大的国家和第一殖民帝国，其殖民地面积等于本土的 111 倍，号称"日不落帝国"。

英国是英联邦元首国，北大西洋公约组织创始会员国，联合国安理会常任理事国之一。英国是一个高度发达的资本主义国家，欧洲四大经济体之一，其国民拥有很高的生活水平和良好的社会保障体系，英国也是全球金融中心。

到 20 世纪下半叶，大英帝国解体，资本主义超级大国的地位被美国取代。

提起英国，刚上初中的曹齐就知道莎士比亚、牛顿、达尔文等英国名人。威廉·莎士比亚是英国文艺复兴时期剧作家、诗人，他创作的戏剧《威尼斯商人》《哈姆雷特》《奥赛罗》《罗密欧与朱丽叶》《仲夏夜之梦》都很有名。

成年以后，曹齐对英国第 61、63 任首相（1940—1945、1951—1955）、政治家、历史学家、演说家、作家、记者温斯顿·丘吉尔很感兴趣。作为一位政治家，繁忙的政府首脑，能写出那么多著作，的确令人钦佩。刘绍棠说过："能写是福，笔不可怠。"丘吉尔正是一个能写的福人。丘吉尔被认为是 20 世纪最重要的政治领袖之一，他还是英国重要的历史学家，著有《第二次世界大战回忆录》（曹齐已收藏）、《英语民族史》等，并获 1953 年诺贝尔文学奖；曾获诺贝尔和平奖提名。丘吉尔还是历史上掌握英语单词数量最多的人之一（12 万多个）。2002 年，在 BBC 举行的"最伟大的 100 名英国人"的调查中，丘吉尔获选为有史以来最伟大的英国人。瑞典文学院院士在为丘吉尔颁发诺贝尔奖时致辞说："一项文学奖本来意在把荣誉给予作者，而这一次却相反，是作者给了这项文学奖以荣誉。"诺贝尔文学奖评选委员席瓦兹说："大政治家和大战士难得也是大作家……丘吉尔的政治和文学成就太大了，我们忍不住要将他刻画成拥有西赛罗文才的凯撒大帝。以前，从来没有一个历史领袖人物两样兼备又这么杰出，跟我们如此接近。"

曾经的日不落帝国，有着这么多著名人物的英国，当然对曹齐夫妇有吸引力。

第一次鸦片战争后，清政府与英国签订《南京条约》，香港岛及鸭脷洲割让给英国。1860 年，英法联军攻占北京后，占据圆明园。英军首领额尔金在英国首相帕麦斯顿的支持下，下令烧毁圆明园，大火三日不灭，成为世界文明史上罕见的暴行。占领香港，火烧圆明园，这个英国到底是何怪物？这又增加了曹齐到英国旅游的理由。

像去希腊旅游一样，曹齐夫妇也是利用了国庆长假。2016 年 9 月 30 日，从武汉坐高铁到北京，在北京住宿一晚后，上午即赶到首都机场。中午12时，与领队冯尘及团友们会合。冯尘40岁，北京人，毕业于北京某大学经济系，她五官精致，脱俗清雅，身体曲线堪称完美，是一位掌握了英语、法语、俄语的女士。更重要的是，她语言功底扎实，讲起话来幽默风趣，头头是道。团队在她的带领下迅速登机，飞机于北京时间下午2时起飞，于当地时间下午5时45分安抵伦敦。

出机场后，团友们上了大巴，领队冯尘向大家介绍了导游吕新棉，这是一位40多岁，非常精致的中年人。他自我介绍道："首先我代表旅行社和司机，热烈欢迎大家来英国旅游，英国是一个非常值得来的国家，以后我会向大家一一介绍。我姓吕，叫新棉，吕布的吕，新棉花的新棉，是上海人，留学英国后在英国工作，导游是我的兼职。"

接着他又说："因为旅游时间很紧，马上我们就去一个景点，一路上大家很辛苦，现在连时差都没调过来，就要参观，请大家克服一下，大家有问题吗？"

"没有问题！"团员们回答比较响亮。

接着，领队冯尘讲道："我提两个小要求，当然这两个要求带有游戏性质。第一，今后早上在大巴上我们相遇，我会说'同志们好'，随后请你们集体回答'首长好'。"

讲到这里，有些团友笑起来了："你这是润泡子（武汉方言，意为自我玩味，自我欣赏）。"

接着她又说："第二个要求是，每次到景点后大家下车时，我会说'哪里下车'，就请你们一起回答'哪里上车'，请各位配合。"

她一讲完，团友们都议论开了："真有味，没见过这样的领队，她还有一套呢！"

曹齐戏谑地想："这真是令出山岳动，言发鬼神惊！"

此时，导游又讲道："下面，我把伦敦介绍一下。伦敦是英国首都，世界金融中心。它是英国的政治中心，也是全球领先的世界级城市，是全球最富裕、经济最发达、商业最繁荣、生活水平最高的城市之一。它还是欧洲第一大城市和最大的经济中心。英国作家、文学评论家和诗人塞缪尔·约翰逊说过："厌倦伦敦，就是厌倦生活。"'"

温文尔雅又个性十足，内敛矜持又前卫时尚，形成了伦敦独一无二的气质。谈起伦敦，曹齐一直记得英国电影《雾都孤儿》，该片根据狄更斯同名小说改编，讲述了孤儿奥利弗经历学徒生涯后流浪到伦敦，又被迫成为扒手，历经无数辛酸后终于查明身世、收获幸福的故事。影片中的伦敦的确是名副其实的"雾都"，灰蒙蒙、雾沉沉的街道，使人印象深刻。

英国首都伦敦曾经有过"雾都"称号。20 世纪 60 年代以前，由于工厂、住户和汽车等排放的废气、废烟雾笼罩全城，造成严重污染，在白天汽车也需开灯行驶。1952 年冬，一场浓雾曾使伦敦陷入瘫痪达四天之久，有 4000 多人因此而死亡。由于英国政府和人民的长期努力，这一切已成为过去，黄灰色的烟雾已经消失。因河水得到治理，绝迹 100 多年的萨门鱼也开始重返泰晤士河。

伦敦还留有革命导师的足迹，马克思和恩格斯都在伦敦工作、生活过，他们的故居都还能寻访得到。而马克思的墓地海格特公墓也是各国旅游者常去凭吊的地方。列宁也曾经在伦敦住过。

大巴走了一段时间，在一座公园门前停下，导游说："这里是伦敦最著名的公园——海德公园。"

此时，冯尘喊道："哪里下车？"

大家一时还未反应过来，她又喊了一遍："哪里下车？"大家一下想起来了，于是齐声说道："哪里上车！"

虽然有几个人声音不合拍，但总的来看，还是一致合拍的。

"以后大家就这样回应。"冯尘显然比较满意。下车后，导游介绍说：

"海德公园是英国最大的皇家公园，位于市区西部，占地面积约为 1.4

245

平方千米，历史很悠久。18世纪前这里是英王的狩鹿场，18世纪末这里同市区连成一片，被辟为公园。海德公园西接肯辛顿公园，东连绿色公园，在寸土寸金的伦敦城里，这是一片奢侈的绿地。

"公园东北角的大理石凯旋门，东南角的威灵顿拱门是标志性景观。海德公园是伦敦市民和游客进行各种户外活动的好去处，如跑步、骑自行车、在草坪上进行野餐、举办各种音乐会等。

"总之，海德公园是一处集自然风光、文化活动和户外运动于一体的好去处，是伦敦旅游的必到之地。"

进公园后，导游继续介绍："丘吉尔8岁那年，他随父母搬到了海德公园北边的康诺特广场2号，从此开始了在伦敦10年的学生生活。每天放学后，丘吉尔喜欢和同伴们在公园看马术学校的学生驯马，和同学们讨论国家的大小政事，或偷偷探听从议会出来的人在谈论些什么。从那时起，丘吉尔接受了政治的熏陶。当丘吉尔临危受命担任战时首相时，他每天上下班仍然坚持徒步穿越海德公园抵达下议院。而这却难为了他的贴身护卫，因为公园无数的灌木和森林正是刺杀政要的黄金地点。正是在这里，丘吉尔遭遇过多次暗杀，然而每一次都能幸运地躲避，这一次次惊险的经历非但没有令他害怕，反而使他更加信奉海德公园是他的福地。"

"丘吉尔徒步上班，没有官架子，真不简单。"来自某机关的团友陶也牧说。

"上帝保佑他！"来自某大学的团友柳杨说。

"一旦退休，过不了多久，我就会死去。一个人如果无事可做。那么活着还有什么意义？"丘吉尔曾对他的医生洛德毛里说过这样的话。

正如他所说的，退休后的丘吉尔身体每况愈下，不久就陷入了疾病的困扰，然而他始终坚持每天日出后和日落前，必须在公园中散步，在最北边的长椅上坐下抽一支雪茄，看一看新闻，最终于1965年1月24日在海德公园去世。

在国葬后，世界各地的人们来到海德公园缅怀这位英国前首相。海德公园记录了丘吉尔的喜怒哀乐，每一个关于国家命运的决定。

在海德公园，最受人们关注的是园区内的"演讲者之角"，它被看成英国民主的历史象征，市民可以在此演说任何有关国计民生的话题，这个传统一直延续至今。

列宁在伦敦住时，曾去观察过这个所谓的"演讲者之角"，每逢周末几乎整天都有人演讲，内容五花八门，无奇不有。各党派的人都到这里来宣传他们的道理，公说公有理，婆说婆有理，井水不犯河水。

导游讲了集合时间以后，团友们自由活动。自由活动时间，也是团友们互相联系的好机会。大家通过接触，互相知道对方的大致情况。

曹齐在游园的过程中，一位老者引起他的注意。这位先生身材修长，看起来人比较瘦，五官端正，面目慈和。经过交谈，得知这位潘闻世先生今年 85 岁，系四川某大学退休数学教授，与他同来的是他的学生，在同一学校当副教授的柳杨。

旅行社本来不收潘教授，因为他已超过收客的年龄，要旅游必须有中青年亲属陪同。但是潘教授一辈子未结婚，无儿无女，哪有子女陪同呢？幸好他的学生柳杨也想外出转一下，由于潘教授是这家旅行社的老顾客，每次旅游都是通过这家旅行社出去的，于是旅行社针对他的特殊情况，允许他的学生，50 岁的柳杨，代为"家属"陪同。

在与曹齐的交谈中，曹齐知道这位老先生很不简单，是一位旅游达人。退休以来，他去过多个国家，仅尼泊尔他就去过两次，一次是从北往南飞，一次是从南往北飞。更奇怪的是，他年过 85 还未结婚，按武汉方言说，还是个"童子伢"。

由于曹齐老伴是银行退休的，所以与银行来的乔克立一谈就熟。虽然他们不是同一银行，但还是有许多共同话题，乔克立称曹齐老伴为"老前辈"，显得很尊敬，因此他对这位中年人印象很好。

此时，同一单位的姚前笑眯眯地说："乔处长，碰见熟人了？""不是，遇见同一系统的老前辈。"乔克立说。

姚前，29 岁，银行信贷员，她长相甜美，身材有致。

曹齐发现，有一位女士衣着时髦得体，长相青春可人，她游览时不与别人搭腔，也不与别人一道前行，只是单独一人慢慢走着。经打听，她叫蒋雅。

集合时间快到了，大家前往集合点上车。到达酒店后，导游拿了房卡，便分发给大家，于是团友们各自休息。

第二天早餐后大家上车。人坐满后，冯尘含笑上车，开始喊道："同志们好！"

大家马上回应："首长好！"少数人忘记这件事，但多数人记得。回应的声音虽然不够整齐，但还是洪亮的。

行车中，冯尘说道："谢谢大家都记得，以后就这样打招呼吧！"导游接着说：

"今天上午我们去温莎城堡及剑桥，这里我简单介绍一下温莎城堡。位于英国英格兰东南部区域伯克郡温莎 – 梅登黑德皇家自治市镇温莎，是英国王室温莎王朝的家族城堡，也是现今世界上有人居住的城堡中最大的一个。它位于泰晤士河南岸小山丘上，距离伦敦近郊约 40 千米，是一组花岗岩石建筑群，气势雄伟，挺拔壮观。

"城堡的地板面积大约有 45000 平方米，与伦敦的白金汉宫、爱丁堡的荷里路德宫一样，温莎城堡也是英国君主主要的行政官邸。

"1936 年，英王爱德华八世在此向曾两度离婚的美国平民辛普森夫人求婚，为了爱情毅然放弃王冠，由一国之君降为温莎公爵，出走英伦三岛，直到 1972 年其灵柩才重返温莎。这段'不爱江山爱美人'的风流逸事，不但使古堡声名远播，也为温莎平添了几分缠绵浪漫的气氛。"

到目的地后，冯尘喊："哪里下车？"

团友们接着喊："哪里上车！"声音比较洪亮整齐，冯尘相当满意。

进入城堡后，导游讲明了集合时间，大家便自由活动，至于地点，也就是下车的地方，这已经约定。

温莎城堡分为上中下三个区，东面的上堡区为王室私宅，包括国王和女王的餐厅、画室、舞厅、觐见厅、客厅等，以收藏皇家名画和珍宝著称；中堡区以显著的圆塔为主，四周都被茂密的玫瑰花园环绕；西面的下堡区是指从泰晤士河登岸进入温莎堡的入口处，这里矗立着著名的圣乔治教堂，其建筑艺术成就在英国仅次于威斯敏斯特教堂。

曹齐觉得真正精华和使人震撼部分是室内王室住所，不仅有华丽的装饰、精美的家具，更以收藏皇家名画和珍宝著称，可以算得上是英国版的凡尔赛宫。

团友们来到滑铁卢厅，建造该厅是为了陈列托马斯·劳伦斯爵士所绘制的几幅肖像画，以此纪念英国、奥地利、普鲁士和俄国联军于 1815 年 6 月在滑铁卢战役最终击败拿破仑的胜利。

滑铁卢厅的镶嵌板墙壁采用了椴木雕刻装饰，倾斜的天窗让人联想起船尾的龙骨。每年 6 月，女王都要在这里为嘉德骑士和女骑士举办嘉德午宴。

王后会客厅把皇家收藏的一些最精美的都铎时代和斯图亚特时代的王室肖像画悬挂在这里。

圣乔治厅是一间宏伟壮观的大厅，长 55.5 米，宽 9 米，天顶点缀着 1348 年设立嘉德勋章以来全部嘉德骑士的纹章。每逢接待国事访问者，圣乔治厅还被用来举办国宴，可坐 160 人。

每年的 6 月，女王、爱丁堡公爵，还有其他 24 位骑士都会在此集合，然后列队前往圣乔治礼拜堂参加每年的礼拜仪式。

玛丽皇后玩偶屋是为当时的英王乔治五世的妻子玛丽皇后所打造，在 1921 年至 1924 年间，由当时英国最伟大的建筑师埃德温·勒琴斯爵士率领多达 1500 名顶尖匠人、艺术家还有文学家组成的团队耗时三年完成，堪称空前绝后。这座玩偶屋以玛丽皇后的行宫为标准，选取了具有代表性的一些房间进行打造。如皇后与国王的房间、客厅、小图书馆、藏宝库等，全部以 1:12 的比例进行微缩，极尽心力追求作品的真实感。国王与王后的房间，从墙纸到壁画，均由顶尖画家绘制。房间内床、桌、椅、柜等家具一应俱全，还有吊灯、茶具、时钟及各种精心布置的摆件，无不凸显作品匠心。玩偶中被公认为最精致的还要数其中的小图书馆，最具特色的是书房中书架上大量微缩图书。他们不是模型，这些书是由当时英国社会上每一位著名作家一人一本专门写给皇后的玩偶屋集合而成的，每一本书都可以打开阅读。玩偶屋的物品，由制作这些物品的真实公司的顶尖匠人制造，这些物品拥有与实际作品没有两样的构造和细节。这里的任何一个小柜子都有抽屉可以打开，更惊人的是抽屉中往往还放着真实世界中的小物件。玩偶屋中还有王室的藏宝室，里面放置的是一整套王冠复制品，还有王权宝珠和权杖，这些都由王室珠宝商杰拉德提供，材料用红宝石、钻石和黄金制成。

团友们在参观时，不时发出惊叹，这间玩偶屋可以说是英国手艺最高、最完美的丰碑。

很多团友都在心仪之处照相，留念。

时间紧迫，参观完毕后，大巴又载着团友前往剑桥。导游介绍：

"剑桥是剑河之桥的意思。这里有一条剑河，在市内兜了一个弧形大圈向东北流去。河上修建了许多桥梁，所以把这个城市命名为剑桥，剑桥也称康桥。与牛津一样，是座令人神往的传统大学城。

"剑桥是英国剑桥首府，剑桥大学所在地，它有人口 9.2 万，距离伦敦 90 千米。剑桥虽与牛津齐名，但这里的气氛与牛津不同，牛津被称作大学中有城市，剑桥则是城市中有大学。剑桥环境优美，绿草如茵，著名的有'耶稣草坪''马克思草坪''绵羊草坪'等，宛如绒毡铺地。

"剑桥大学是英国乃至全世界最顶尖的大学之一，该大学成立于

1209 年，最早是由一批为躲避斗殴而从牛津大学逃离出来的老师建立的。在剑桥大学 800 多年的历史中，涌现出牛顿、达尔文等一批引领时代的科学巨匠，造就了培根、凯恩斯等贡献突出的文史学者，培养了弥尔顿、拜伦等开创纪元的艺术大师，走出了 8 位英国首相，100 多位诺贝尔奖获得者。著名诗人徐志摩、著名数学家华罗庚都在该校学习过。"

然而，在曹齐心中，他却对徐志摩最感兴趣。徐志摩曾在国王学院留学，因此下车后自由游览时，曹齐夫妇首先直奔国王学院。曹齐知道，国王学院是剑桥大学内最有名的学院之一。学院成立于 1441 年，由当时的英国国王亨利六世设立创建，因而得名"国王学院"。

1920 年 10 月。时年 23 岁的徐志摩完成在美国哥伦比亚大学经济系的学业后，摆脱了哥大博士衔的引诱，乘船漂过大西洋，前往英国。先去伦敦大学的伦敦政治经济学院读书半年，后经人介绍，得以在剑桥大学国王学院当特别生，随意选课旁听。

康桥生活在徐志摩的人生中留下极为亮丽的印记，他说过："我要没有过过康桥的日子，我就不会有这样的自信。"因为这个原因，徐志摩关于康桥的文字不少，当然最著名的是《再别康桥》。这首诗是 1928 年诗人故地重游后，于 11 月在回国的轮船上写的。在这首诗诞生 80 周年之际，国王学院在剑河石桥旁的徐志摩花园为徐志摩立下了一块大理石诗碑，上面用中文刻有徐志摩的《再别康桥》的头尾两句："轻轻的我走了，正如我轻轻的来。我挥一挥衣袖，不带走一片云彩。"此碑被人们称为"徐志摩诗碑"。这块白色大理石的质地与北京紫禁城内大理石完全一样，放在这里寓意为连接中国和剑桥的纽带。据称，徐志摩正是在剑桥大学国王学院游学期间读了济慈和雪莱的诗歌，才开始写诗的。有趣的是，诗碑上没有英文，似乎专为懂中文的人们而立。

来到石碑前，曹齐感触良多，突出的是："只要你真正是有本领的人，外国著名大学也不会忘记你。"到剑桥留学的中国人不少，为什么徐志摩有此殊荣？每年夏天，剑桥徐志摩诗歌艺术节都会在剑桥大学国王学院举行，徐志摩的影响更为广泛。

徐志摩曾经满怀深情地说："我的眼是康桥教我睁的，我的求知欲是康桥给我拨动的，我的自我意识是康桥给我胚胎的。"浓浓的康桥情结挥之不去，久久的剑桥眷恋更是深入骨髓。

随后曹齐与团友们来到三一学院。三一学院是英王亨利八世在1546年所建，是剑桥大学中规模最大、实力最为雄厚的学院。令人仰慕的是，这里还是伟大的科学家牛顿、哲学家培根以及包括查尔斯王子在内的多位王室贵族及6位英国首相、多位诺贝尔奖得主的母校。

学院大门入口处有亨利八世雕像。令人捧腹的是，威严的国王左手托着一个象征王位、顶上带有十字架的金色圆球，右手却举着一根椅子腿。据说，本来亨利八世右手中握的是一根象征王权的金色节杖，雕像竣工不久，不知是哪个玩恶作剧的学生悄悄地爬上去把节杖抽出来，用现在的这根椅子腿取而代之。更奇怪的是，几百年来竟然没有任何人去管它，剑桥人不仅听其自然，而且还津津乐道地不断向新生和游人介绍这个精彩的故事。大门右侧的绿草坪中间，种有一棵不起眼的苹果树，据说就是这棵树上结的一个苹果落在牛顿头上，从而启发他发现了万有引力定律。

在游览剑桥大学时，曹齐发现有一对年轻人经常手牵手走在一起，他不知他们是恋人、朋友还是夫妻。其实，这个牵着男生手的姑娘正是姚前。

在国王学院，姚前主动向曹齐老伴打招呼："老人家真不简单，这么大年纪还出来玩。"

曹齐老伴笑着说："趁腿脚还能动，就出来看看。"男青年竖起大拇指："真棒！"

曹齐夫妇连忙称谢。

曹齐问："你们是一起的？"

姑娘没有立即答话，脸稍稍红了一下。男青年答道："是一起的！"

曹齐便没有再问。

　　由于时间很紧，团队集合上车后前往约克。在车上，导游介绍：

　　"英王乔治六世曾骄傲地说过：'约克的历史，就是英格兰的历史。'约克是英国中部约克郡首府，离大城市利兹较近，是英国南北铁路交通枢纽，于公元71年由罗马人兴建，至今已有2000多年的历史。悠久的历史和文化吸引着每年多达200万来自世界各地的游客，使约克成为除伦敦以外游客最多的英格兰城市。约克同时也以其巧克力工业及约克大学（英国顶级大学）而闻名。

　　"约克大教堂是英格兰最大的中世纪教堂和欧洲最大的哥特式教堂之一。约克还有大量的酒吧。其酒吧之多，据说一天去一家，一年之内可以不重复。"

　　到达约克后，导游带领团友游览约克大教堂。他说："约克大教堂是欧洲现存最大的中世纪教堂，也是世界上设计和建筑艺术最精湛的教堂之一。这座以石材建造的教堂气势恢宏，工艺精美，历经几百年依然坚实、挺拔。教堂顶部的塔尖像一把利剑直刺云霄。《哈利波特》系列电影中的霍格沃茨大厅的拍摄地就在约克教堂大厅内。"

　　团友们走进约克大教堂，最令人惊叹的就是圣坛后方，教堂东面一整片玻璃彩绘。

　　导游说：

　　"这彩绘玻璃的面积相当于一个网球场的大小，是全世界最大的中世纪彩色玻璃窗。它由100多个图景构成，非常精美。这些玻璃窗充分展示了中世纪时玻璃染色、切割、组合的绝妙工艺，而其以大面积玻璃支撑东面墙壁的建筑技术、功力，也令人们赞不绝口。

　　"大门入口上方的西面玻璃窗制作也很精彩，教堂北面的'五姊妹窗'是约克大教堂历史最悠久的玻璃窗。"

　　在教堂参观，曹齐陷入沉思。来欧洲旅游看了不少教堂，这些辉煌的教堂在几百年前用石材建造，直到现在还是这么坚固、精巧、壮观，这得有多雄厚的技术来支撑啊！

由于时间紧，从约克教堂出来以后，导游带大家直奔肉铺街。导游介绍说：

"这条街在1086年就有了，是约克最具历史意义的街道之一。2010年，古老的肉铺街被评选为英国最美街道之一。当年这条街上都是卖肉的铺子，小巷因此得名。走进肉铺街，踏着石板路，确实有点挤压的感觉，因为两边的房子距离很近，据说在楼顶的人甚至可以隔街握手呢。

"这条街作为《哈利波特》'对角巷'原型取景地，非常著名。当年为保证猪肉不会晒到太阳，故街道异常狭窄，少见阳光，夏天特别凉爽，现在这条街不卖肉了，而出现众多礼品店、珠宝店和古玩店，成为一处旅游景点。"

曹齐游览后，觉得这条街很像武汉汉正街的一些小巷子，街道逼仄，行人稍微一多，走路都很困难。

参观完肉铺街，团友们集合上车，大巴开往利兹。导游介绍：

"利兹是英国第三大城市，英格兰西约克郡首府。利兹市是英国第二大金融中心和第二大法律中心，国际化大都市，英国中部重要的经济、商业、工业和文化中心。"

第二天早上，大巴从利兹出发，前往苏格兰首府爱丁堡。导游介绍：

"爱丁堡是英国苏格兰首府，位于苏格兰中部低地的福斯湾的南岸，面积约260平方千米，造纸和印刷出版业历史悠久，造船、化工、核能、电子、电缆、玻璃和食品工业也重要。现今是英国第七大城市。一个当地作家称赞道：'没有比这里更适合被称为全国首屈一指的地方，没有比这里更高贵迷人的景色。'这里是福尔摩斯的故乡，改良蒸汽机的瓦特的故乡，J·K·罗琳就是在这里写出了家喻户晓的魔法巨著《哈利·波特》。

　　"现在的爱丁堡主要依靠金融业，是伦敦以外英国最大的金融中心。爱丁堡有着悠久的历史，许多历史建筑亦完好保存下来。爱丁堡的旧城和新城一起被联合国教科文组织列入《世界遗产名录》。2004 年，爱丁堡成为世界第一座文学之城。

　　"爱丁堡的教育也很发达，英国最古老的大学之一——爱丁堡大学就坐落于此，现在还是世界顶尖名校。加上爱丁堡国际艺术节等文化活动，爱丁堡成为仅次于伦敦的第二大旅游城市。"

　　到达爱丁堡后，导游带团友前往爱丁堡城堡参观。他继续介绍：

　　"爱丁堡城堡耸立在全市最高点，135 米的城堡山上，站在城堡可以俯瞰全城，这里就像一处天然的要塞。冰河东移，冲刷四周坚硬的岩石而形成三面陡峭的悬崖和一个东向的斜坡，这个斜坡后来成了皇家大道。

　　"爱丁堡城堡是苏格兰的精神象征，历史非常悠久，比英格兰的利兹城堡还早 200 多年。"

　　团友们看到在古城堡的城墙上整整齐齐地安放着一个个乌黑的古炮，炮口和当年一样一致地对着福斯湾河，仿佛呈现当年防御森严的紧张气氛。

　　曹齐在国外旅游景点瞻仰过不少大炮。对这种重型武器，他每每看到时，总会出现一种想法："战斗时，对于攻击方，是多么想摧毁这些庞然大物，随后夺取之，而对于防守方，又多么想用它击毙更多来犯之敌。这些大炮不正是历史的见证吗？"

　　从城堡中，团友们可以俯瞰爱丁堡全景。

　　接着，团友们参观圣玛格丽特礼拜堂。它建立在山顶的高处，是唯一没有被摧毁、超过 1000 多年的建筑。这是 12 世纪的苏格兰王大卫一世为他的母亲玛格丽特王后建造的。

　　礼拜堂为直角的哥特式风格，空间很小，只有 50 平方米，一次只能容纳 15 ~ 20 人。内部的装饰也十分简洁朴素。精美的 U 形穹顶将一个不大的空间一分为二，一间是置放着祭坛的半圆形殿堂，高坛中摆放了桌子、花和烛台，还有一张漂亮的玻璃彩绘窗户，图案描绘的是马尔科姆三世的圣玛格丽特王后；另一间是皇室使用的长方形厅堂。这个礼拜堂是爱丁堡现有最古老的建筑物，因为如此，更吸引不少人参观。现在，这个地方可以举办婚礼。

接着，导游带团友来到皇家英里大道。虽然游览中下着雨，但团友们兴致很高。

导游说："皇家英里大道位于爱丁堡老城中心，这条大道始于爱丁堡城堡，终于圣十字架宫。两旁小巷交错，构成了旧城的骨架。圆石砌成的地面早被磨得发亮，大道边的建筑古朴雄伟，充满历史气息。每天下午都有身着苏格兰裙的街头艺人吹奏风笛，游客仿佛置身于苏格兰古老的街道。"

团友们看见大道两侧有各式各样的纪念品店、餐厅、酒吧和供人参观的景点，是市民休闲的好去处。这里有很多卖羊绒围巾的店，货真价实，送人或自用都是不错的选择。不少团友都购买了这种羊绒围巾。接着，导游带大家来到王子街。

他说："这条街是全城最繁华的大街，一侧是新城，另一侧是旧城，一直延伸到城堡脚下。王子街有'全球景色最佳大街'之称，它全长不过 500 米，许多华丽摩登的商店汇聚在此条马路旁。南侧是一片青翠的绿地，东端尽头是王子街花园。"

之后，大家参观了屹立着苏格兰著名文学家司各特的纪念塔。这座纪念塔算得上是苏格兰各种纪念塔中最雄伟的一座了。纪念塔有 4 层，高 61.1 米，一共有 287 步台阶。纪念塔的楼梯是螺旋式的，而且只有一人通过的宽度，上去之后，可以俯瞰爱丁堡美丽的景色。这是一座庄严的黑色哥特式建筑，4 座小型尖塔拱卫着中央高塔，正中间是司各特的大理石雕像，他身穿长袍，身边还卧着他的爱犬，而且他作品中的 64 位主人公都被雕成雕塑环绕塔身。

　　司各特在历史小说领域是位杰出的先驱者，以其塑造的一系列鲜明而富有特色的历史人物而闻名。司各特写了迂回婉转的故事，并且夹杂着浪漫的丰富情感，非常吸引人。他对后世许多著名作家都有影响，如狄更斯、雨果、巴尔扎克等，他有一句名言："没有喜悦的人生，是没有油的灯。"

　　接着，大家来到了王子街花园。这座花园是爱丁堡最著名的花园，经常举办演出活动，每年8月爱丁堡国际艺术节的烟花会场也在这里。团友们对园内如画的风景赞叹不已。随后，团友们参观了在另一块绿地上矗立着的蜚声世界的苏格兰钟。此钟建于1803年，分针长2.4米，时针长1.5米。钟面直径3.5米，花钟图案由2.4万朵各种鲜花组成，每1分钟就有一只杜鹃花跳出来。据称它是世界上最大、最特殊的一座花钟。很多团友都在花钟前照相留念。

　　在花钟前，曹齐沉思起来，花钟躺在这里有200多年，但一年四季鲜花盛开，这是很不容易的，可见苏格兰人民对花钟的喜爱，对鲜花的喜爱，这个景点确实使团友们眼界大开，世界上还有这么美丽的钟。

　　现在，爱丁堡的游览到此结束，团友上了大巴后，司机朝格拉斯哥驶去。

　　导游介绍："格拉斯哥是苏格兰第一大城市，英国第四大城市，人口60万，位于中苏格兰西部的克莱德河河口。格拉斯哥也是英国第三大制造业城市，仅次于伯明翰和利兹，主要工业门类有工程建设、出版业、食品饮料业和服装业，它是仅次于伦敦的英国第二大食品零售中心。1990年，格拉斯哥被选为'欧洲文化之都'。2003年，又被选为'欧洲体育之都'。"

　　晚餐进行中，领队冯尘宣布一个消息，她说："8点请大家到3楼会议室集合，准备开一个小会，内容是祝贺团友金路广先生和姚前女士旅行结婚。大家已经共同生活了几天，也比较熟悉了，开这个会以表达大家对团友新婚的祝福、关心！同时请各位准备节目，作为助兴。"

冯尘讲完，大家都面露喜色，很多人表示，团队旅游中旅行结婚是比较多的，参加这种活动还是第一次。

曹齐夫妇是团友中旅游次数最多、去过的国家最多的两位老人，他们也表示未经历过这种事。对于领队和导游的安排，团友们都很满意，而两位新人更感到新奇和开心。

晚8点，团友们陆续来到开会地点，大家面带喜气，到处充满愉悦的气氛。

领队冯尘穿着一袭天蓝色连衣裙，眼含秋水，灵动逼人，她那丰满的嘴唇显得充满异国情调，与她领队的行当非常契合。

被冯尘称为"巧克力"的乔克立笑着说："是姚前当新娘？还是冯领队当新娘呀？"团友们一听相顾莞尔，满场粲然。

冯尘举起白白的拳头，显出要打他的姿势，说道："乔克立，你又发疯了！你部下结婚，你怎么瞎开玩笑？"

乔克立辩解说："参加这种喜庆会，就是要开玩笑！不开玩笑怎么热闹呢？"他展示了他善于谐谑的技巧。冯尘一笑了之。

有团友笑着说："乔处长说冯领队像新娘，你更像新郎呢！""郎才女貌，天作之合。"又有人说道。

乔克立用令人脸红的目光盯着冯尘。她久经沙场，对他的目光并不畏惧，冯尘也是一位善战的女将。

乔克立是武汉某银行处长，这次他带了6个人出来休假旅游，恰巧有两位工作人员旅行结婚。当冯尘知道这一消息，马上与导游吕新棉商量，于是便促成了今天的聚会。他今天穿一套笔挺的藏蓝西服，雪白的衬衫配着金黄色的领带，40岁的他显得风姿翩翩，意气风发。

他的另一部下严因，穿着银底蓝色旗袍，身材婀娜，根本不像已过而立之年的人，大家说她漂亮，她娇笑连连："我不敢喧宾夺主。"

某协会带队的尹其宁（被冯尘称为"冰激凌"），穿了一套玫瑰色西服，打了一条浅绿色的领带，看起来也是十分重视这次聚会。他身材魁梧，满面春风，颇有绅士风度。他身高一米八五，全团男士数他最高。有一位英国女人说过："亚洲男人看起来比较袖珍，排除宗教、肤色、语言差异，他们的体型让我们不能升起对雄性的崇拜。"这位女士恐怕也是一孔之见，应该说："'冰激凌'能引起英国女人对雄性的崇拜。"事实上，这位女士对中国男士了解并不多，像"冰激凌"这种身材体魄的男士，甚至比他还健硕的男士，在中国有很多，只是她没有见过罢了。

某大学的万先桃竟然穿了一套草绿色汉服，单独一人来旅游的蒋雅21岁，与平常穿着一样，还是白天穿的奶黄色春装和长裤，她脸色平淡，看不出一点高兴的神色。

聚会一开始，冯尘首先讲话："今天我们来自四面八方的团友们，在旅途中，为我们的团友，来英国旅行结婚的金路广先生和姚前女士，开一场祝贺会。"讲到这里，大家热烈鼓起掌来。

"历经十数载导游生涯，我首次主持并参与了这样的聚会，深感荣幸。我代表全体团友，向新人致以最诚挚的祝福：新婚快乐，万事如意！"此刻，27岁的姚前与31岁的金路广携手步入前台，两人般配至极，再次赢得热烈掌声。

证婚人"巧克力"先生发表感言后，新人深情对唱《最爱的人是你》，新娘泪光闪烁，感动全场。这时，喜好观察生活细节的曹齐发现，坐在角落的蒋雅不时用纸巾擦眼泪，难道这歌曲引发了她的共鸣，抑或是伤感？曹齐不清楚。

接着，团友们轮流表演节目，欢声笑语不断。年龄最小的团友司马吉祥用稚嫩的童声唱响《让我们荡起双桨》，黄老师的《红梅赞》则展现了岁月沉淀的韵味。85岁的潘闻世教授与同事柳杨副教授的京剧联唱《二进宫》更是将聚会推向高潮。

最终，潘教授以一曲《四季歌》回应团友们的热情，聚会圆满落幕。团友们意犹未尽，围坐在一起讨论旅行的感悟。只见乔克立说道："游了欧洲这多国家，我看有位导游说得对，游来游去，不过是宫保鸡丁。"

"什么？乔处长，宫保鸡丁不是菜名吗？怎么和旅游扯上了？"严因问。

"你听我解释，虽然它是菜名，但也讲出了游欧洲的重点。'宫'是皇宫，我们游欧洲时去过不少皇宫；'保'是城堡，我们游览过许多著名城堡；鸡与'基'谐音，基督教的意思，这里指各种教堂，事实上，我们见过不少有名的教堂；'丁'是园丁的意思，园丁看管、修整花园，这里就是花园的意思。回想起来，我们游过不少花园、公园。但是有人不同意这种解释，认为这里指庄园，我们来欧洲旅游，看了不少庄园，但很多人都偏重另一种说法，'丁'就是'厅'的谐音，即市政厅、议事厅、政府大楼之类的建筑。"

"哎呀，听乔处长这一解释，我长知识了。"严因十分满意。

此时，这几天与乔克立搞得比较熟的曾继革说道："乔处长的解释很有趣味，但也存在一个问题，那就是我们到各国旅游有千篇一律的感觉，是否造成视觉疲劳，引起腻味呢？"

乔克立还未回答，某医院带队副教授杜雪说道："不会引起视觉疲劳，看起来大同小异的宫殿、城堡、教堂，由于各个国家的历史，地理位置的不同，加之这些建筑物的创建历史、创建者、地理环境、建筑风格及在此居住、主持者的不同，不会有雷同之感，而且各有各的故事，各有各的看点。"

"杜雪教授说得对！"某协会的陶也牧说，"拿我国来说，我们的皇宫、寺庙撇开历史、地理，各种人物的境遇不同，也是大同小异，但我们经过做功课，再看各种宫殿和寺庙，它们也各有特点，有不同的看点。"

此时，四川某大学副教授柳杨也说了起来："国内有很多人认为世界最好的风景在中国，欧洲国家那么小，自然风光不如中国，而且欧洲的城市、乡镇及大小教堂基本相似。我却不这么看，每个人了解这个世界的方式都不一样，欣赏的风景，听到的内容，感受也都不尽相同。不同社会现象背后的根本原因都有不同的解释，因而对具体景物的看法也不相同。可能有些景点有的人爱得要死，有的人却无动于衷。"

此时，突然发生的一幕让在场者十分惊奇。只见眼含热泪的蒋雅快步走到金路广面前，还没等小金反应过来，就拥抱了他。她口里喃喃说道："太羡慕你们了，太羡慕你们了，祝你们幸福！"幸好严因在小金旁边，她稍稍迟疑了一下，便像保镖一样迅速把蒋雅拉开。"她这个保镖可比某些外国首脑的保镖反应快得多。"有的团友开起玩笑。

当蒋雅主动投怀送抱时，金路广开始一愣，有推拒之意，但他一下改变主意，让其拥抱，自己也有配合之势。

新娘姚前对于蒋雅突然出现的不可思议的动作非常奇怪，反应不过来。虽然她与蒋雅没有讲过话，但作为团友，她没有指责蒋，而采取的是不得不顺其自然的态度。

某协会团友郑雪晴与蒋雅同住一间房，这几天与她有所接触，甚至相谈比较投机，算是蒋雅的唯一朋友。于是，她拉着蒋雅的手回房间去了。

"哀莫大于心死，要在困难中奋起，变失望为充满希望。"郑雪晴劝慰蒋雅，她接着说，"天涯何处无芳草，这是对男士而言；天涯何处无好男，这是对女士而言。放弃一棵树，还有一片森林在等着你，振作起来吧。失恋不过是生活中的小浪花。"郑雪晴越说越动情，虽然蒋雅未搭腔，但看起来她的心情比原来好多了。

过了一会儿，蒋雅说："郑姐，我们非亲非故，你这样关心我，我非常感谢。千不怪，万不怪，只怪那个渣男玩弄了我的感情。"蒋雅说着，又流下眼泪。

"不要提他了，他不讲情义，就把他从脑海中清理出去。"郑雪晴劝道。见蒋雅慢慢平静下来，郑雪晴建议睡觉。

蒋雅、郑雪晴走后，有些团友问某医院团友杜雪副教授，这是怎么回事儿？她见人比较多，加之也不太了解情况，只简单说了一句："大概是触景生情，心情激动吧。"团友们见她是医生，所以才问她，她的回答是一句大家都会说且没有错误的套话。团友们不好再问，于是各自散去。

冯尘是非常精明、阅人无数的领队。她忙里偷闲，也观察到蒋雅的表现，所以她没有点名让她表演节目，她知道蒋雅不会，也没有心情演什么节目。

回到房间，姚前便对金路广说："这个丫头也太出格，竟然做出这种动作，幸亏我们宽宏大量，不然真不好下台。"

"算了吧，都是团友，可能这个人有难言之隐。"金路广说。

某大学来旅游的有一位副教授，名叫沈声，丈夫去世已15年，育有一儿一女，都成了家。她不愿打扰他们，也嫌儿女家不方便、不自在，故一直一人单独居住。随着年岁的增加，很多亲友都劝她找个老伴，但她一直没有这个想法。经过几天的观察，她发现四川某大学来的潘闻世教授虽然85岁高龄，但气宇不凡，风度翩翩，身体硬朗，甚至一度产生过与潘教授接触接触的想法。转念一想，又觉得这是不是有点无聊。

"今天真是过得丰富多彩。"回房间后，柳杨对潘闻世讲。

"的确，节目多，我们大家都进一步互相了解了。"潘教授说。

通过这几天的接触，曹齐了解到，这次旅英旅游团，团友共有29人，是曹齐游欧洲六次人数最多的一次。

第二天早餐后，团友们坐大巴前往格拉斯米尔湖。

导游介绍："格拉斯米尔湖是英国坎伯里亚郡湖区的湖泊之一，以位于湖北边的格拉斯米尔镇为名，著名英国诗人威廉·华兹华斯曾居住于此。格拉斯米尔湖长1540米，宽640米。它的最大深度为21米，海拔为62米。湖泊由罗特河进水和排水，河流在进入湖泊之前先流经村庄，然后流向下游，流入顿德尔湖，然后继续流入英国最大的湖泊温德米尔湖。"

曹齐了解到，格拉斯米尔有英国浪漫抒情诗人"湖畔派"诗人华兹华斯的故居——鸽屋，一座不大的石砌小屋。小屋于1891年开放给公众，其侧也建立了有诗人生前手稿与用品的博物馆。在1799年12月到1808年的8年多时间里，华兹华斯与他的妹妹多罗西曾在此隐居。

经历了法国大革命的高潮和退潮，诗人在湖水环绕的山间石屋找回了久违的宁静，远离意识形态的喧嚣。寄情山水，在生机勃勃的大自然中寻找生命的大智慧。

下面摘录顾子欣译《咏水仙》。

我好似一朵孤独的流云，高高地飘游在山谷之上。突然我看到一大片鲜花，是金色的水仙遍地开放。它们开在湖畔，开在树下，它们随风嬉舞，随风飘荡。

……

一眼看去就有千朵万朵，万花摇首舞得多么高兴。粼粼湖波也在近旁欢跳，却不如这水仙舞得轻俏；诗人遇见这快乐的侣伴，又怎能不感到欢欣雀跃！

……

这首诗歌是华兹华斯浪漫主义诗歌的代表作，其口语化的语言是浪漫主义风格的一大特点，文笔朴素清新，自然流畅。诗人运用拟人手法，表达了对大自然的爱以及回忆的重要性。当我们处在孤独与无助时，在人生低谷之际，回忆我们曾经感受到的大自然的美好时光，它能让自己振作起来。

中国古代文人有寄情山水的情结。以唐代为例，诗人们往往借山水消解胸中的块垒，从山水中得到哲理的启示，他们被迫放弃社会责任，转投山水。在山水中安顿自己的生命与心灵。

团友们随后在格拉斯米尔小镇游览。威廉·华兹华斯出生在这里，并在此生活了14年，他称这里是"人类迄今为止表现得最可爱的地方"。小镇住户不多，蜿蜒的小河流过小镇，直到格拉斯米尔湖。古老住房的外墙涂抹着和有小石子的灰泥，蓝绿色板岩砌成的小屋与曲折的街道很吸引游人的注意。旅馆、画廊、旅游商店与维多利亚风格的美丽别墅并肩而立，圣奥斯瓦尔德教堂位于小镇的中心地带，其历史可以追溯到 13 世纪。教堂附近有大名鼎鼎的格拉斯米尔姜饼店，自 19 世纪起就已经声名远扬，不少团友都买了姜饼品尝。姜饼是当地的传统特色美食，店面虽小，但历史悠久，建于 1630 年，这家店的姜饼都是按照他们的独家秘方制成的，每天都有大量游客慕名而来。

结束了在格拉斯米尔的游览，团友们坐车前往温德米尔湖。

下车后，团友们感觉到空气清新，美不胜收的自然景观展现在面前。清澈的湖水，可爱的天鹅和野鸟在活动，它们生活在这片自然保护区中，成为这里一个不可或缺的部分。孩子们在湖边与鸟儿悠闲地玩耍、嬉戏，这里的鸟儿看见游人丝毫没有惊慌失措，而是旁若无人，镇定自若。

团友们都说这个湖太漂亮了，真是山清水秀，环境优美，气候宜人。难怪该湖在画家心中为"有史以来最美的风景"。久居城市的人来到这里亲近大自然，的确是返璞归真。

"旅游让我们的身体感悟到不同的风和水，我们的头脑也在不同风情的滋养下变得丰富和多彩。"曹齐心里有这种感受。

他拿武汉东湖与温德米尔湖比，认为各有千秋。东湖周边有很多高楼大厦，一看就是城中湖，而温德米尔湖则"野"得多，可以说是野趣横生，远处是山峦和小村镇，绝无高楼大厦。给人的感觉是这里没有城市的喧嚣和急迫杂乱。

下车后，团友们来到温德米尔镇。曾经有人这样说："上帝在英格兰留下了一滴泪，那也许是温德米尔湖了。"温德米尔湖呈狭长形，长 11 英里（约 17.7 千米），整个湖泊被连绵的山峦和零散的村镇点缀着，如诗画般动人。这里气候宜人，夏季平均温度不超过 20 摄氏度，是英国人避暑消夏的最佳去处，是人气旅游目的地。它同名的小镇——温德米尔，是观光的重镇。温德米尔镇，就建立在温德米尔湖边，小镇的房子紧密排列着，墙面大多由石头垒成，仿佛一座石头城，给人一种质朴之感。

小镇没有所谓的景点可以游览，却很适合散步，或找间餐厅或咖啡馆坐下来发呆，慢享时光。

温德米尔湖还是《哈利·波特与阿兹卡班的囚徒》外景地之一。哈利骑着鹰头马身有翼兽在空中飞翔，掠过的湖水就是在温德米尔湖区拍摄的。

团友们在这个小镇游览，感觉非常舒畅、清爽、温润。到处是绿意，到处是鲜花，它是静谧、悠闲、雅致的。

随后，大家来到湖边，三三两两各自取景拍照，似乎人在画中游。有的拿出面包、饼干给海鸥、鸽子喂食，这些动物不畏惧人类，贪吃抢食的样子，实在有趣。

由于郑雪晴与蒋雅同住一房间，因此她们渐渐混熟了，郑像大姐姐一样对蒋非常关心，常找她闲谈，蒋的心情似乎好多了。

因为蒋雅不喜欢人多的地方，于是郑雪晴便与她在比较僻静的湖边逛。为了进一步劝慰蒋雅，郑雪晴谈了自己的经历："小蒋，我与你可以说是同病相怜。八年前，我的男友借所谓进行开放式关系为名，背叛了我，与另一女生发生关系。得知这一消息，我气得要跳楼。几位闺密劝我为这个渣男去死，根本不值得，她们苦口婆心相劝。我也认识到为不值得的人去做傻事，无损渣男的一根毫毛，反而让我的父母痛苦一辈子，于是我坚强起来了。"

"郑姐，你说真心话，你现在把这件事忘了吗？"

"小蒋，如果要我说真话，到现在我还未忘记这件事。"

郑雪晴话音刚落，只见蒋雅突然望着湖面，大声说道："八年了，你还未忘，我又怎能忘？"随即快步下湖，直往湖里奔，大有"郎君负我，我则临湖殒命"之态。

郑雪晴见状，大声喊道："蒋雅，你要到哪里去呀？""谢谢你郑姐，我走了！"蒋雅带着哭腔说。

望着湖水已经到蒋雅腰间，不会游泳的郑雪晴大喊："救命呀！有人跳湖了！"

也是蒋雅命不该绝，刚好某协会的陶也牧（38 岁）与团友郭原（32 岁）逛到这里。陶也牧连衣服也没来得及脱，快步奔向湖边，迅速下水，用自由式很快游到蒋雅身边，此时水已淹到蒋雅颈部，情况十分危急。只见陶也牧用左手托着蒋雅的头部，右手奋力划水，蒋雅开始有所反抗，但陶也牧拖着蒋雅的左手一直不放手，随后带着她游向岸边。

此时岸边也有不少中外游客在观望，其中还有本团领队冯尘和其他一些团友。见陶也牧快游到岸边，谭天和鲁努两位副教授连忙脱掉鞋子、卷起裤腿下湖支援，随后他们两人在后，陶也牧在前，推的推，拉的拉，将蒋雅拖上岸来。

由于抢救及时，蒋雅只呛了两次水，喝了一口湖水，身体并无大碍。

岸边中外游客纷纷伸出拇指赞扬救人的三位团友，冯尘吓得带着哭腔，连连说："太危险了，太危险了，万一出事，我怎么交差呀？"

有两位女团友分别脱下一件外衣，一条外裤交给郑雪晴，由郑和另一女团友扶着蒋雅到女厕所去了。惊险的一幕落下后，团友们都松了一口气，像开过会似的，大家都不议论这件突发事件。

美丽的温德米尔湖呀，为了情，

差点有位中国姑娘投身你的怀抱，再无踪影。

蹩脚的打油诗人曹齐，脑海中突然想起这几句。

冯尘认真对郑雪晴说道："这两天，请关注一下小蒋，谢谢你了。"

结束湖区游览，团友们上车前往曼彻斯特。在车上，蒋雅向几位团友道谢。

导游介绍：

"曼彻斯特人口约 51 万，是世界上最早的工业化城市，英格兰西北区域大曼彻斯特郡的都市自治市。英国重要的交通枢纽与商业、金融、工业、文化中心，也是国际化大都市，是英格兰八大核心城市之一。

"如今一提到曼彻斯特，很多人首先想到的却是曼联队。这个老巢在曼彻斯特的球队是全欧洲乃至世界上最具有影响力，也是最成功的球队之一。万人迷小贝就曾经效力于曼联队达 11 年之久。不管是不是球迷，来到曼彻斯特的游客，大都会去看看曼联队的主场'梦剧场'老特拉福德球场。"

到达曼联队总部，团友们下车参观。

大家看到了曼联最出名的教练——弗格森的雕像，该雕像的灵感来源是弗格森爵士站在场边指挥比赛时，双臂交叉放在胸前的经典动作。

另一座三人雕像高 4.3 米，代表着曼联的三巨头鲁尼、贝克汉姆和吉格斯。他们不仅代表着曼联的辉煌历史，而且是曼联文化的象征。这三位球员在曼联队中留下了深刻的印记，这座雕像也将曼联的荣耀和成就展现给了全世界。团友们在曼联队总部大门前或雕塑前摄影留念，有些热爱足球的团友来到这里，非常兴奋，非常虔诚，大有朝圣的感觉。

下车后"巧克力"和"冰激凌"非常激动。"巧克力"喊："终于来到这里了！"

"冰激凌"则喊："好伟大呀，我的曼联！"看来他们都是铁杆球迷。

曹齐不大爱看足球，没有那些团友们的极高兴致，他是把这里作为一个著名的景点来拜访的。出于这种心理，他和老伴也在大门前照了相。

郑雪晴真是一个认真负责、有爱心的人。她一直与蒋雅在一起，她一方面完成领队交给的任务，另一方面她尽量地陪伴这个清纯妩媚的姑娘，不让她觉得是在监督她。郑雪晴多次对蒋雅解释，她没有忘记那个渣男，并不是因为他有什么值得留恋，而是把那件事当成一件坏事、一个教训，记在心里，就像一个人记得自己曾经生大病的情景一样，所以请蒋雅要正确理解她说话的意思。

郑雪晴还讲："一个人要有承受力，做傻事伤不了渣男半根毫毛，结果是害了自己和父母。"可以说，郑雪晴对蒋雅是关爱有加，百般照顾。

由于在曼彻斯特没有其他旅游计划，团友们随后上车，然后在一家餐馆吃晚饭。吃晚饭时，团友们对今天一天丰富的行程很满意。当然，对于蒋雅之事都未提及，饭后导游带大家来到一家酒店分发房卡，后各自休息。

第二天早上，团友们吃过早餐后上大巴，现在将从曼彻斯特开往斯特拉福德。

导游介绍："我们现在要去的地方是英国伟大的戏剧家、诗人威廉·莎士比亚的故乡，是他的出生地和逝世的地方。对于莎士比亚，我相信在座的每位团友都知道，在这里我就不多讲了。其实，很多中国游客来英国，尽管理由很多，但有一个理由，就是来看看莎士比亚的故居。特别是学文学的团友。曹老师，你来英国的目的是不是要看看莎士比亚故居？"

导游把话题一转，问曹齐。

曹齐响亮地回答："你说得对，我是想看看莎士比亚故居！"

这样一来，车厢内热闹起来，大家都议论纷纷。过了一会儿，导游又说："请大家安静，现在请某大学谭教授介绍一下莎士比亚，大家欢迎！"

于是车厢内掌声响起来。

谭天站起来，走到车厢前面。接过导游递来的话筒，他讲道："团友们，我是英语系教师。据我了解，在座的有不少团友对英国，对莎士比亚都很熟悉，堪称专家。"

说到这里，他谦虚一笑："比如曹齐老师，他是中文系老教师，对英国文学非常了解。但导游要我讲，我只好奉命讲一点，抛砖引玉，请各位指导！"

"谭老师过谦，我只了解皮毛！"曹齐讲了一句。谭老师接着讲：

"威廉·莎士比亚是英国文学史上最杰出的戏剧家，也是欧洲文艺复兴时期最重要、最伟大的作家，全世界最卓越的文学家之一。16世纪末

17 世纪初的 20 多年期间，莎士比亚在伦敦开始了成功的职业生涯，他不仅是演员、剧作家，还是官内大臣剧团的合伙人之一，后来改名为国王剧团。1590 年到 1613 年是莎士比亚创作的黄金时代。他早期剧本主要是喜剧和历史剧，在 16 世纪末期达到了深度和艺术性的高峰。接下来的 1608 年他主要创作悲剧，莎士比亚崇尚高尚情操，常常描写牺牲和复仇，包括《奥赛罗》《哈姆雷特》《李尔王》等被认为属于英语最佳范例。

　　"在他人生最后阶段，他开始创作悲喜剧，又称为传奇剧。莎士比亚流传下来的作品包括 39 部戏剧、154 首十四行诗，两首长叙事诗。他的戏剧有各种主要语言的译本，且表演次数远远超过其他任何戏剧家的作品。1613 年左右，莎士比亚退休回到故乡，3 年后逝世。"

　　谭天讲完，大家鼓掌感谢。领队冯尘讲道："我们团整体素质高，各位团友的文化知识水平是我多年带团最好的团之一。刚才谭教授讲话，我好像又回到大学课堂听讲一样，受益匪浅，感谢，感谢！现在请曹齐老师对莎士比亚这个专题作一点补充。"

　　"冯领队，谭教授讲得很好，我没有什么补充！"

　　"不要谦虚，我知道你有两把刷子！"（刷子，武汉方言，本领的意思）
"我毫无准备，"曹齐说道，"冯美女点将，我恭敬不如从命！"

　　他接着说：

　　"莎士比亚是欧洲文艺复兴时期英国最重要的作家，杰出的戏剧家和诗人，他创作了大量脍炙人口的文学作品，在欧洲文学史上占有特殊的地位，被誉为'人类文学奥林匹斯山上的宙斯'。

　　"莎士比亚的戏剧大多取材于旧有剧本、小说、编年史或民间传说。但在改写中他注入了自己的思想，给旧题材赋予新颖、丰富、深刻的内容。在艺术表现上，他继承古代希腊罗马、中世纪英国和文艺复兴时期欧洲戏剧的三大传统并加以发展，从内容到形式进行了创造性革新，他的戏剧突破悲剧、喜剧界限，努力反映生活的本来面目，深入探索人物内心奥秘，从而能塑造出众多性格复杂多样、形象真实生动的人物典型，描绘了广阔的、五光十色的社会生活图景，并以其博大、深刻、富于诗意和哲理著称。马克思称他为'最伟大的戏剧天才'。

"在这里，我要多说一点。我们中国的莎士比亚是明代的汤显祖，他'一生四梦，得意处惟在牡丹'。所谓'四梦'，指的是汤显祖的《牡丹亭》《紫钗记》《邯郸记》《南柯记》四剧的合称。前两个是儿女风情戏，后两个是社会风情剧。汤显祖在48岁时创作的《牡丹亭》与王实甫的《西厢记》、洪昇的《长生殿》、孔尚任的《桃花扇》合称中国四大古典戏剧。《牡丹亭》描写了杜丽娘因梦生情，伤情而死，人鬼相恋，起死回生，终于与柳梦梅永结同心的痴情故事。有学者认为，汤显祖和莎士比亚有5个相同点，一是生卒年几乎相同（前者1550—1616年，后者1564—1616年），二是同在戏曲界占有最高的地位，三是创作内容都善于取材他人著作，四是不守戏剧创作的清规戒律，五是剧作最能哀怨动人。因时间关系，汤显祖的另外'三梦'，我就不讲了。"

曹齐讲完，又博得热烈掌声。

斯特拉福德镇仍保持古老的风貌，这是团友们的第一印象，各式各样精巧、色彩鲜艳的小房子错落有致，树木葱茏，碧草如茵，宛如童话世界的仙境。

这里的建筑大多保持着维多利亚时代的风格，一些小酒店和小商店还有意保持了伊丽莎白时代的风貌，以招揽顾客。

市中心矗立着莎士比亚纪念碑的小广场上排满了出租车，街道上小汽车、公共汽车、无顶游览车川流不息。

团友们都认为，莎士比亚的世界性声誉为他的故乡带来了多方面的好处，每年有数百万旅游者慕名而来，参观莎翁故居和观看莎剧演出。

曹齐和老伴走在街上，感觉非常舒适。这里没有一些小镇的嘈杂、破败，维多利亚式建筑的陡峻与厚重，哥特式建筑的俏丽与奇幻，历史悠久的普通民居的粗犷与古朴，书写着小镇沧桑的历史。小镇的娴雅、久远，穿镇而过的埃文河恬静怡人，以及两岸染翠的林木，孕育一代戏剧大师，并不使人感到奇怪。

随后，团友们参观了莎翁的故居。

这所房屋坐落在不十分热闹的亨利街，是一幢半木结构的 2 层小楼，窗户很小，虽然很古老，却维修得很好，外表很整齐。这是诗人出生和长大的地方，室内的摆设保持原有的模样，房间的布局很简单，床、桌、椅都是当年的家具。地板凸凹不平，用许多大钉子连着。莎翁家的花园十分宽敞、漂亮，团友们从故居走出来都要在这里转一转，团友饶有兴趣地体悟莎翁故居的氛围。

曹齐突然想到，莎士比亚比汤显祖名气大得多，这是因为世界各地都在排演莎剧。当时，英国在全球取得了霸权，英语的影响力就扩大到全世界，所以莎剧能在全球流行。而中国落后挨打，汉语并没有走向全世界，而汤显祖作品的载体昆曲也走向没落，因此汤显祖的知名度比不上莎士比亚。

在小镇参观完毕后，大巴前往丘吉尔庄园。

导游介绍："丘吉尔庄园是全英国占地面积最大，也是最霸气豪华的私家庄园。丘吉尔庄园占地 850 万平方米，相当于 8 个法国凡尔赛宫，12 个北京故宫。它始建于 1705 年，是当时的安妮女王为了表彰约翰·丘吉尔（英国前首相温斯顿·丘吉尔的祖先）击败法国军队的赫赫战绩，将牛津郡附近数百公顷的皇家猎场赐予了这位公爵。

"数百年过去了，这个庄园仍然属于丘吉尔家族所有。目前有一部分对外开放。丘吉尔庄园位于牛津郡伍德斯托克镇附近，这个小镇也非常美丽。"

到达庄园后，团友们陆续下车，在导游的带领下进入庄园。

一进庄园，团友们被眼前气派的建筑震住了。有的团友说："难怪有人说丘吉尔庄园比英国皇宫还美。"事实上从外表看，感觉温莎城堡都没有这里的建筑豪华气派，它的确有几分法国凡尔赛宫的模样。

庄园的中心建筑是"布伦海姆宫"（以此纪念布伦海姆战役）。进入主厅，这个大厅宏伟庄严而又不失奢华，数十米高的天花板上绘有大幅油画，整座建筑的室内装饰犹如皇宫般富丽堂皇，里面有大量的油画、雕塑、瓷器、挂毯、时钟、服饰、书籍和精美家具。

温斯顿·丘吉尔就出生在这个庄园里，宫内至今还保留着他出生的房间。随后，团友们来到丘吉尔家族的豪华图书馆，这间 55 米长的房间，中间有安妮女王的雕塑，里面摆放着不少丘吉尔家族成员的照片。除了大量图书，室内墙上还陈列着许多油画。

导游对团友们说：

"布伦海姆宫由当时著名的建筑大师约翰·范布勒先生花了 17 年才完工。英国私家庄园虽不少，但无论从规模还是豪华程度与气派，都无出其右。这座庄园绝对是全英最奢华霸气的私家花园。

"有人说，古罗马人学会了奢华，就有了名利的庄园；英国人看透了工业，就有了乡村的庄园；俄国人得到了农奴，就有了贵族的庄园；法国人创造了葡萄酒，就有了飘满酒香的庄园。

"英国保守党领袖鲍尔温曾经说过：'英国就是乡村，乡村就是英国。'英国的贵族们乐得做个乡下人，也就是说他们喜欢在乡下住，在庄园住。

"这是团友们的感受之一。在英国，有钱人是住在乡村里的，而最真实、最美的英国，也在乡村。英国作家杰里米·帕克斯曼说：'真正的英国人是个乡下人。英国的灵魂在乡村。'另外一个感受则是，多少年来，英国依然视女王为至上，视礼仪为头等大事，奉绅士行为为灵魂。

"再就是英国民众的文明程度比较高，那种公然的抢劫，极端的仇富行为等是很少的。大家都遵循自然规律与生活法则，社会的管理成本不高。

"最后，作为世界文化遗产之一的丘吉尔庄园，可以称为英国园林的经典代表，它将田园景色、园林和庭院融为一体，显示出卓越超群的风范。"

因时间关系，团友们未去壮观的公园、牧场、湖泊，但宫殿西面的后花园，大家去参观了。这是一座宫殿的礼仪花园，名为"意大利花园"，却是一个小型的法式园林。17世纪最具盛名的意大利雕塑大师贝尼尼设计的水神喷泉，英国建筑大师约翰·范布勒爵士设计的巨大几何形花坛，精心设计的两层水台及众多雕塑等，都十分精美，团友们纷纷摄影留念。

后花园面对着湖，湖水形成了一道天然屏障。后花园的设计，充分显示了皇家气派。

团友们议论伦敦的各种景色、各种声音乃至各种气味，他们如饥似渴地把这一切都看在眼里，印在心里，像勤奋的学生不倦地汲取新知识一样。

参观完丘吉尔庄园，大家上车后，大巴直奔比斯特购物村。

导游介绍："比斯特购物村位于牛津市附近的比斯特镇。作为伦敦著名的购物天堂，每年吸引大量欧洲及全球的时尚奢侈品追求者来此观光购物。此处以折扣形式吸引顾客，打折的对象都是世界顶级名牌，共有130个。商品价格是正价的对折甚至更少。"

导游给出一小时，让团友们自由购物，一些团友买了包包、箱子、服装等，曹齐老伴给孙子买了一双旅游鞋。在比斯特购物村购物结束后，团友们按时上大巴，大巴向伦敦开去。

在大巴上，大家都满脸喜悦，不少人都买了心仪的商品。大家感到今天一天真是丰富多彩，参观了两位英国名人的故居，然后又到购物村扫货，令人难忘。

到达酒店后，导游迅速给大家分发房卡，以便大家早点休息。在酒店，沈声老师想了很多，半天睡不着。

这几天她一直心里不平静，那天发生蒋雅拥抱金路广的"事件"后，别人对此感到吃惊。但沈声对此无甚兴趣，她在思考要不要与潘闻世老师接触？说实话，她对潘老师的印象很好，唯一觉得的不利条件就是他比自己大28岁。

"这相当于两代人呀！"她想。但是潘老师儒雅的神态，挺拔的身姿，看起来不像 80 多岁的老人。

沈声虽然年近 60，但打扮时髦，气质温婉。在参观莎士比亚故居时，她主动与潘教授打招呼："潘教授，你的身体真不错呀！"

潘闻世见到她，虽知是一个团的，但只是昨天在祝贺金路广、姚前新婚的集会上与她相视微笑，今天见她主动夸赞其身体，不禁连声道谢。

"听说你去过很多国家，真令人佩服。"沈声凝视着他，透着异样的神采。

"没有什么，去过很多国家的人现在越来越多，我不算什么。"老潘很谦虚。

"潘教授，有人说旅游只不过是换个地方睡觉，你认为呢？"

"这句话我不敢苟同，我认为旅游开阔眼界，增长知识，愉悦身心，促进健康。我们所进行的并非寂寞的旅行，因为天天有新的希望与变化多趣的观感，而且这全是动的生活，因此能激发人们美好的联想。歌德说过，人之所以爱旅行，不是为了抵达目的地，而是为了享受旅途中的种种乐趣。"

"你说得非常对。"沈声表示赞同。

"你的先生怎么没跟你一起来呢？"老潘问。"我的先生 15 年前就去世了。"

"哎呀，对不起，我太冒昧了。"老潘表示抱歉。"你去过哪些国家？"老潘换了话题。

"我去过的国家不多，10 多个，英国是第一次来，欧洲也只去过法国、意大利、瑞士。听说你去过 30 多个国家，真不简单。"

"刚才说过，真不算什么。"老潘再次表示谦虚。

接着他们又谈论起莎士比亚及其著作，虽然老潘是教物理的，沈声是教数学的，但谈起来也是兴趣盎然，头头是道。

他们边逛边谈，比较投机。刚开始，柳杨与潘老师在一起，不久他就离开了。

下午游丘吉尔庄园时，他俩又走在一起了。在逛花园时，沈声又无话找话："潘教授，听说你很喜欢京剧，你喜欢哪一流派呀？"

"看起来你还是个内行呢，你喜欢哪一派呢？"

"梅、尚、程、荀我都喜欢，李胜素唱的梅派《贵妃醉酒》，王艳唱的尚派《乾坤福寿镜》，迟小秋唱的程派《锁麟囊》，管波唱的荀派《红娘》我都喜欢听。"沈声说。

"看来你是个铁杆戏迷啰！"

"你喜欢哪一流派呢？"沈声问。

"我喜欢梅派，也喜欢张派。"老潘答得很爽快。"张派有什么特点呢？"

"有人评价，说张君秋的扮相如窈窕淑女，似梅；唱功，有一条好喉咙，似尚；腔调，婉转多音，似程；做工，稳重大方，似荀。还有人说他的嗓音娇、媚、脆、水，甜润清新，高低随意，舒展自如，梅派的华丽、尚派的刚劲、程派的轻柔、荀派的婉约都被他很好地融合在自己的表演艺术风格之中。"

"哎呀，潘教授真是行家，对张派的评价实在是高！"

"这都不是我的评价，是别人的评价，我不过是拾人牙慧罢了。""这证明你有兴趣，非常喜欢。"沈声又说。

谈了半天京剧，他们又谈论起丘吉尔，两人共同语言较多，谈得很投机。

沈声在床上回忆半天，快天亮时才睡着。

第二天早餐后，大家上了大巴。领队冯尘一上车就喊道："同志们好！"团友们像前几天一样热情地回喊："首长好！"

冯尘笑眯眯地说："大家记性真好，感谢大家一直坚持这个口头游戏！今天是我们在英国的最后一天，希望大家保持充沛精力，吃好玩好。"

接着，导游介绍了今天的行程，他说："今天上午游览伦敦市区，下午参观大英博物馆，内容比较多，时间也很紧，希望大家最后一天游览愉快。"

团友们来到的第一个景点是伦敦塔桥。

导游介绍："伦敦塔桥有'伦敦正门'之称，被看成伦敦的象征，是伦敦泰晤士河上建的第一座桥，它将伦敦南北区连成一体。两岸有两座用花岗岩和钢铁建成的高塔，高约60米，分上下两层，上层支撑着两岸的塔，可让行人通过，如果巨轮鸣笛而来，下层桥身慢慢分开，向上折起，船只过后桥身慢慢落下，恢复车辆通行。桥上设有商店、酒吧，即使在雨雾天。行人也能在桥上购物、休闲或者凭栏眺望两岸风光。"

对这座桥的结构，大家很感兴趣。因时间关系，团友们没有上桥，在桥下照相留念。

第二个景点是大本钟。

导游介绍："大本钟是伦敦著名的古钟，它坐落在英国国会会议厅附属的钟楼上，是伦敦的地标。大本钟重13.5吨，钟盘直径7米，时针和分针长度分别为2.75米和4.27米，钟摆重305公斤。该钟从1859年起就为伦敦报时，根据格林威治时间每隔一小时敲响一次，至今一个多世纪了。今天，大本钟的钟声仍然清晰动听。2012年6月，英国宣布将悬挂大本钟的钟楼改名为'伊丽莎白塔'，用以纪念伊丽莎白二世登基60周年。大本钟和伊丽莎白塔已成为伦敦一道亮丽的风景线。"

随后，大家外观议会大厦。

导游介绍："议会大厦又称威斯敏斯特宫，位于伦敦市中心的泰晤士河畔，这里是英国议会的所在地，也是英国的政治中心。议会大厦是典型的哥特复兴式建筑风格，它不仅外观雄伟壮观，而且内部装饰华丽。大厦分为4层，有上千间厅室、百余座楼梯以及近5千米长的走廊。尽管威斯敏斯特宫经过19世纪重修而成，但依然保留了初建时的许多历史遗迹，如威斯敏斯特厅的历史可以追溯至1097年，是当时欧洲最大的厅室，也是该宫最古老的建筑，现在重大的公共庆典仪式仍在这里举行。该宫在 20 世纪 80 年代被列为世界文化遗产。"外观完毕，团友坐车来到唐宁街 10 号。

导游介绍："唐宁街 10 号是英国首相官邸，位于伦敦唐宁街，是英国政府的中枢，也是英国政治的权力核心之一。由于它面积狭小，常年缺乏维修，又建在沼土之上，历史上不少的首相都不愿意入住。它的黑色正门前有一盏吊灯，门上有一个有名的狮子头叩门环和白色阿拉伯数字'10'，且这个门只可从屋内开启。"

不少团友来到此处，都认为这个首相官邸比不上白宫、克里姆林宫，显得有些寒酸。有位团友还谈到国内某市人民政府办公楼龙梁大厦，占地面积约 360 亩，东西长 288 米，南北宽 144 米，高 66.7 米，地下一层，地上 15 层，建筑面积 37.1 万平方米，造价 40 亿，里面走廊周长为 1 千米，有 40 多部电梯，是中国乃至世界最大的政府大楼。还有一位团友谈到国内有些县政府大楼的豪华程度与该市政府大楼差不多。

对比英国首相官邸的简略，大家十分感慨。参观完毕后，大巴又带团友去白金汉宫。导游介绍：

"白金汉宫因白金汉公爵兴建而得名。他是英国君主在伦敦的主要寝宫及办公处，是英国国家庆典和王室欢迎礼举行场地之一，也是一处重要的旅游景点。该宫殿是一座四层正方体灰色建筑，建筑规模非常庞大、壮观，可以说是英国最恢宏雄伟的建筑。它与故宫、白宫、凡尔赛宫、克里姆林宫齐名，并称为世界五大宫殿。

"室内有典礼厅、音乐厅、宴会厅、画廊等 775 间厅室，厅室内的装饰非常华丽，到处都能见到生动的壁画和雕塑，有些部分甚至用黄金和象牙装饰，精美程度令人惊叹。宫外有占地辽阔的御花园，女王重要的国事活动都在该地举行。王宫由身着礼服的皇家卫队守卫。

"每年夏季当花园内绿树成荫、百花盛开时，女王要举行几次盛大的花园招待会，参加者多达两三万名，各界知名人士和外交官员聚集于此。

"目前，白金汉宫开放参观的部分主要有王座室、音乐厅、国家餐厅等，作为英国著名的历史文化遗产，每年都迎来大批的海内外游客。"

因时间关系，团友们未参观皇家卫兵换岗仪式，很多团友在此处照相留念。

午餐后，大巴带着团友前往大英博物馆。导游介绍：

"大英博物馆位于伦敦新牛津大街北面罗素广场，该馆成立于1753年，于1759年1月15日起正式对公众开放，是世界上历史最悠久、规模最大的综合性博物馆之一，和纽约的大都会艺术博物馆、巴黎的卢浮宫并称为世界三大博物馆。该馆拥有藏品800多万件，由于空间限制有99%的藏品未能公开展出。其藏品之丰富、种类之繁多为全世界博物馆所罕见。其中，罗塞塔石碑、帕提侬神庙石雕、拉美西斯二世头像等珍品，是镇馆之宝。该馆是一座气势恢宏的古罗马神殿式建筑，整个建筑气魄雄伟，蔚为壮观，又不失庄严。

"大英博物馆陈列的有些文物是按照地区设馆的，如埃及、希腊和罗马、西亚、东方和英国等文物馆，有些则依据展品的种类陈列，如金币徽章、钟表和书籍绘画等馆。各馆又分设数目不等的陈列室，最大的希腊和罗马文物馆，竟有22个展品陈列室，真是馆中有馆，琳琅满目。无论展品的数量还是质量，都是举世无双的。"

团友注意到，中国的许多构图优美、工艺精致的商周铜制樽、鼎，秦、汉的铜镜，唐、宋的瓷器，明、清的金玉制品等，以及大量的中国古代铜币、漆器、丝绸、雕刻、绘画和书稿，等等，都在这里展出。

参观大英博物馆，有些团友在惊叹它建筑的宏大和藏品的丰富之余，还是有些不满情绪。因为这里所收藏和展出的文物绝大部分是英国早前从世界几个文明古国——包括中国收集掠夺来的。

大英博物馆图书馆，曾经是革命导师马克思、恩格斯、列宁当年从事理论研究的地方。这一点许多团友都知晓。

参观完毕，大巴前往牛津街。

导游介绍：

"牛津街是英国首要的购物店，是伦敦西区购物中心，每年吸引了来自全球 3000 万游客到此观光购物，长 1.2 英里（约 1.93 千米）的街道，云集超过 300 家的世界大型商场，其中老牌塞尔福里奇百货店集合了众多的顶级品牌。这里的英式周到服务能让你体验五星级的待遇。它享有遍及全球的声誉。

"牛津街的名牌店款式非常齐全，某些意大利顶级品牌的货品在伦敦竟然比来源地的店铺更多，像古典英伦味极浓的 Burberry 是最受欢迎的名牌之一。在这里，除了看名牌、享受高级服务之外，店铺的建筑特色也是一道风景。"

下车后，团友们特别是女士们有很高的积极性，她们知道马上要回国了，必须在这里好好看看，买一些商品回家。不少团友买了衣服、鞋子、饰品，内行的团友知道英国的鞋子值得买，品质好而且相对便宜。

在逛街时，沈声发现柳杨一人在前面慢慢走着，完全没有进商店购物的意思，于是她快步上前对他说道："柳教授，你怎么一个人逛呀？""潘教授逛商业街时，喜欢一个人逛。"

"啊，原来是这么回事。我听说你是潘教授的学生，没有你，他不能出来旅游。"

"他年纪大了，旅行社不敢收，他不找我，找其他人来也可以出来。""潘教授很有趣，这大年纪了还未解决个人问题，将来老了怎么办？"

柳杨是个聪明人，见沈声谈及这个问题，他一时无语。如果在其他场合，他一定不接这个茬，但是旅游途中很奇怪，很多在其他场合不愿说的话，不愿干的事，在这种场合都说了、干了，这可能是旅游这个特定环境造成的。

望着容貌娟美、身材挺秀的沈声老师，柳杨说："潘教授对这件事似

279

乎无所谓，据我了解，他条件太高了。"

"啊，太高了！他要求的条件高在哪里呢？"沈声接着发问。

"这位女士穷追猛打，她问这清楚干啥？"柳杨有些不快，但他未表现出来，干脆一股脑儿说出来："他不愿意找年纪大的。"

"这个可以理解，男士都喜欢找比自己年轻一点的。"沈声说。"他要的不仅是年轻，而且是年轻很多。"柳杨一步步透底。"具体年龄大概是多少呢？"沈声继续穷追不舍。

"沈老师，你问得这清楚，是不是想帮忙介绍一位？"柳杨开始反问。

"啊，不是，但也可能是……"沈声吞吞吐吐起来。没有像她问别人那样爽快。

"沈老师，潘教授有个年龄杠杠，必须找 45 岁以下的。"

"他就是一厢情愿，他那大年纪，别人 45 岁以下会找他 80 多岁的人吗？"沈声因为激动便把心里话说了出来。

此时，潘教授刚好从一家商店出来，见到柳杨和沈声，朝他们一笑，便又进了另一家商店。

柳杨见沈声有些激动，便说："沈老师，潘教授的条件是他自己定的，能不能实现这是他的事，我们不必替'古人'担忧。"说完，他进了一家商店。

沈声一人有些发呆地站在那里。

"我有些失态了，干吗那么激动，太沉不住气了，他要找 30 岁以下的也是他的自由。"沈声慢慢调整了自己，呼吸也变得平和了。

"老家伙不看看自己多大年纪，一个迟暮老人，难道真想做老牛吃嫩草，'一树梨花压海棠'的美梦，还自定苛刻的条件，真是自不量力。"她气愤地想。

可以想见，沈声与潘教授交朋友是不可能的事。

团友们参观、购物完毕，大巴便载着大家回到酒店。到房间后，潘教授问柳杨："你碰见沈老师啦？"

"你怎么知道？"柳杨问。"我看见了！"

"我没注意！"柳杨说，"我碰见她了。"

"你们谈了些什么呢？"由于是师生关系，加之多年来他们亦师亦友，一直相处很好，因此老潘问得比较直接。

柳杨见老潘问得这仔细，也不相瞒，干干脆脆地回答他："问你为什么一直未结婚，我回答了。并且我还把你找女朋友的条件必须 45 岁以下也讲了。"

"柳老师，你把这些也讲了？"老潘有点意外，"其实我的这个条件也只是自己画的杠杠，遇见有合意的，年龄大些也没有关系，我都这大年纪了，能要求别人年轻？"

"哎呀！潘老师，不好意思！"柳杨有点急，"在你合意的情况下，年龄大些你也不介意，这点我不知道，我也未跟沈老师讲这一点！"

"没有关系，我等会儿跟沈老师解释一下。"看着柳杨有些泛红的脸，老潘平静地说。

过了一会儿，老潘委托柳杨去请沈老师到他们房间来一下，柳杨怔了一下，心想："老头子心动了！"二话不说就去了。

不一会儿，柳杨与沈声一同进了房间，柳杨倒了杯水给沈声。沈声说："谢谢！"

柳杨说："沈老师，你坐一会儿。"便出去了。

"沈老师，"老潘诚恳地说，"我觉得我们俩意趣有不少相投的地方，我让柳老师请你来，就是想互相留下联系方式。另外，关于我交女朋友必须 45 岁以下的这个所谓条件，我也必须解释一下，这是我有一次与几个朋友闲聊时随口说的一句话，带有自嘲和幽默的意味，不知怎的就传开了，实际上遇到合意的，年龄大些根本没有关系，因为我的年龄也很大，我不能苛求别人。"

听见老潘一席话，沈声一下气也消了，认为老潘是一个真诚、正直的人。他约自己来，又讲这些话，看来是想诚心地互相接触，交朋友。于是她热情说道："潘教授，我愿意留下联系方式，也愿意通过接触，向你请教，也希望我们能成为好朋友。"

老潘闻言大喜，两人便互相留下联系方式。一条断了的线，又连接上了。

下午 5 点 30 分，团友们坐大巴前往机场。

在去机场的路上，导游小吕讲话："7 天的行程一晃就过去了，大家在英国的旅游结束了。在此，我代表旅行社和司机对各位表示欢送，感谢团友对我们的配合，得以顺利安全地完成任务。"大家热情鼓掌。

接着，领队冯尘讲话："我们的行程结束了，在此我代表旅行社和全体团友，对吕导和司机表示衷心感谢。"又响起热烈掌声。

"这次我们团游玩的地方不少，大家长了不少见识，增进了友谊，的确是缘分。我听说曹老师写了打油诗，下面请我团诗人、老教师曹齐朗读他写的诗。"车内又响起掌声。

冯尘把话筒递给了曹齐。曹齐念道：

> 英国一地七天行，天天都有好心情。
>
> 原因究竟在何处，碰到不少好心人。
>
> 我们参团不算少，遇见好团最要紧。
>
> 领队导游有经验，待人接物很真诚。
>
> 起早晚睡是常事，对待团友很关心。
>
> 任务较重时间紧，合理安排重若轻。
>
> 从来不靠说段子，业务扎实显本领。
>
> 团友素质都很高，处处关心老年人。
>
> 四面八方聚一地，中华美德有传承。

年轻团员活力射，男女老少一家亲。

七天行程实在短，英伦美景阅不尽。

剑桥大学属一流，温莎城堡有底蕴。

雨中畅游爱丁堡，温德米尔是名镇。

球迷疯狂惊世界，曼联总部多安静。

莎翁故居世人仰，《哈姆雷特》永留名。

丘氏庄园多宏伟，首相大才震英伦。

唐宁街前游人多，白金汉宫世所闻。

泰晤士河美如画，大本钟响震心灵。

莫道英人很绅士，一样友好与热情。

宴席再好也要散，团友即将返回程。

感谢领导与团友，写诗聊表我心情。

（注：领导，指领队和导游）

但愿有缘再相会，五洲四海留身影。

"诗已念完，谢谢大家。"此时车内响起热烈掌声。

"写得太好了，通俗易懂。"乔克立说。

"把我们的行程都包括了，写得很精彩。"姚前说。

随后，乔克立对冯尘说："冯美女，你把我和尹其宁叫了7天的'巧克力'和'冰激凌'。7天来，我们积极配合你的工作，努力完成你交给的任务，曹老师又写诗赞美你。我提议在这临别之际，你与我们三位拥抱一下，大家赞不赞成？"

话刚说完，大家齐呼："赞成！"

冯尘笑容满面说道："你们要我献上拥抱，这在我当导游几年中，还是第一次遇到，为了表达我对团友们和你们三位的感谢，我同意这种有创意的要求，我与三位男士拥抱，大家不会认为我太风流、太风骚、太疯癫吧？"冯尘也幽默起来了。

"不会！"团友们齐声回答。

于是她与乔克立、尹其宁分别拥抱了。大家笑着又鼓起掌来。此时曹齐说："我这老头子就不凑热闹，免了吧。"

"不行，"乔克立说，"曹老师在柬埔寨念过诗后，与湖南美女——湘妹子都拥抱过，难道在英国就害怕了？黄老师你同意不同意？"

曹齐老伴连声说："同意！冯导带团辛苦了！"

于是，冯尘便微笑着与曹齐拥抱了一下。车内又响起掌声。"导游与团友关系这么融洽，实属少见。"老潘对柳杨说。柳杨笑着说："他们的拥抱照我都拍下了。"

谈笑间，已到达机场。

飞机于晚上8点25分起飞，第二天下午北京时间1点10分安抵北京。曹齐夫妇晚上乘火车回武汉。

旅游英国的行程圆满结束。

后　记

我虽然热爱写作，但写作的身体条件和环境条件是充满挑战的。

从身体条件来说，我得过"主动脉夹层"这种凶险的疾病，幸好手术及时，加之医生医术高明，让我得以死里逃生。但腹部还有一颗定时炸弹——"腹主动脉夹层"，目前呈结痂状态。我双眼视网膜脱落，经治疗，左眼可以视物，不过非常模糊，而右眼手术失败后就彻底失明了。另外，我不会电脑打字，所以写作都是用笔手写在稿纸上，这很费工夫和眼力，经常眼睛干涩、疼痛，流泪不止，甚至出血。我老伴也一直多病，两年前因帕金森病导致不能走路，生活无法自理。我除了写作还要照料她，而彼时正是我在写这本书的关键时间，万般无奈，只能暂时搁笔。2023 年 9 月，老伴不幸去世，对我打击很大，我的身体状况变得很差，此后很长一段时间，我未能提笔。2024 年 2 月及 5 月，我再度住院。更使人心焦的是，由于重度皮炎加上腿部静脉曲张，我的腿部坐下写字 1 小时，就会红肿和难受，有时通宵难眠。于我而言，这一切都占用了写作时间，给我的写作之路设置了重重关卡。

从环境条件来说，一切也没有那么舒适。我写作的地点是不到 10 平方米的卧室，其相对狭窄，已经堆积了大量书籍，故放不下宽敞的书桌、靠椅。而现有的所谓书桌是一个固定于墙角之前用来放电视机的鱼尾形台面，能用来供我伏案写作的区域大致只有 30 多厘米长，连放稿纸都略显拥挤，有时手肘一动，文具和纸张就会掉落在地。

人生在世不称意，热爱可抵万般难。我不厌其烦地讲这些，不是卖惨，而是想告诉读者诸君，我写这本书即便面临再多困难，经历再多身体和精神的煎熬，也抵不过我对写作的满腔热情，这是我的宿命，也是我生活至今积极向上的支点。

2024年1月13日，我有幸接受了本地记者史强先生的采访。第二天，史记者在《长江日报》上以《79岁右眼失明的退休老师写出两部小说，用坏数百支笔》为题对我的事迹进行了图文并茂的报道。这篇报道引起读者和亲友的关注，对我的鼓舞是很大的。

正如中国著名乡土文学作家刘绍棠所说："能写是福，笔不可怠。"这句话像黑夜中洒下的皎洁月光，时刻激励着我笔耕不辍。常常扪心自问，总觉少壮不够努力，总想晚年出点成果，践行范仲淹"宁鸣而死，不默而生"的人生格言，以不负来人世一遭，不做熟客虚度日，不负红尘好时光。

我6次游历欧洲，其中5次是与老伴一起去的，写这部小说也有纪念她的意思。从2021年10月起动笔，到2024年8月8日全部完稿，许多个深夜，等儿孙们忙碌结束后，我再于宁静处写作一两个小时，常至凌晨转点以后。孙子今年参加高考，而我也觉得自己像一名即将高考的学子，和孙子说到此，我们都不觉哑然失笑。我的父母、我的老伴、我的儿孙都是我此生最大的福报，他们不仅让我的人生温暖而饱满，更给了我一直前行的勇气与毅力。

最后，我要衷心感谢中国文联出版社责任编辑阴奕璇女士和学术出版在线策划编辑唐新红先生的鼎力相助，正是他们的努力与付出，才让本书得以顺利面世。

应齐民

2025年3月12日